grafit

Dieses Buch ist ein Roman. Handlungen und Personen sind frei erfunden. Ähnlichkeiten mit lebenden oder toten Personen sind nicht gewollt und rein zufällig.

Bibliografische Information der Deutschen Nationalbibliothek
Die Deutsche Nationalbibliothek verzeichnet diese Publikation in der Deutschen Nationalbibliografie; detaillierte bibliografische Daten sind im Internet über http://dnb.d-nb.de abrufbar.

MIX
Papier aus verantwortungsvollen Quellen
FSC® C083411

Cäcilienstraße 48, D-50667 Köln
Internet: http://www.grafit.de
E-Mail: info@grafit.de

Dieses Werk wurde vermittelt durch
die Thomas Schlück GmbH, Hannover.
Umschlaggestaltung: Nele Schütz Design unter Verwendung von
shutterstock/Christina Fink
Gestaltung Innenteil: César Satz & Grafik GmbH, Köln
Lektorat: Nadine Buranaseda, typo18, Bornheim
Druck und Bindearbeiten: CPI – Clausen & Bosse, Leck
ISBN 978-3-89425-758-3
1. Auflage 2020

Martin Calsow

Quercher und der Totengraben

Kriminalroman

grafit

Martin Calsow wuchs am Rand des Teutoburger Walds auf. Nach einem Studium der Soziologie und einem Zeitungsvolontariat arbeitete er bei verschiedenen deutschen TV-Sendern.

Für meine Frau Insa

Do not go gentle into that good night,
Old age should burn and rave at close of day;
Rage, rage against the dying of the light.

Dylan Thomas

Bei Kreuth, vier Jahre zuvor

Der Berg wollte ihn fressen, mit einem Reißzahn aus Kalkstein ein Stück aus seinem Leib trennen. Der Mann atmete so flach wie möglich. Es schien ihm, als könnte er dieses Wesen aus Felsen so beschwichtigen. Doch kannte es Gnade? Er hatte die Ruhe gestört.

Noch in der Nacht war der junge Mann von seiner Hütte aufgebrochen, die weit oberhalb der Königsalm, aber noch auf der deutschen Seite lag.

Am Ende des Tegernseer Tals erhebt sich ein Bergzug, der die Grenze zu Österreich bildet, markant sind die Blauberge, die schon vom Taleingang in ihrer majestätischen Schönheit zu sehen sind und die Pforte in die südlich von ihnen gelegene hochalpine Region darstellen. Westlich, zwischen der Blaubergalm und dem Achenpass, befindet sich das letzte wilde Waldgebiet der Region. Nie ist hier von Menschenhand ein Baum gefällt, eine Hütte gebaut oder eine Almwiese angelegt worden. Die Nordseite der Berge ist zu steil, zu viele Bäche und Rinnen schlängeln sich den Abhang hinunter nach Bayerwald. Es lohnt sich nicht, das Holz für die Salinen in Rosenheim zu schlagen, für die Arbeiter ist es auch zu gefährlich.

Die Jäger und Forstangestellten, die sich hier an wenigen Tagen des Jahres aufhalten, meiden besonders eine Stelle, die sie als ›Totengraben‹ kennen. Es ist eine Gesteinsrinne, die einst eine mächtige Gletscherzunge ausgewaschen hat und die, zwar zugewachsen, eine Herausforderung für Kletterer darstellt. An vielen Tagen ist das Gestein rutschig und da und dort porös. Manchmal liegen umgestürzte Bäume, meist riesige

Fichten, quer zu ihr, rutschen, wenn das Wasser bei Starkregen von oben gegen sie drückt.

Diese Umstände hatten die wenigen Hektar zu einem echten Urwald werden lassen, in dem sich der Mann dennoch gut auskannte. Das galt jedoch nur für alles oberhalb der Erde. Er war jetzt unter ihr gefangen.

Seile, Karabiner und all das, was er für den Gang in die Unterwelt brauchte, hatte er im Schein seiner Stirnlampe geschultert, war über den Kirchwandgraben hinabgestiegen, hatte sich mehrfach mit einem GPS-Gerät seiner Position versichert und wäre um Haaresbreite dennoch an seinem selbst hinterlassenen Zeichen vorbeigelaufen. Er legte sich in aller Ruhe seine Ausrüstung, den Helm, den Gurt, die LED-Lampe und den Overall bereit, ehe er die Grassoden wegräumte, die er Tage zuvor auf dem Spalt platziert hatte. Er würde in den nächsten Tagen weitere Vorsichtsmaßnahmen ergreifen müssen, um ungebetene Schnüffler, ob tierischer oder menschlicher Art, fernzuhalten.

Mit großer Vorsicht drückte er sich hindurch, stieß in einen Bereich vor, den er über Minuten im Entengang passieren konnte, bevor er zu einer weiteren Engstelle gelangte. Die Höhle lag auf der Nordseite des Bergs, Wasser drang bis hierher, seine Kleidung wurde schnell nass und verschlammte. Er musste durch diesen Spalt erst nach oben und dann wieder, einer Schlange gleich, nach unten gleiten. Dann erreichte er es.

Er leuchtete mit seiner Stirnlampe, die er auf dem Helm trug, die gesamte Kathedrale aus, bestaunte ungläubig und ehrfürchtig die Figuren, die Menschen vor Jahrtausenden in den Felsen geritzt hatten. Je länger er sich umsah, desto stärker veränderten sich seine Gedanken. Seine eigene Vergangenheit kam über ihn, machte sich in seinem Kopf breit, zwang ihn zum Hinsetzen.

Menschen vor ihm hatten Löcher in den Fels gehauen und notdürftig mit Steinplatten bedeckt. Er kroch über den Boden, der mit Knochen übersät war, und nahm immer intensiver einen Geruch wahr, der auf sein Bewusstsein Einfluss zu nehmen schien. Nicht unangenehm, es ließ ihn fast euphorisch werden. Er hatte aus seinem Rucksack eine fluoreszierende Lampe gezogen und aktiviert. Im matten Licht studierte er die kunstvollen Hinterlassenschaften an den Wänden und der Höhlendecke, fast vier Meter über dem Boden, bis er die Felslöcher erreichte. Er schob eine Platte beiseite und starrte in den kleinen Lichtkegel, den seine Stirnlampe in das Loch warf. Für einen Moment kam es ihm so vor, als würde er in etwas Lebendiges starren, etwas Atmendes sehen. Und dass es ihn anstarrte. Was war das? Flechten, kam es ihm in den Sinn. Das Licht der Lampe wirkte auf den Organismus, er zog sich zusammen, wie ein aufgeschrecktes Tier, das sich in Deckung flüchten wollte.

Er griff danach, erwartete instinktiv, dass es zwischen seinen Fingern zerbröselte. Stattdessen umschloss es seine Hand wie ein Netz. Er hatte für kleine Funde eine Tupperdose in den Rucksack gepackt und konnte nur mit Mühe das Fundstück darin deponieren. Das kostete viel Kraft. Er wollte sich auf den Boden legen, sich den Erinnerungen hingeben, die seine Gedanken bestimmten. Er fiel nach hinten, blickte nach oben.

Mit letzter Willenskraft erhob er sich nach über einer Stunde und kletterte aus der Kathedrale hinaus. Seine Sinne waren jetzt schärfer, er roch intensiver die alte Luft, die hier seit Äonen eingeschlossen war. Auch sein Gehör war besser geworden, denn das Schaben seiner Schuhe über den Felsen empfand er als laut.

Er war einer anderen Öffnung gefolgt, schien bereits sehr weit an die Oberfläche herangekommen zu sein, bis dieser Spalt ihn mit Macht aufgehalten hatte. Er war mit dem Kopf zuerst nach oben gerutscht, hatte gespürt, dass ein spitzer Felsvorsprung ihn an der Brust fixierte. Jetzt bog er sich, so gut er konnte, hievte sich einige Zentimeter höher, um sich ein wenig zu drehen. Nichts half. Der Fels hatte sich förmlich in seinem Körper festgebissen, ließ nur eine Bewegung seines linken Arms zu. Sein Messer steckte unerreichbar in der anderen Hosentasche. Er atmete ein und aus. Dachte nach. Versuchte, die aufkommende Panik mit Meditationsübungen zu unterdrücken, bis ihm klar wurde, dass er nur eine Chance hatte. Er musste den Arm aus dem Schultergelenk kugeln, nur so hätte er die Flexibilität, um an das Messer zu kommen und damit den Felszahn zu zerhacken, der ihn am Rückweg hinderte. Technisch gesehen war das einfach. Er stand auf einem schmalen Plateau, musste also nur die Füße abrutschen lassen und mit seinem Körpergewicht gegen den Arm arbeiten. Aber würde er den Schmerz ohne Bewusstseinsverlust überstehen? Und wenn ja, wie lange machte sein Kreislauf das mit?

Paul Trankl zählte von zehn herunter, atmete dabei immer schneller, biss auf seine Zähne und ließ sich fallen – in ein Meer aus Schmerz.

***

München, vier Jahre später

»Als ich Kind war, sind meine Eltern häufig umgezogen«, sagte sie in die Stille des stickigen Raums hinein.

»Ach? Das ist sicher nicht schön gewesen für Sie«, erwiderte die polnische Pflegerin, während sie die Betten frisch bezog.

»Ich habe sie immer wiedergefunden.« Sie schaute aus dem Fenster. »Zuletzt in einem versifften Loch in Indien.«

Die Pflegerin hatte offenkundig den Witz nicht verstanden,

schweigend verrichtete sie ihre Arbeit, ging zum Schluss zu den Eltern, die dort auf dem Sofa saßen, lächelnd und schweigend, und stellte eine Tube mit billiger Handcreme auf den Beistelltisch.

Es war eine stumme Aufforderung, keine Bitte. Sie sollte ihrem Vater und ihrer Mutter die rissigen, von Flecken übersäten Hände einreiben.

Eine Klimaanlage gab es nicht.

»Stoßlüften hilft«, hatte sie sich von der Geschäftsführerin, einer verbitterten Mittfünfzigerin mit Ostberliner Akzent, anhören müssen. Eine mobile Klimaanlage war nicht erlaubt.

»Brandjefahr. Dit is doch klaar. Oda wollnse Ihre Eltern in Flammen aufjehn sehn?«

Sie hätte der Megäre am liebsten ihr Smartphone gegen die Frontzähne geschlagen, sich aber beruhigt. Jetzt saß sie hier in der muffigen Hitze des von Sauerstoff beinahe befreiten Zimmers und starrte auf das alte Paar, das auf dem Sofa saß, lächelte und schwieg.

Er war schon eingeschlafen, sie hielt noch die Augen offen, als schöbe sie Wache, weil sie ihr nicht trauten. Das war nicht unberechtigt.

Während sie die Hände der alten Frau eincremte, dachte sie in einem Anflug von Selbstmitleid, dass diese Finger ihr nie eine Spange ins Haar gesteckt, nie die Bettdecke über ihren Kinderkörper gezogen, nie Butterbrote für sie geschmiert hatten. Sie hatten nur für sich selbst und für ihn gearbeitet.

»Leg die Hände bitte auf das Handtuch. Du machst sonst alles dreckig«, bat sie ihre Mutter, die Wut in der Stimme mühsam unterdrückend.

Statt auf ihre Tochter zu hören, richtete sich die alte Frau auf, stützte sich an der Metallstange ab, an der ihr Infusionsbeutel hing, und wankte langsam an ihr vorbei, kam vor einer Kommode zum Stehen, atmete rasselnd, musste wieder

Schleim in der Lunge spüren, hustete, ließ sich davon nicht beirren, zog mit letzter Kraft die Schublade auf, aus der sie zwei Blätter herauszog, und verharrte für einen Moment. Sie beobachtete müde den Gang der Frau, seufzte und versuchte, nicht zu klagen.

Eine Erzählung von Heinrich von Kleist kam ihr in den Sinn. *Das Bettelweib von Locarno.* Auch dort schlurfte eine alte Frau über den Boden, glitt aus und verschied. Sie musste die Geschichte damals in der Schule fehlerlos mit perfekter Interpunktion schreiben, ein Kunststück.

Die Mutter war zu schwach, um zurückzukommen. Sie suchte nach etwas, kramte in der Lade, erst langsam, dann ungeduldiger.

Ein Charakterzug, den sie zweifellos an mich weitervererbt hat, dachte sie bitter, weil sie sich ertappt fühlte.

Sie erhob sich, um der Mutter zu helfen, und als sie sie so dastehen sah, in den letzten Tagen ihres Lebens, so zerbrechlich, so alt, so vergänglich, da traten ihr Tränen in die Augen, sacht und langsam. Sie fühlte für ihre Mutter so etwas wie Liebe und Zärtlichkeit. Etwas, das sie sich immer erträumt hatte, in all den Jahren, in denen sie allein gewesen war. Sie überlegte, ob sie die Hand ausstrecken und der Mutter über den Rücken streicheln sollte, sie zumindest liebevoll berühren. Sie tat es und die Mutter zuckte zusammen. Die Metallstange mit dem Infusionsbeutel erzitterte förmlich, so schien sie sich erschreckt zu haben ob der zarten Geste der Tochter.

»Komm, setz dich wieder. Das Stehen strengt dich an«, flüsterte sie mit milder Stimme.

Die alte Frau hielt einen Stift in der Hand. Wollte sie zum ersten Mal ihrer Tochter etwas schreiben, etwas erklären? Hatte der Besuch in dieser muffigen, stickigen Höhle des Sterbens doch noch einen Wert?

Sie führte vorsichtig den Arm um die schmalen Schultern

der Mutter, hatte das tiefe Bedürfnis, die Nase in die weißen, fedrigen Resthaare, die ungepflegt von ihrem Kopf hingen, zu stecken und tief einzuatmen. Etwas, das sie all die Jahre so vermisst hatte.

Ihr Blick fiel auf die zwei Seiten, die die Mutter herausgezogen hatte und mit zittrigen Fingern mühsam festhielt. Sie las, was in kritzeliger Schrift am oberen Rand stand, verstand es jedoch erst nicht.

Sie entriss der Mutter das Papier. Es dauerte, bis sie begriff. Es war der letzte Wille, das Erbe. Sie hatten noch einmal etwas geschrieben. Bei vollem Bewusstsein hatten sie ihr auch das genommen. Am Ende einer lebenslangen Reihe von Wegstoßen, Alleinsein, Ignoranz und Egozentrik hatten sie ihrer Tochter noch einmal gezeigt, dass sie nichts wert war.

Sie atmete ein. Sie atmete aus. Sah hinaus auf die Bundesstraße, die am Hospiz vorbeizog, wo Menschen in luftiger Kleidung in der prallen Sonne von Schatten zu Schatten liefen, der Hitze entfliehend.

»Ich bringe euch um«, sagte sie leise.

Kapitel 1

München, Innenstadt

»Ein typischer Fall war ein siebenunddreißigjähriger Familienvater, der eines Morgens mit seinem Fahrrad Semmeln besorgen wollte. Statt damit zurückzukommen, machte er sich auf den Weg nach Frankfurt, ohne eine Erinnerung daran zu haben, warum er unterwegs war. Noch eklatanter war, dass er keinerlei Erinnerung an seine eigene Person hatte.«

Der Professor machte eine Pause, griff zum Glas, das ihm ein Assistent auf den Tisch gestellt hatte, und trank. Zweimal musste er sich räuspern und der Versuchung widerstehen, auf sein Smartphone zu schauen. Stattdessen blickte er hinaus in den Innenhof, drückte die Panik wieder in den Käfig seines Bewusstseins. Das Auditorium wurde unruhig, einige murmelten und kicherten.

»Also … also dieser Mann berichtete uns später, in Schaufensterscheiben geschaut, mit dem eigenen Gesicht aber keinerlei Assoziationen oder Bekanntheitsgefühle verknüpft zu haben. In Frankfurt traf er auf einen Obdachlosen, der ihm riet, zum Bahnhof zu fahren. Dort schickte ihn die Heilsarmee weiter zur Universitätspsychiatrie. Die Kollegen diagnostizierten einen dissoziativen Fugue-Zustand. Der Mann fühlte sich in der Klinik wohl. Da er keinen Namen angab, wurde er anfangs mit ›N. N.‹ geführt, woraufhin ein Assistenzarzt dem Patienten als provisorische Identität den Namen ›Norbert Neumann‹ statt ›N. N.‹ gab. Er benutzt ihn auch nach Offenlegung seiner Identität lieber als den eigenen. Seine Frau hatte ihn zur Fahndung ausschreiben lassen und nach knapp zwei Wochen wurde er schließlich identifiziert. Doch anstatt seine Frau zu erkennen, meinte er …«

Sein Smartphone vibrierte. Mit einem Seitenblick erkannte

er die Nummer seines Anwalts. Sofort kam die Panik aus dem Käfig, der kalte Schweiß trat ihm auf die Stirn.

»Also meinte er, man wolle ihn, na ja, man wolle ihn verkuppeln.«

Die Studierenden lachten. Das gab ihm Zeit, den Anruf wegzudrücken. Er wusste, was da auf ihn wartete.

»Schließlich ging er doch zu seiner Familie zurück und beschwerte sich gleich darüber, wie man mit solchen Möbeln und Tapeten leben könne. Wie sich herausstellte, war er das einzige Kind eines sich häufig streitenden Ehepaars – beide Alkoholiker. Seine Mutter hätte statt seiner lieber eine Tochter geboren, weswegen sie ihn die ersten Lebensjahre in Mädchenkleider steckte, ihn als Mädchen erzog und sich später über sein weibliches Verhalten beschwerte. Er heiratete eine Frau, die in ihrer Dominanz der Mutter in nichts nachstand, nahm ihren Nachnamen als gemeinsamen Familiennamen an und wurde von ihr immer wieder ermahnt, sich mehr zu engagieren und mehr Geld für die Familie zu verdienen. Eine kurz bevorstehende Urlaubsreise, für die ihm eigentlich die Mittel fehlten, löste offensichtlich den Fugue-Zustand aus.«

Er hielt inne, sein Herz raste, da das Smartphone erneut vibrierte. Er wollte das Gespräch unbedingt annehmen. Kaum hatte er nach dem Telefon gegriffen, rutschte es ihm aus der Hand, fiel scheppernd zu Boden und rutschte vor die erste Plenumsreihe.

Er unterdrückte den Impuls, nach vorn zu eilen und sich zu bücken. Mit schweißnassem Gesicht gab er der Meute in wenigen Sätzen Hausaufgaben und griff nach Sakko und Tasche, um bemüht beiläufig das Handy aufzuheben und aus dem Vorlesungssaal zu treten.

Er lief hinauf in den vierten Stock, grüßte hastig seine Kollegen, schloss mit fahrigen Bewegungen die Tür zu seinem Büro auf, warf sie hinter sich zu und schloss ab. Er bemerkte nur das weit offen stehende Fenster. Auf dem Tisch lag ein Messer, das zweifellos nicht ihm gehörte und einem Metzger Freude bereitet hätte. Er griff danach, wog es in der Hand, spürte etwas hinter sich, wollte sich umdrehen.

Dann ging alles schnell.

Schwarz. Schmerz. Stechen. Schreien.

Mit Mühe hob er die Hände und umfasste die Schnitte, aus denen jetzt pulsierend das Blut herausquoll. Er wollte schreien, aber die mangelnde Versorgung seines Gehirns hatte bereits eingesetzt und ließ nur zu, dass er fassungslos brabbelte, ehe er in einer fast kunstvollen Drehung zum Fenstersims taumelte. Der Rahmen stoppte seinen Oberkörper, die Arme hingen an der Heizung unterhalb des Fensters, Kopf und Hals weit heraus. Seine sterbenden Augen schauten nach unten, wo Momente später sein Blut auf die Smartphones und Coffees to go der dort sitzenden Studierenden fiel, die nun nach oben blickten und ihrem Professor in seinen letzten Lebenssekunden zusehen konnten.

Kapitel 2

Ostin am Tegernsee

Der Trick war einfach. Max Quercher stand mit dem Sonnenaufgang auf. Seine Hunde streckten sich und torkelten mit ihm in den frühen Morgen, sahen mit ihm nach den Hühnern, denen er Futter hinwarf und deren Eier er mitnahm. Bis die ersten Menschen aus ihren Häusern krabbelten und Krach machten, hatte er sein Frühstück längst genossen und sich ans Ausbessern der Regenrinne gemacht. Am frühen Nachmittag lief er mit dem Dackel und der Schweißhunddame den Höhenweg bis zum Hotel. Auf dem Rückweg kamen ihm schon wieder die agilen Rentner entgegen, die das Tal wie auf Patrouillengang abwanderten. Einer herrschte ihn mit rheinischem Akzent an, die Hunde gefälligst anzuleinen. Quercher reagierte nicht. Selbst als der Mann schimpfend hinter ihm herlief, pfiff er nur seine Hunde zu sich.

Otto, der Dackel, war mittlerweile fast vier Jahre alt. Quercher hatte ihn von seiner alten Lehrerin Frau Huttinger übernommen. Dann war Gertrud in sein Leben gekommen, eine Schweißhündin mit leichten ADHS-Zügen. Niemand nannte sie so. Er rief sie »Trudl« oder »das narrische Viech«. Sie schien das Konzept der vier Beine mit einem Jahr noch nicht ganz verinnerlicht zu haben. Ständig sprang sie an ihm hoch, stolperte über die Wiese, rempelte rüpelhaft den Zwergdackel über den Haufen und hörte nur auf Querchers Pfeifen. Dann setzte sie sich wie die Unschuld vom Lande auf ihre Hinterpfoten und legte den Kopf schräg. Er konnte ihr einfach nicht widerstehen.

Sie passierten eine Wiese mit Alpakas, die neugierig am Zaun weideten. Trudl hielt Abstand. Die Tiere der Familie Reifenstuhl hatten dem Fräulein vor wenigen Wochen eine

Lektion erteilt und es in die Enge getrieben. Quercher setzte sich auf eine Bank, griff nach seiner Thermoskanne, nahm einen Schluck Pfefferminztee und sah hinüber auf die andere Seeseite zu seiner alten Heimat. Vom Fuß des Hirschbergs im Süden über den Gasthof *Bauer in der Au* weit nach Holz hatte ihm der Wald gehört. Damit war er im Tal der größte private Forstbesitzer gewesen. Er, der Sohn eines Schusters, der sich im Tegernsee ertränkt hatte. Er, der Polizeibeamte mit Pensionsanspruch, hatte sich unter den Top Ten der reichsten Männer in Bayern wiedergefunden. Am Flughafen München hatte ein privates Geschäftsflugzeug auf ihn gewartet. Ferienhäuser, überall dort, wo es schön und teuer war, hatten ihm gehört. So war das gewesen – für sechs Monate. Dann war alles wieder weg gewesen. Eben reich, jetzt normal. Eben der Held im Tal, jetzt der Idiot.

Quercher versuchte vergeblich, das Gefühl dieser Zeit nicht an sich heranzulassen. Der Sohn des Schusters, der mühsam aus der Unterschicht im Tal emporgeklettert war, hatte für Monate erlebt, wie richtiger Reichtum war, verschwenderisch und praktisch nicht ausgebbar. Und dann war er auf die Schnauze gefallen.

Menschen hatten Quercher im Supermarkt angestarrt, unverhohlen und sekundenlang, weil er solch ein schönes Beispiel für Häme gewesen war. Eben die halbe Milliarde, jetzt wieder am Kühlregal auf die Preise achten. Eben noch Learjet, jetzt Smart fahren. Letztlich war auch seine Beziehung zu Regina am Geld gescheitert. Es war nicht Erschöpfung, die ihn zur Aufgabe gebracht hatte, es war Scham. Scham darüber, nicht wie Regina eine dicke Haut in der Auseinandersetzung mit der anderen Seite gehabt zu haben. Sie war mit Reichtum groß geworden, kannte das ganze Besteck am Tisch, er wusste nicht einmal, wie man ein Wertpapierdepot anlegte. Er erinnerte sich, wie sie während des Rechtsstreits zufällig im *Freihaus Brenner* auf Rattlers Erben getroffen waren. Er hätte ihnen direkt dort aufs Maul hauen können. Regina aber hatte höflich gegrüßt, sich lächelnd an den Tisch gesetzt und für die Gegenpartei eine Flasche Prosecco bestellt. Er hatte keinen Bissen essen können. So groß war die Scham gewesen, dass er sein Leben beenden wollte.

Schließlich hatte Quercher das tiefe Tal durchschritten, dank anderer Menschen, die auf ihn aufgepasst hatten. Im Laufe der Monate war die Scham schwächer geworden, doch sie war immer noch präsent.

Vertraute Stimmen waberten zu ihm herüber.

Von Weitem sah er zwei Frauen auf seiner Bank vor dem Haus sitzen. Beide kannte er. Beide würden seinem Wunsch nach Stille nicht nachkommen. Der Tag wird nicht besser, dachte er mürrisch.

»Also gut, Quercher ist jetzt zum selbstversorgenden Ökoschrat geworden?«, fragte Constanze Gerass, als sich Arzu Ahishali mit einem leichten Stöhnen auf die Bank an der Hauswand setzte. Sie konnten von hier aus Arzus Sohn beim Toben auf der Wiese beobachten.

Arzu sah ihre einstige Chefin beim Landeskriminalamt Bayern mit einer Mischung aus Bewunderung und Mitleid an. Constanze Gerass' Blick auf Arzus Sohn Max Ali war, so schien es ihr, von Wehmut begleitet. Kein Kind, aber eine Bombenkarriere, immer noch der Preis, den Frauen zahlen mussten, wenn sie in einer Männerdomäne aufsteigen wollten. Die Gerass war vor anderthalb Jahren auf eine neue Position nach Berlin ins Innenministerium versetzt worden. Sie war der heimliche Star der dortigen Politszene. Die Gerass war weiblich und hart, wusste Intrigen und Netzwerke zu spinnen und gab gute Interviews. Sie hatte ihre Ex-Mitarbeiter zwei Jahre nicht mehr gesehen. Am Abend hatte sie Arzu angerufen, da

Quercher nach Sonnenuntergang grundsätzlich nicht mehr an sein Handy ging. Ob sie vorbeikommen könne, nur auf ein Glas Wein, aus alter Verbundenheit. Arzu hatte zugesagt, schon aus schierer Neugierde. Eine Gerass bittet sehr selten.

»Wie geht es dir?«, fragte Constanze und setzte bewusst die persönliche Anrede ein.

Sie hatte ihrer ehemaligen Mitarbeiterin nie das Du angeboten. So war es allerdings einfacher und sollte sofort Vertraulichkeit herstellen. Arzu verstand es, kommentierte es jedoch, ganz entgegen ihrer sonstigen Art, nicht. Auch etwas, was sie sich von Quercher abgeschaut hatte. Lass die anderen sich ins eigene Grab reden, lieber schweigen und genießen, hatte er ihr auf dem Höhepunkt der eigenen persönlichen Krise geraten. Quercher würde sie siezen. Garantiert.

»Okay, ich mache meine Arbeit als Digitalermittlerin und passe auf den Pflegefall Quercher auf, der es seit der Krise im letzten Jahr vorzieht, nur noch eine begrenzte Menge an Silben von sich zu geben. Kurz, er redet ungern.«

Constanze schmunzelte. Was für ein Paar. Arzu, die gern vor sich hinplapperte, und der schweigsame Schrat Quercher. Kein Liebespaar, aber in so etwas wie einer Ehe steckend.

»Also, was ist da passiert? Ich meine, man gibt doch nicht so einfach ein Vermögen her, speziell dieser Dickkopf. Das passt nicht zu Quercher«, insistierte Constanze.

Arzu stöhnte und rief ihrem Sohn zu, er solle nicht in den Federn der toten Hühner baden, die Quercher am Tag zuvor im Schuppen ins Jenseits befördert hatte. »Also seine alte Lehrerin hat ihm das Erbe von Rattler in ihrem Testament zugestanden. Quercher wurde zum Multimillionär – über Nacht.«

»Ich weiß, Arzu, ich war dabei. Damals. Drei Bürgermeister mussten gehen, sechs Gemeinderäte sitzen im Knast.«

Arzu nickte. »Das Erbe vom Rattler war natürlich viel interessanter. Am Ende belief es sich auf sechshundertachtzig Millionen Euro, inklusive aller Wertanlagen. Das erzeugt Neid.«

»Das ist mir klar. Das habe ich in der Zeitung gelesen. Doch was hat ihn bewogen, irgendwann auf das alles zu verzichten?«

Arzu lachte bitter. »Max wollte mithilfe seiner Ex, der Regina – die kennst du ja?«

»Ja, Regina von Valepp«, Querchers Ex-Freundin, »die Dame aus dem Hochadel, die er immer noch …« Sie brach ab, weil sie ahnte, wie sehr Arzu den Holzkopf liebte, auf eine seltsame Weise. Es war Arzu nur nicht klar, ob sie ihn wie einen größeren irren Bruder oder wie einen Mann liebte.

»Na ja, die wollten ja eine Stiftung gründen, so wie es im Testament verfügt worden war. Die anderen Erben, also die von Rattlers Ehefrau, haben so ziemlich alles aufgefahren, was ging, um das zu verhindern und selbst an das Vermögen heranzukommen. Das waren schlimme Monate. Quercher hat sich sauunwohl in seiner neuen Rolle als millionenschwerer Mäzen und Stiftungschef gefühlt. Er hat sein Privatleben verloren, musste in ominösen Sitzungen mit Anwälten und Bankern sitzen. War laufend in der Presse. Dazu immer die Angriffe der Gegenpartei, dieser Familie Dumpfer, schlimme Leute. Die haben üble Gerüchte im Tal verbreitet. Alles stand auf wackeligen Füßen.«

»Dumpfer? Das sagt mir was«, grübelte Constanze.

»Ja, die Familie stammt aus Mönchengladbach. Böse Leute, sehen wie die Landschaft da oben aus, fad halt.«

»Ach? Mir war nicht bewusst, dass der Niederrhein bei türkischstämmigen Bayern so unbeliebt ist. Aber man lernt ja nie aus im Tal.«

Sie lachten.

»Plötzlich tauchte durchaus erwartet ein neues Testament von Rattler auf. Das musste auf Echtheit geprüft werden. Und was für ein Wunder, es schien echt zu sein. Na ja, am Ende hat ihm Regina den Arsch gerettet. Quercher war kaum mehr in der Lage, irgendetwas zu entscheiden. Hat nur den Imker und Hühnerhalter gespielt. Irgendwann hat er hier oben das Schreien angefangen und drei Tage durchgesoffen, in der Scheune da drüben.«

Constanze schüttelte den Kopf. »Ich nehme an, das hat nicht bei dem Rechtsstreit geholfen.«

Arzu schnaufte. »Überleg mal, du hast von jetzt auf gleich über eine halbe Milliarde Euro zur Verfügung und dann ist plötzlich alles weg. Er hat mit einem Typen, den er aus dem Tal kennt, angefangen, den Hof umzubauen, den Brunnen instand zu setzen, so ein Kram. Der Typ heißt Paul, ist ein völlig verschrobenes Kerlchen, quasi Quercher in jung. Aber sehr klug.«

Querchers Dackel Otto hatte sich eine Hühnerkralle aus einem Eimer stibitzt und rannte damit über die Wiese, verfolgt von Max Ali, dessen Haare nun voller Federn waren.

»Wie hat sie ihm geholfen?«, fragte Constanze.

»Es gab einen Vergleich. Quercher hat die Leitung der Stiftung an Regina und ein Mitglied der Gegenseite übergeben und war damit völlig frei, dafür eben auch ohne Kohle.«

»Hat man euch überhaupt nicht bedacht?«

»Er und ich erhielten jeweils einen Betrag, dessen Höhe wir beide auf Wunsch von Quercher nicht kennen, der jedoch von Regina verwaltet wird. Wir werden also monatlich mit einer bestimmten Summe versorgt. Brauchen wir mehr, wird Regina, die das Geld angelegt hat, es uns zur Verfügung stellen.«

»Ihr seid also quasi wieder Angestellte, diesmal von Regina«, frotzelte Constanze, die sich an Querchers besonderes Verhältnis zu der vermögenden Ex-Freundin erinnerte.

»Jaja, das ist alles etwas kompliziert. Ich arbeite weiter und Quercher macht in Bio und löst lokale Fälle.«

Constanze lachte. »Lokale Fälle? Was ist das denn? Wer ist der Eierdieb von Ostin?«

»Ja, so in etwa.« Arzu verdrehte die Augen.

»Was ist passiert?« Constanze ahnte, dass jetzt eine wirre Quercher-Nummer folgte, schenkte sich ein Glas Weißwein ein und lehnte sich zurück.

»Er hat den Dackeldieb von Enterbach gefasst.«

Constanze verschluckte sich fast. »Wie bitte?«

»Im Winter ist der Dackel der Gräfin von Gmund in Wildbad Kreuth verschwunden. Die Gräfin ist mit einem Feuerwehrler aus Ostin verbandelt, der wiederum ist der Bruder von einem Bergwachtler, der mit Quercher Musik hinten in der Scheune macht.«

»Okay, etwas sehr detailliert, Arzu. Komm zum Kern.«

Trudl, die Schweißhunddame, hüpfte mit scheinbar unkoordiniert herumwirbelnden Beinen auf die Bank neben Arzu und verlangte, sofort und ausgiebig gekrault zu werden.

Arzu sah Constanze gespielt empört an. »Das ist wichtig für die Story. Quercher ist der Sache mit vollem Engagement nachgegangen. Es stellte sich heraus, dass die Gräfin Ärger mit einem Jagdpächter hatte, dessen Aufseher zu wenig Futter an das örtliche Wild verteilt hatte. Der hat den Dackel entführt, Quercher hat Freunde von der KTU in Miesbach gebeten, ihm in der Freizeit zu helfen. Es wurden Wagenspuren identifiziert, der Aufseher von Quercher eine Woche observiert und bis an die slowakische Grenze verfolgt, dort in einer wilden Verfolgungsjagd gestellt und aus dem Wagen geholt. Der Dackel war gerettet, Querchers Auto wurde komplett geschrottet und Regina hat ihm zur Strafe einen rosafarbenen Smart mit Herzen auf den Türen als Ersatzauto hingestellt.«

»Vermutlich gehört dieser Dackelraub zu den größten bayerischen Kriminalfällen der letzten Jahrzehnte.«

Quercher war durch die Küche nach draußen gekommen und stand nun auf der Terrasse neben den Frauen. Max Ali lief auf ihn zu.

Quercher lachte. »Was bist du denn für ein Huhn? Bist du ein Ali-Huhn?«

Der Junge lachte ebenfalls und schüttelte den Kopf, sodass die Federn wie Satelliten um seinen Kopf wirbelten.

»Der Mann vom Tegernsee, der Dackel befreit«, frotzelte die Gerass.

»Die Staatssekretärin aus Berlin, die Menschen im Mittelmeer ertrinken lässt.«

Arzu rollte mit den Augen. »Max Quercher, wollen wir schon wieder unfreundlich werden?«, fragte sie drohend.

Er sah Constanze Gerass schweigend an. Sie trug die übliche Businessfrauenrüstung: Hosenanzug mit weißer Bluse, diskreter Schmuck. Alles strahlte Sachlichkeit aus.

»Ein schlimmes modisches Erbe der Merkel-Jahre«, hatte Regina den Stil einmal spöttisch kommentiert.

Klar, mit einem schmal geschnittenen Gucci-Anzug und den Chanel-Schuhen würde man im auf Bodenständigkeit schauenden Politbetrieb auffallen. Wenigstens trägt sie Schuhe mit Absätzen, dachte er und merkte, wie alt ihn der Spruch machen würde, hätte er ihn ausgesprochen.

»Hallo, Dr. Gerass. Wie geht es Ihnen?«, spielte die Gerass einen möglichen Dialog mit Quercher nach. »Ach, mir geht es gut. Berlin ist nicht wirklich schön. Aber es geht. Ob ich Innenministerin werden will? Ach nein. Ich bin ganz zufrieden, doch man soll nie nie sagen. Und Sie so? – Ja, ich lebe hier mit Hühnern, Hunden und Arzu. Alles läuft. Die Hüfte zwickt nicht mehr so sehr. Haare fallen aus. Nachts muss ich nicht raus – noch nicht.«

Arzu bog sich vor Lachen.

Selbst der Schrat schmunzelte, stand auf und rupfte Max Ali die letzten Federn aus dem Haar und die Reste der Hühnerkralle aus Ottos Maul. An einem Wassertrog wusch er sich die Hände. Constanze sah sich den Fünfzigjährigen an. Sie waren gleichaltrig. Während in ihrem Gesicht das harte und zuweilen bösartige Politikleben zu sehen war, tat ihm das Landleben dagegen gut. Er war braun gebrannt, sehnig, hatte ein dem Alter angemessenes Bäuchlein und breite Schultern. Das blonde Haar wurde langsam lichter und grauer, aber das war in der Kombination mit den blauen Augen ein Hingucker. Wäre da nicht seine fehlende soziale Geländegängigkeit. Jeder sardische Esel war kompromissbereiter. Das hatte sie in all den Jahren als seine Chefin schmerzhaft erleben müssen. Sie wollte etwas von ihm, doch er durfte nicht spüren, wie sehr sie das wollte. Dann machte er zu oder forderte unrealistische Zugeständnisse.

Das hatte ihr Arzu schon am Telefon erklärt. »Der macht keine Fälle mehr, die mit vielen Menschen zu tun haben. Wenn ein Tier im Spiel ist, lässt er sich vielleicht überreden. Tiere oder tolle Frauen. So in etwa lässt sich Querchers Motivation erklären.«

»Okay, Quercher, vergessen wir den formalen Kram. Der liegt Ihnen eh nicht. Sie ahnen, ich komme wegen einer Sache, die heikel ist.« Sie trank einen Schluck Wein.

»Wäre sie das nicht, hätten Sie als verbeamtete Staatssekretärin ja genügend Beamte, die das für Sie regeln könnten.«

Constanze nickte und ließ die Spitze ins Leere laufen. Sie griff in die Handtasche, zog ihr Tablet heraus, tippte und wischte auf dem Display.

»Kein Neuland? Dieses Internetz?«, zog er ihr am Bein.

»Bin ja nicht die Ex-Kanzlerin. Das ist Professor Hans Klockenhoff. Seine Fachgebiete waren die Chemie und die Neurobiologie. In beiden Fächern hat er promoviert. Er hat in

Harvard studiert, an der Ludwig-Maximilians-Universität in München und im Sommer in Princeton, USA, gelehrt. Er ist ein enger Freund von mir, so etwas wie ein Mentor gewesen …«

Etwas berührte sie, ließ sie ihren Redefluss für einen Bruchteil unterbrechen.

»Hans saß über mehrere Jahre im deutschen Ethikrat. Hat über Themen wie Sterbehilfe und Fragen zur Genetik nachgedacht, beraten und empfohlen. Er ist … also … jedenfalls wurde er vor einigen Monaten anonym im Netz beschuldigt, über Jahre Studentinnen sexuell belästigt und sogar vergewaltigt zu haben.« Sie zeigte ihnen Screenshots von Posts auf Facebook. »Man warf ihm vor, seine Position bei der Zuteilung von Forschungsarbeiten ausgenutzt zu haben. Der Dekan wurde informiert.«

Auf den nächsten Bildern waren Ausschnitte von Zeitungsartikeln zu sehen.

»Seine Frau glaubte ihm anfangs, zog dann jedoch aus. Vor zwei Wochen begann die Staatsanwaltschaft mit den Ermittlungen gegen ihn. Er entzog sich ihnen durch Freitod.« Sie wechselte zu Bildern vom Tatort. Ein Mann lehnte, als wollte er draußen etwas auf der Straße beobachten, über dem Fensterrahmen. »Er hat sich beide Halsschlagadern aufgeschnitten.«

Quercher hob die Brauen und Arzu atmete hörbar aus. Das war ungewöhnlich.

»Er muss sich entsetzlich gehasst haben«, murmelte Arzu. »Wer sich so zurichtet. Als Biologe wusste er sicher, wie qualvoll so ein Tod ist.«

Constanze nickte.

»Okay, also Ihr alter Freund hat kleine Studentinnen angepackt …«

Constanze unterbrach Quercher. »Das eben ist nicht der Punkt. Natürlich glaube ich ihm. Aber das hat Gründe. Seit

Hans tot ist, gibt es keinerlei Posts, keine Briefe, nichts mehr. Stille. Die Staatsanwaltschaft hat das Verfahren eingestellt. Bis zu seinem Tod wollten sich mehrere Frauen bei der Polizei melden, es gab Aufrufe. Petitionen. Am Ende haben alle wieder zurückgezogen …«

»Was nicht ungewöhnlich ist«, unterbrach Arzu sie. »Der mögliche Täter ist tot. Viele Opfer wollen abschließen, sehen keinen Grund, die Sache zu vertiefen. So eine Stimmung dreht ganz schnell gegen die Opfer. Von wegen, ihr habt den guten Mann in den Tod getrieben.«

Constanze sah die zwei mit einem gelangweilten Blick an. »Herrschaften, ich war auch einmal im Polizeidienst und weiß, wie die Dinge in Sachen Missbrauch und Opferschutz laufen. Das ist immer noch nicht der Punkt. Ich glaube, der Suizid ist kein Suizid gewesen!«

»Der Herr Professor wurde getötet?«, fragte Quercher ungläubig.

»Ja«, antwortete sie und sah ihm direkt ins Gesicht.

»Beweise?«

Constanze schüttelte den Kopf. »Ich kann als nahe Freundin nicht einmal offiziell Einsicht in die Ermittlungsakten nehmen, das sind Unterlagen, die ich von seiner Anwältin erhalten habe. Es wäre auch angesichts meiner Position nicht ratsam, hier aktiv zu werden.«

Stille trat ein. Quercher schien zu ahnen, was Constanze wollte. Ein neuer Fall, der ihn ablenkte, ihn aus dem Tal lockte.

Er sah zu Arzu, die mit den Schultern zuckte, wohl wissend, dass Begeisterung bei dem Schrat gleich wieder Ablehnung seinerseits hervorrufen dürfte.

Quercher nickte. »Es gibt nur ein Problem«, warf er ein.

»Na?«, erwiderte Constanze.

»Sie sind mit uns sehr nah verbunden. Jeder, dem wir auf die Füße treten, wird die Verbindung herausfinden. Da Sie mit dem Ermittlerpöbel nicht in Verbindung gebracht werden möchten …«

Constanze hob beruhigend die Hand.

»Hans' Witwe, Justine, ist ebenso an einer Aufklärung interessiert. Sie werden mit ihr alles Weitere besprechen. Sie wird Sie beauftragen. Sie ist Ihre Ansprechpartnerin und wird Sie ganz offiziell morgen kontaktieren. Wir werden also zukünftig über Justine zu diesem Fall kommunizieren. Ihre Tagessätze sind mir bekannt. Ich habe mit Frau von Valepp darüber gesprochen.«

Constanzes Smartphone klingelte. Sie sah auf die Nummer, erhob sich, murmelte eine Entschuldigung und ging mit dem Telefon am Ohr auf die Wiese, wo sich die Hunde sonnten.

Sie sackte mit dem linken Schuh in den Boden, stolperte, hielt aber stoisch das Telefon am Ohr.

»Das nenne ich Einsatz«, hörte sie Arzu flüstern.

»Ist bestimmt der Kanzler.«

»Bestimmt. Oder noch wichtiger: der Ministerpräsident.«

Beide lachten.

Kapitel 3

Kreuth

Alte Menschen. Ohne Zweifel. Aber es fiel ihm schwer, das Alter genauer zu bestimmen. Es waren chinesische Gesichter, die für ihn als Ungeübtem alle gleich aussahen. Jemand kommentierte die Bilder aus dem Hintergrund. Die Kamera zeigte einen Flur, ›sah‹ immer wieder in Zimmer, in denen meist Männer auf einem Stuhl oder einem Bett saßen und vor sich hinstarrten oder -brabbelten. Leider war der Kommentar auf Chinesisch. Er wollte schon den Stick aus seinem Laptop ziehen, als er eine deutsche Stimme vernahm, die er kannte. Jetzt wurden ihm die Abläufe erklärt.

Es handelte sich um eine Pflegeeinrichtung in einer Stadt namens Ürümqi. Das war zu verstehen, danach wurde es undeutlich. Der deutsche Kommentar wurde ausgeblendet, die Bilder liefen weiter. Das Heim war spartanisch eingerichtet. Es gab einen Aufenthaltsraum, wo Frauen und Männer an Tischen saßen, neben ihnen Infusionsständer. Kanülen führten in faltige Arme. Die Menschen nahmen das größtenteils ohne Regung hin. Bei einem Schwenk konnte man für den Bruchteil einer Sekunde Dutzende Pfleger in weißen Schutzanzügen und Handschuhen an der Wand aufgereiht stehen sehen. Dann waren da wieder die alten Gesichter, die Kamera wurde auf ein Stativ gestellt. Sie filmte jetzt eine Frau und einen Mann, die sich an den Händen hielten, wahrscheinlich ein Ehepaar. Die Augen kaum zu sehen vor lauter Runzeln, die Wangen hingen tief, ihm zitterten die Finger auffallend stark. Eine Hand kam rechts ins Bild, man hörte einen Kommentar, ehe die Hand am Regler des Infusionsbeutels drehte. Nichts passierte.

Wieder wollte er ausschalten, zumindest vorspulen, als er die erste Regung der Frau bemerkte. Etwas schien in ihrem

Gesicht anzuspringen, es war wie ein Licht, eine langsam wachsende Erregung. Ihre Mundwinkel zuckten. Gleichzeitig wurde die Linke des Mannes ruhiger, entspannte sich. Sein Mund öffnete sich, ein Stöhnen folgte, das in ein Gurgeln überging. Der Oberkörper schwankte. Er wand sich, lachte, spuckte auf den Boden und blickte zu seiner Frau, die ebenfalls lächelte. Sie begannen zu sprechen, erst einfache Worte, dann formten sie Sätze, doch er verstand nichts.

»Was sagt er?«, fragte die deutsche Stimme, die er kannte.

Eine Frauenstimme antwortete. »Er sagt: ›Da bist du ja. Wo warst du, Blume?‹«

»Er erkennt sie?«

»Ja.«

»Wann war das das letzte Mal der Fall?«

»Vor drei Jahren. Der Proband ist seit zwei Jahren in Agonie, erkannte weder andere noch sich selbst im Spiegel.«

Die Frau hob die Rechte und führte sie zur Wange ihres Mannes, streichelte unsicher, aber dennoch glücklich lächelnd über die Haut. Es war herzzerreißend mit anzusehen. Minute um Minute verging. Er konnte sich nicht sattsehen an diesem Schauspiel des Erwachens – und bekam Zweifel. Er wollte sich ein Bier holen, da tat sich plötzlich etwas auf dem Bildschirm. Die Hand des Mannes ballte sich. Mit einer ruckartigen Bewegung schlug er sich ins Gesicht, riss den Infusionsschlauch aus dem Arm und im nächsten Moment brach er zusammen. Seine Frau schrie, sprang auf und stieß dabei die Kamera um.

Der Film wurde unterbrochen, setzte wieder ein. Selber Raum, andere Menschen. Wieder leuchteten die Gesichter, um kurz darauf das schrecklichste Grauen zu zeigen, das Menschen erleben können. Als würde sie Dämonen erblicken, die sie längst vergessen hatten. Er begriff, was seine Entdeckung anrichtete. Er begriff, dass er handeln musste. Sie waren gierig und er würde sie mit ihren schlimmsten Ängsten konfrontieren. Das war sein Vermächtnis. Er hatte es in die Welt geholt. Er würde es auch wieder vernichten.

Er schaute aus dem Fenster, wo er den Verkehr der Bundesstraße zwar nicht sehen, aber deutlich hören konnte. Er wusste, wie die Motorradfahrer, die unter der Woche brav in ihren Waben in der Stadt und bei der Arbeit saßen, jetzt den Höllenreiter spielten, ihre hochtourigen Motorräder auf der Straße hoch zum Achenpass aufdrehten, ohne Rücksicht, ohne Verständnis für die Umgebung. Es war diese Ignoranz, die sich manchmal nur im Kleinen zeigte, die ihn rasend werden ließ. Hin und wieder bemerkte er weiter unten auf einem Trampelpfad die verschwitzten Paare, wie sie achtlos an Braunelle, Fingerkraut und Enzian vorbeistapften, wie sie hinter dreihundert Jahre alten Ahornbäumen in die Hocke gingen und sich entleerten und ihre verdammten Papiertaschentücher hinterließen. Ausgerechnet am Bergahorn. Dieser Riese, den sie in guten Zeiten zur Zuckerherstellung genutzt und das Laub als Schaf- und Ziegenfutter hergenommen hatten.

Den Tisch, an dem er saß, hatte er aus einem solchen Stamm gefertigt, in einem der letzten Sägewerke zusammenschneiden lassen und selbst geschreinert. Er war hier geboren, also, so fand er, hatte er die Verpflichtung, wie alle, die hier lebten, mit der Umgebung achtsam umzugehen. Sie zu schützen und zu erhalten, für die nachfolgenden Generationen.

Zu viele hatten das Tal, das Oberland für wirtschaftliche Interessen ausgebeutet und verschandelt. Viele seiner einheimischen Freunde hatten ihren Grund verkauft, an diejenigen von außen, die nur die Idylle für ein paar Tage konsumieren wollten. Wer von denen wusste etwas von der majestätischen Schönheit eines Sommermorgens nach Tagen des Regens? Wenn die Schleier des Nebels über die Wipfel zogen, orchestriert von einem Morgenwind, der sie verscheuchen wollte, damit die Sonne das Tal erwärmte und damit das Spiel, den ewigen Rhythmus der Berge inszenierte. Heimat waren nicht Trachten und Bier. Heimat waren Stille und Ehrfurcht vor dieser Natur, in der die Menschen demütig leben sollten.

Es ist die Heimstatt des Wassers, dachte er. Ohne Wasser sind wir alle nichts. Und wenn wir es genau beobachten, wissen wir, dass es Geheimnisse trägt, wie das Wasser in der Höhle. Es ist das flüssige Gedächtnis dieser Region. Wer die verkauft, ist mein Feind. Wer die zerstört, muss zerstört werden. Und während er das dachte, bemerkte er nicht, wie er sich einen Fingernagel, der ein wenig eingerissen war, komplett abriss. Das Blut lief auf den Tisch aus Bergahorn. Unbemerkt von Paul, der nur noch Wut war.

Kapitel 4

München

»Ich übernehme die Professorenwitwe, du die alten Kollegen vom Kriminaldauerdienst.« Arzu fuhr und bestimmte.

Quercher kraulte den Dackel und widersprach. »Warum? Geht doch auch andersherum.«

»Weil sich Frauen bei Frauen besser öffnen, speziell in der Phase der Trauer. Da will keiner einen Besuch von einem schratigen Mann mit Dackel haben«, erklärte Arzu und betätigte die Lichthupe, weil vor ihr »ein Rentner-Zombie mit Mutti«, wie sie ärgerlich murmelte, schleichend um den See herumgondelte und die Landschaft genoss. »Fahr halt, früher seid ihr still vor euch hingestorben. Jetzt müsst ihr in den rollenden Keksdosen den Verkehr aufhalten«, meckerte sie.

»Ja, ich bin mir sicher, du bist die Richtige für die Witwe«, bemerkte Quercher sarkastisch.

Arzu hatte, das wusste er, einen blöden Vormittag gehabt. Es hatte Stress in ihrer WhatsApp-Müttergruppe gegeben. Das hatte anfangs für Quercher völlig unbedeutend geklungen, aber mittlerweile wusste er, dass diese Form des Austauschs für junge Mütter extrem wichtig und nützlich war. Wer konnte schnell das Abholen des Kindes übernehmen? Wer wusste, wo man günstig Schuhe für die Kleinen bekam? Es war eine virtuelle Tausch- und Infobörse von Gleichgesinnten. Das war die positive Seite. Nur wehe, jemand kam auf die Idee, gegen bestimmte Überzeugungen und Ängste zu argumentieren. Aktuell ging es um das Thema Impfen und irgendeine besorgte Mama hatte komische Seiten aus dem Netz verlinkt. Arzu hatte sich darüber lustig gemacht und gefragt, ob sie auch an eine flache Erde glaube. Ein Mutti-Shitstorm war die Folge gewesen. Die anderen Mütter bezichtigten Arzu, sich nicht um die Kinder zu sorgen, sich über die Gefahren des Impfens nicht genauer zu informieren und überhaupt nur das nachzuplappern, was »Big Pharma« wolle. Eine durchgeimpfte und kranke Kindergesellschaft. Arzu hatte sich nach einer Stunde Lektüre und Tipperei aus der Gruppe verabschiedet. So schnell geht Ausgrenzen heute, hatte Quercher gedacht und sich angeboten, wenigstens den Vätern »aufs Maul zu hauen«, was Arzu abgelehnt hatte.

»Du, ich reiß mich nicht drum. Ich habe im Gegensatz zu dir meine Hausaufgaben schon in der Früh gemacht. Da hat der feine Herr ja die Vierbeiner lüften und mit der Frau Staatssekretärin im Café *Wagner* in Gmund frühstücken müssen.«

Arzu schien es zu missfallen, wie eng Quercher mit der einst so verhassten Ex-Chefin parlierte. Es war nicht Eifersucht, doch sie wollte wohl nicht wieder in die alten Hierarchieverhältnisse zurück. Da die Chefin, die direkt alles mit Quercher besprach, und dort sie, die sie nur zu einer Zuarbeiterin verkommen ließen.

»Weißt du, es gibt Dinge hinterm Mond, von denen das Kälbchen nichts weiß«, bohrte er nun erst recht in ihrer Wunde.

»Okay, du fährst zur Witwe. Die hat übrigens als Ärztin praktiziert. So eine Naturheilerin. Ich wollte dir den Stress mit so einer Nymphenburg-Trulla ersparen. Aber bitte, ein Mann mit Dackel kommt besser an.«

Er streichelte ihr zart über die Wange, was sie sich sogar gefallen ließ, und erzählte ihr von dem Gespräch mit Constanze Gerass.

»Es ist komisch, wir kennen die Frau schon sehr lange. Von ihrem Hintergrund haben wir dagegen nie was erfahren. Klar, die Gerüchte über ihr Sexleben mit dem komischen Manderl aus der Staatskanzlei … Woher sie stammt, was ihr elterlicher Hintergrund ist, wusste ich nicht. Du?«

»Nö, ist aber in einem polizeilichen Betrieb ja auch nicht notwendig. Nicht jeder war mit Pollinger so dicke wie du, na ja, und ich«, erwiderte sie, sichtlich dankbar, dass er nicht ruppiger reagierte.

Dr. Ferdinand Pollinger, der alte Chef und Freund von Quercher und für einige Zeit Arzus Lebenspartner, war vor vier Jahren verstorben. Dennoch schwebte er noch immer über ihnen. Er hatte Quercher damals bei seinem Umzug zurück in die Heimat prophezeit, dass »der See und das Tal dich schlucken werden, du wirst wieder Teil dieser seltsamen Gemeinschaft, die du so ablehnst«.

»Also Witwe Klockenhoff ist in ihren Kreisen so etwas wie die Chefkräuterhexe. Sie ist offiziell Ärztin, Pharmakologin und Pharmazeutin, frag mich nicht nach den Unterschieden. Wird Madame sicher erläutern. Wie ihr Mann war sie jahrelang der Star der Alternativmedizin. Er war der unbequeme Forscher, der gegen viele Regeln verstieß und sich mit der Pharmaindustrie anlegte, sie war diejenige, die auf allerlei natürliche Heilmittel setzte. Klappte alles prima. Er war in irgendeiner Biotechfirma in Martinsried. Da lief irgendwas falsch und auch bei seiner Frau war wohl ein Kraut nicht ganz so heilsam. Er hat mit Mühe wieder an der Uni Fuß gefasst. Sie machte als Ärztin mit Privatpraxis in Nymphenburg weiter. Sie muss extrem schlau sein, die Gerass hat mich gewarnt, bei ihr keine Mätzchen zu machen.«

Arzu grinste. »Daran wirst du dich bestimmt halten.«

Er tat überrascht. »Für mich sind intelligente Frauen in meiner Umgebung eine willkommene Abwechslung.«

Sie bremste abrupt ab, um wieder Gas zu geben.

Quercher, der Otto auf dem Schoss gekrault hatte, rumste nach vorn und fluchte. »Arzu, bitte. Der Dackel mag das Autofahren eh nicht. Musst du ihm das jetzt noch durch deine anatolische Fahrweise erschweren?«

Sie sah ihn säuerlich von der Seite an, ehe sie einen weiteren Schleicher vor sich mit Schwung überholte.

In Bogenhausen überquerten sie die Isar, die wenig Wasser führte. Schon jetzt saßen und lagen Menschen auf den weißen Steinen und sonnten sich. Vor dem Haus der Kunst mussten sie an einer Ampel halten. Arbeiter schwitzten auf einer Baustelle.

»Arme Schweine«, murmelte Quercher, froh, zwar in einer Smart-Keksdose zu sitzen, dafür mit einer Klimaanlage. Der Sommer war schon jetzt kein Spaß mehr für jene, die draußen arbeiten mussten.

Arzu hielt in der Ettstraße in der Münchner Innenstadt. »Magst du auf einen Kaffee mit zu den alten Kollegen hochkommen?«

Er betrachtete die grüne Fassade, die Büropflanzen auf den Fensterbänken, die müden Gesichter der Polizisten in Zivil und Uniform, die ein und aus gingen, und schüttelte den Kopf. »Nein, ich habe Angst vor Ansteckung«, frotzelte er.

Sie verdrehte die Augen. »Die tun dir nichts. Einige, weniger Frauen als Männer, würden sich freuen, dich mal wiederzusehen. Und nein, die werden dich nicht wegen der Millionen, die du mal hattest, verspotten, auch nicht bemitleiden.«

»Darum geht es mir nicht.«

Arzu grinste. »Klar, du bist als hauptamtlicher Talschrat nicht mehr mit diesen armen Beamtenbienen auf einer Linie, du Freigeist von Ostin.«

»Ich hole dich ab, wenn ich bei Witwe Klockenhoff fertig bin und genügend Sauerkraut gegessen habe.«

»Sauerkraut?«

Er schüttelte den Kopf. »Wilhelm Busch?«

Noch immer sah sie ihn verwundert an.

Er schloss die Augen und rezitierte:

»Mancher gibt sich viele Müh

Mit dem lieben Federvieh;
Einesteils der Eier wegen,
Welche diese Vögel legen,
Zweitens, weil man dann und wann
Einen Braten essen kann.«

»Aha, kenne ich nicht«, kommentierte Arzu trocken.

»Klar, weil du nur Atatürk-Gedichte lernen musstest.«

»Okay, du Rentner-Rezitator. Wir treffen uns in Klockenhoffs altem Institut in der Nußbaumstraße.«

Sie schlug die Tür zu, er wechselte auf den Fahrersitz und fuhr weiter nach Nymphenburg.

Dr. Justine Klockenhoff wohnte in einer Gründerzeitvilla nicht weit vom Nymphenburger Schloss, wo sich jetzt die üblichen Touristenbusse drängelten, um die Massen an Besuchern aus Fernost hinaus in die stickig trockene Sommerluft zu kippen.

Ein kleines Messingschild wies darauf hin, dass die Frau nicht nur Medizinerin, sondern auch Psychotherapeutin und Osteopathin war und nur Privatpatienten empfing. Irgendwie musste das Haus ja finanziert werden. Er klingelte an einer aufwendig installierten Sicherheitsanlage mit Kamera und sofort surrte es, ein grünes Licht glomm auf. Bitte lächeln, dachte er missvergnügt.

»Frau Doktor ist zurzeit noch beschäftigt. Würde es Ihnen etwas ausmachen, eine Viertelstunde zu warten?« Die Frau, die sich an der Haustür als Dr. Klockenhoffs Hausdame vorstellte, sah missmutig auf den Dackel zu Querchers Beinen und dann auf ein Schild mit der Aufschrift *Hunde bitte draußen bleiben*.

»Kann der lesen?«, fragte sie spitz.

»Er schon, ich nicht.«

Sie schüttelte den Kopf und schloss die Tür.

Quercher stöhnte. Gib Menschen ein Amt.

Kaum hatte er das Auto in der Nähe des Schlosses abgestellt, jaulte der Kobold neben ihm.

»Klar, du nutzt jede Gelegenheit des Herumschnüffelns, aber in diesem Park wirst du von Amis mit Mundgeruch überrannt oder von gierigen Chinesen verfolgt, die dir das orangefarbene Fell über die Löffel ziehen wollen.« Er musste grinsen, weil ihm jetzt bei Arzu garantiert eine längere Erklärung über Kulturrassismus bevorgestanden hätte.

Otto jagte Schwäne, bis Gevatter Schwan fand, dass er um einiges größer war als der Zwergdackel, und ihn mit wildem Flügelschlagen von der Brut vertrieb. Der Dackel quiekte, Quercher nahm ihn auf den Arm, hielt die bösen Blicke der Anwesenden gelassen aus und ging in den Park. Er hielt es für richtig, vor dem Termin seinen Geist mit ein wenig Cannabis zu beruhigen. Wenn schon die Hausdame solch ein Drache war …

Er sah sich um, drehte sich in einen Busch und zündete sich eine Selbstgedrehte an.

Kurz darauf saß er, den Dackel kraulend, auf der Bank und blinzelte in die Sonne. Kein so schlechter Tagesbeginn, dachte er. Fehlte nur noch Musik. Wie er überhaupt fand, dass der Weltgeist oder der liebe Gott für solche Situationen gute Musik einspielen lassen könnte.

Bellen, der kleine Körper vor ihm wuselte sich aus seinen Armen. Sie waren nicht mehr allein.

»Sie sind Maximilian Quercher. Ich möchte Ihnen helfen!«

Er war eingedöst und wachte jetzt abrupt auf. Neben ihm auf der Bank saß ein junger Mann. Adrett, dunkelhaarig, Anzug, Brille. Dezentes Rasierwasser, eine Warze an der linken Wange.

»Was wollen … Sie?«, fragte Quercher verdutzt, das Dope lähmte ein wenig seinen Sprachfluss.

»Mein Name ist Dr. Trittbett. Ich bin Rechtsanwalt und vertrete einen Mandanten. Wir haben Kenntnis davon erlangt, dass Sie sich als Privatermittler um den Fall Klockenhoff kümmern.«

Schweigen. Quercher ließ ihn kommen, was den jungen Mann ein wenig verunsicherte.

»Äh, Sie sind doch Max Quercher …?«

Er ließ sich Zeit mit einem bestätigenden Nicken.

»Nun, mein Mandant hat lange mit dem Ehemann von Frau Dr. Klockenhoff zusammengearbeitet. Nach seinem plötzlichen Tod ergibt sich jetzt für meinen Mandanten eine heikle Situation.«

»Von wem wissen Sie, dass ich so einen Auftrag haben könnte?«

»Von Frau Dr. Klockenhoff selbst. Sie drohte mit Ihnen. Sie seien ein schlimmer Hund …« Der junge Mann lachte leise. »Schlimmer als der wohl«, ergänzte er und zeigte auf Otto, der sofort knurrte.

»Unterschätzen Sie nie kleine Wesen«, murmelte Quercher und zog den Dackel zu sich.

In einer Art Übersprunghandlung sah der Anwalt auf sein Smartphone, vielleicht nach einer Antidackel-App.

»Also, was wollen Sie denn genau? Setzen Sie mich doch mal ins Bild«, versuchte sich Quercher in Jovialität.

»Nun, mein Mandant und Herr Doktor …«

»Wer ist Ihr Mandant?«

»Eine Dame vom Tegernsee. Frau Weng.«

»Klassischer Name vom See. Herr Trittbett, strengen Sie sich mal an, Ihre Mandanten zahlen Ihrer Kanzlei wahrscheinlich ein Heidengeld, das ist gerade etwas unzusammenhängend. Und zu Ihrem Namen mache ich auch noch keine Witze.«

Der junge Mann wand sich. »Es handelt sich um die Kol

legin Frau Dr. Weng, Expertin auf dem Gebiet der Neurobiologie. Sie hat mit Dr. Klockenhoff zusammengearbeitet, ist jetzt an der Universität in Shanghai tätig, lebt aber offiziell am Tegernsee.«

»Und was will Ihre Mandantin jetzt?«

»Den Zugriff auf die gemeinsamen Forschungsergebnisse von«, antwortete der Anwalt schnell und musste in sein Smartphone schauen, *»Antrum Coeli.«*

»Herr Trittbett, ich bin Ermittler und kein Anwalt. Ich denke, dass Sie eine juristische Frage zu klären haben. Frau Dr. Klockenhoff hat eine anwaltliche Beratung. Wenden Sie sich bitte an diese Kollegen«, wies Quercher ihn ab, auch weil er bemerkte, dass die Viertelstunde längst vorbei war und er zur Witwe zurückmusste.

»Herr Quercher, es geht meiner Mandantin nicht um Geld.«

»Nein, natürlich nicht. Geht es ja nie. Immer nur um das Wohlergehen der Menschheit«, spottete Quercher.

»Gewissermaßen ja. Darum geht es ihr!«, erklärte der junge Mann mit ernster Stimme. Er lehnte sich nah zu Quercher herüber, der das einen Hauch zu nah fand und zurückwich. »Es geht nicht um Geld, es geht um die Linderung von Leid und um die Gesundheit vieler Menschen. Sagen Sie das Ihrer Klientin. Sie muss die Forschungsergebnisse ihres Mannes weitergeben. Nur meine Mandantin kann diese Ergebnisse richtig einordnen. Sagen Sie ihr das bitte!« Er erhob sich und entfernte sich mit schnellen Schritten.

»Komischer Vogel«, murmelte Quercher.

Als er sich wieder zu Otto wandte, der mittlerweile auf der Bank lag, sah er eine Visitenkarte. Sie gehörte dem Anwalt Gundolf Trittbett. Sie verriet, dass er in einer der größten internationalen Kanzleien tätig war.

Die Hausdame öffnete die Tür, geleitete ihn mit einer Handbewegung zu einem Wartezimmer und verschwand danach schnell. An der Wand hingen Bilder mit Naturmotiven, dazu die üblichen Kalenderspruchweisheiten aus der Alternativmedizin. Ein Tisch mit zwei Flaschen ›Mondwasser‹, eine Klangschale. Irgendwo dudelte aus einem versteckten Lautsprecher indisch klingende Musik. Frau Dr. Klockenhoff schien hier Patienten zu empfangen, vermutlich solvente Privatpatienten aus dem Viertel.

Sein Smartphone klingelte. Arzu.

»Und?«

»Die Kollegen haben sich gefreut, mich wiederzusehen. Dürfte ein fremdes Gefühl für dich sein.«

»Arzu, ich hatte eine seltsame Begegnung mit einem Anwalt im Nymphenburger Park. Ich kann jetzt nicht sprechen. Nur eines, er wusste von unserem Job und heißt Trittbett.«

»Max, hast du wieder Rauschmittel genommen?«

»Auch. Aber der Typ war total merkwürdig. Und nein, ich habe ihn mir nicht erträumt. Es ist taghell. Die Sonne scheint. Er war da. Frag Otto.«

»Gut, jetzt zu etwas Realem. Die Kollegen haben bei der Tatortbegehung gute Arbeit geleistet. Alles, wirklich alles unterstreicht die These vom Suizid. Der Rechtsmediziner kann keinerlei Fremdeinwirkung erkennen. Die haben alles dokumentiert, eine zweite Meinung von einem Institut in Nürnberg eingeholt. Also der alte Klockenhoff hat sich ohne Zweifel den Hals aufgeschnitten. Und nun das Wichtigste …«

»Herr Quercher, Frau Doktor wäre jetzt so weit.« Der Hausdrache stand wie aus dem Boden geschossen im Türrahmen und sah erneut missmutig auf Otto, der sie mit einem Gähnen begrüßte.

»Ich nehme den Hund in mein Zimmer«, befahl sie.

Quercher schüttelte nur leicht den Kopf. »Sie gehen wieder in Ihre Drachenhöhle und warten auf den Alberich oder Siegfried und ich finde den Weg allein.« Er lief mit dem Dackel auf dem Arm an ihr vorbei in den Flur auf eine offen stehende Tür zu.

Dr. Justine Klockenhoff erwartete Max Quercher mit gespreizten Beinen und einem Kräutertee.

Sie lag in ihrem Wintergarten auf dem Rücken, die Augen geschlossen, und führte offenbar eine Yoga- mit angeschlossener Atemübung aus. Davon verstand Otto, der Dackel, nichts, sprang stattdessen kläffend von der Tür kommend, wo Quercher ihn unvorsichtigerweise auf den Boden gesetzt hatte, auf die Frau zu und bellte sie nur einen Meter entfernt schwanzwedelnd an.

Statt kreischend auszuweichen, drehte sich die Frau zu ihm, schnaufte, was den Vierbeiner zu weiterem Bellen animierte, bevor sie mit einem fremdartigen Geräusch Otto innehalten ließ. Zwei Sekunden später versuchte er, mit der Zunge ihr Gesicht abzulecken, was sie sich nicht gefallen ließ und ihn stattdessen perfekt an einer Stelle der Brust so kraulte, dass er, kitzelig wie er war, mit seinem rechten Hinterbein zu zucken begann. Weitere Sekunden später räkelte er sich in ihrem Arm.

»Legen Sie sich zu uns. Ihrem Hund wird das gefallen«, flüsterte sie.

Sie drückte auf eine Fernbedienung und sphärische Musik erklang, dazwischen tauchten vertraute Geräusche auf, die Quercher nicht zuordnen konnte. Das musste New-Age-Musik sein, die er zutiefst verachtete. Fahrstuhlmucke. Außerdem nahm ihm eine Duftkerze fast den Atem. Wo war er hier hineingeraten?

»Schenken Sie mir nur wenige Minuten«, flüsterte sie weiter.

Witwe Klockenhoff war dürr wie ein Suppenhuhn. Aber sie hatte eine Art, eine leise formulierte Bitte wie eine Anweisung klingen zu lassen. Quercher kniete sich ächzend zu ihr auf die große Matte, die seltsam angenehm roch, und war sich unsicher, ob er sich wirklich hinlegen sollte. Ihr dürrer Arm mit der ausgeprägten Muskulatur legte sich auf seine Hüfte und tatsächlich drehte er sich auf die Seite, Otto zwischen sich und der Frau, die er genau eine Minute kannte. Sie berührte mit ihrem Daumen eine Stelle an Querchers Brustkorb, was ihn seltsamerweise nicht befremdete.

»Ich bin der Max Quercher«, flüsterte er.

Sie nickte, noch immer die Augen geschlossen. »Ich weiß. Sie sehen ganz anders aus, als ich Sie mir vorgestellt habe.«

»Ach?«

»Ja, ich habe heute Nacht von Ihnen geträumt.«

Das kann ja heiter werden, dachte Quercher. Gleich wird sie mir ihre Träume erzählen und ich bin in einer Yogatantenhölle gefangen, während Arzu bei den alten Kollegen Kaffee und Leberkässemmeln bekommt. Er öffnete ein Auge, sah zu der dicht neben ihm liegenden Witwe und nahm ihren Körper wahr.

Drahtig, wenig Falten. Klar, die üblichen Flecken, die das Alter mit sich brachte. Sport und offenkundig große Disziplin ließen sie sehr schlank erscheinen. Lange Beine, die in einer engen Trainingshose steckten, am Ende bogen sich lange, schmale Füße nach vorn. Sie trug einen Zopf, der ihr dichtes, einst wohl blondes Haar zusammenhielt. Constanze Gerass hatte ihr Alter erwähnt, er hatte es vergessen. Er versuchte sich zu konzentrieren, auf eine unbestimmte Art in dem Raum zu bleiben, aber etwas trug ihn davon, ließ Bilder in seinem Kopf entstehen, die er nicht beschreiben konnte, die ihn jedoch berührten, für Augenblicke. Dachte er.

Er sackte weg und war gleichzeitig bei vollem Bewusstsein. Schien zu fliegen oder wenigstens zu schweben.

Da ist sein Vater. Der Schuster, wie er in seiner Werkstatt mit dem Hammer auf die Sohlen schlägt. Er hört das Knistern des Holzes im Ofen. Er riecht den Leim, das Leder. Es fühlt sich gut an.

Seine Mutter. Sie kocht Arme Ritter. Seine Schwester sitzt neben ihm. Er nimmt ihr etwas vom Teller, spürt die Ohrfeige. Der See. Ein Boot. Sein Vater. Wie er aufsteht, ein Seil um seine Füße, der Mühlstein. Wie er springt. Sein Herz schlägt.

Sie tippte ihm auf die Brust und er kam zurück. Peinlich berührt erkannte er bei einem Blick auf seine Uhr, dass sie ihn fast zehn Minuten hypnotisiert haben musste.

»Was denken Sie jetzt?«, fragte sie in die Stille.

»Wie alt Sie sind«, antwortete Quercher spontan.

Sie lächelte. »Vierundsechzig Jahre, Max Quercher. Als Sie in diese Welt gekommen sind, hatte ich wahrscheinlich schon meine erste Periode.«

Er hustete. Antworten auf Fragen, die nie gestellt wurden. Es wurde immer besser. Immerhin war er wieder im Hier und Jetzt. Spielte sie mit ihm?

»Wann ist das letzte Mal ein Mensch gestorben, der Ihnen wichtig war?«, fragte sie unvermittelt.

»Frau Dr. Klockenhoff, ich bin …«

»Justine. Nennen Sie mich bitte Justine. Das, was wir heute besprechen werden, ist sehr intim für mich. Ich möchte das nicht einem Fremden erzählen, sondern einem Menschen, dem ich vertrauen kann.«

»Gut, Justine. Was ist also passiert?«

Neben ihm lag sein Dackel, hatte sich auf den Rücken gedreht, die prominente Nase in die Höhe gereckt, die Hoden schamlos breitbeinig präsentiert, und schnarchte.

Es war schwierig, das im Raum stehende Thema ernsthaft zu behandeln. Aber es musste sein. Sollte Witwe Klockenhoff zu Beginn die Bedingungen bestimmen. Das würde sich ändern.

Sie räusperte sich und begann. »Mein Mann war ein Genie!«

Eine Pause folgte. Er ließ das Gesagte unkommentiert.

»Ich lernte ihn in einem Begabtenprogramm der Bundesregierung kennen. Wir waren uns bald darüber im Klaren, dass wir nicht einfache Studenten, dumpfe Forscher mit Beamtengehalt werden wollten. Wir waren vor vierzig Jahren angetreten, etwas Besonderes zu finden, zu erforschen. Etwas, was der Menschheit dienen und für immer bleiben würde.«

»Ihr Mann war Arzt?«

»Ja, wir beide. Er schloss alle ärztlichen Prüfungen mit Bestnoten ab. Wir gingen nach Harvard, auch dort war er unter den Besten, habilitierte ein paar Jahre später im Fach Neuropathologie hier an der LMU. Er bekam ein Angebot aus der Pharmaindustrie, ein Start-up-Unternehmen aus Martinsried. Das gefiel ihm nicht, er kehrte zurück an die Uni, wozu ich ihm auch geraten hatte. Wir machten es nicht des Geldes wegen, die Forschung.«

Quercher musste schmunzeln. Schließlich lag er auf dem Boden einer Villa in Nymphenburg mit Wintergarten und ausgesuchter Kunst an der Wand und einer Hausdame, die den Haushalt für Frau Yoga führte.

»An der Universität hat er dann mit den anderen Instituten und Stiftungen seine Arbeiten an der Hirnforschung weiterbetrieben. Irgendwann steckte er in der Sackgasse, es war so um seinen fünfzigsten Geburtstag herum. Wissen Sie, Forschung im neuronalen Bereich, das ist nie ein schneller Erfolg, das sind immer kleine Schritte. Wie alt sind Sie genau?«

»Fünfzig.«

»Stecken Sie auch in einer Sackgasse?«, fragte sie leise, mit ebenjenem Ton, den Quercher schon immer bei sogenannten achtsamen Menschen gehasst hatte.

In den letzten Jahren meinte jeder bei völlig normalen Gesprächen plötzlich, den Lebenscoach geben zu müssen. Hinter der harmlosen Frage »Wie geht es dir?« steckte ein dringendes

Bedürfnis vieler Zeitgenossen, mal eben eine kleine Therapiesitzung abzuhalten. Er wollte nur seine Ruhe. Er war fünfzig, hatte damit zwei Drittel seines Lebens hinter sich. Den Rest wollte er so angenehm wie möglich gestalten.

»Wir stehen jetzt beide mal besser auf.« Er erhob sich.

Der Dackel rannte in die Wohnung auf der Suche nach etwas Ess- oder Quietschbarem. Quercher reichte ihr die Hand, die sie dankend annahm, um sich nah an ihn heranzuziehen. Sie schnupperte an ihm wie ein Tier, ehe sie lächelnd zu einem Tisch ging, wo allerlei Blätter, Akten und gelbe Notizzettel lagen.

»Ich habe den Fall schon einmal für Sie aufbereitet.« Sie deutete auf eine weiße Tafel an der Wand.

Er stellte sich staunend davor. So strukturiert waren nur Naturwissenschaftler. Links waren die Fakten zu einem Wirkstoff, daneben die zeitlichen Abläufe, Namen und Termine. Rechts standen zwei Reihen mit möglichen Querverbindungen. Die Tafel war komplett vollgeschrieben. In seinem Leben war Quercher nie so geordnet an einen Fall herangegangen. Er hatte von Natur aus Respekt vor Wissenschaftlern. Er war im Gymnasium schon am Zitronensäurezyklus gescheitert. Diese Menschen lebten und dachten in anderen Sphären als er. Nie käme er allerdings auf die Idee, diese heimliche Bewunderung zu zeigen.

»Praktisch alle Fakten, Fragen und möglichen Zeugen habe ich mir notiert«, unterbrach sie seinen Gedankenfluss und deutete auf einen in großen roten Lettern geschriebenen Namen. »*Antrum Coeli* – darum geht es!«

Da war der Begriff, den schon der seltsame Anwalt genannt hatte. Quercher erschien es noch zu früh, von seiner Begegnung im Park zu berichten.

»Aha, das ist was?«, wollte er wissen.

Sie atmete tief ein und mit aufgeblasenen Wangen aus. »Max Quercher, das ist …«

Wieder eine Pause.

»Daran hat mein Mann geforscht. Es ist ein Wirkstoff. Er kann sehr viel in unseren Köpfen verändern. Mein Mann hat außerdem Kreuzverbindungen mit anderen Wirkstoffen wie Rizin getestet. Es ist ein hochpotentes Mittel.«

Fein, das deckte sich mit den Ausführungen des Anwalts.

»Gut, dazu später.« Quercher wollte ihr ein wenig Dramatik nehmen, sie wirkte auf ihn, als hätte sie eine Inszenierung geplant, warum auch immer. Das wollte er brechen. »Fangen wir von vorn an. Ihr Mann starb, sagen wir es so, vor vier Wochen in seinem Institut hier in der Nußbaumstraße, richtig?«

Sie nickte.

»Vor seinem Tod gab es schwere Vorwürfe von diversen Studentinnen. Standen diese in Zusammenhang mit seinem Tod?«

Die Witwe lächelte. »Nein, so werden Sie die Geschichte nicht verstehen. Sie muss von Anfang an erzählt werden.«

Ihre Augen spießten ihn förmlich auf. Gut, sie zahlte. Er war die Ermittlerhure. Hörte er halt dem Witwendrama zu und kraulte derweil Otto.

»Vor sechs Jahren bekam Hans einen Wirkstoff aus der Natur in die Hände. Jemand hatte es ihm zugespielt, behauptete, er habe es irgendwo in den Bergen gefunden.«

»Wie darf ich mir das vorstellen?«, fragte Quercher. »Kommt da jemand in die Uni, fragt sich zu Ihrem Mann durch und legt ihm einen Fund in einer alten Schachtel vor?«

Justine Klockenhoff lächelte milde. »Nicht ganz, es läuft über Hörensagen. Sie müssen wissen, dass es Jahre dauert, um Wirkstoffe und ihre Eigenschaften zu erkennen und anzuwenden. Die Forschung im Labor beruht darauf, dass der Wirkstoff isoliert und erst einmal die Struktur durch Versuche aufgeklärt werden muss. Das machen meist kleine Helferlein, Doktoranden, die sich einen Namen machen wollen.«

»Aha.«

»Anschließend geht es in die Versuchsreihen, erst an Tieren, dann am Menschen. Erst dann wird die Strukturformel verändert. Das Anflanschen einer OH-Gruppe kann die Eigenschaften des Wirkstoffs verändern, die Wirkung verlängern oder verkürzen, verstärken oder abschwächen, weil sich zum Beispiel die Bindungseigenschaften am Rezeptor verändern.«

»Sie verlieren Ihr Publikum, Frau Dr. Klockenhoff«, unterbrach Quercher sie und gähnte ostentativ.

»Justine, aber gut. Hans hat den Wirkstoff quasi ›nebenbei‹ untersucht, bis ihm die ersten Testerfolge gelangen und er …«

»Halt, Ihr Mann hat Wirkstoffe nebenbei untersucht, so in der Mittagspause?« Quercher hatte ein untrügliches Gefühl für Logiklücken, speziell wenn Menschen so schnell über Details hinweghuschten wie Witwe Klockenhoff.

Sie hob die Brauen. »Ich verstehe ja, dass Sie als ehemaliger Staatsdiener Regularien unterworfen waren, die Sie geprägt haben, aber an einer Universität gilt das Prinzip der freien Lehre. Professoren sind sehr unabhängig.«

»Hm.«

»Das war jedenfalls vor zwei Jahren so. Ich war gerade von einem TCM-Seminar in Wuhan zurückgekehrt, als mir Hans …«

»TCM?«

»Traditionelle Chinesische Medizin, ich empfehle das sehr.«

»So was wie Vogelgrippe, nur weniger tödlich, nehme ich an.«

»Herr Quercher, ich spüre eine gewisse Verachtung alternativer Medizin gegenüber.«

»Keineswegs. War nur ein blöder Scherz, bitte fahren Sie fort.«

»Mein Mann hat diesen Wirkstoff erstmals an Affen getestet und erstaunliche Ergebnisse erzielt. Draußen in Martinsried, auf dem Campus der Ludwig-Maximilians-Universität. Das hat er mir an einem Abend erzählt.« Sie machte eine Pause, atmete tief durch. Tränen standen in ihren Augen. »Das war der letzte Abend, an dem für uns alles normal gewesen ist, wir ein glückliches Paar waren. *Antrum Coeli* hat unser Leben zerstört, wenn Sie so wollen, und kann doch so viele andere Leben besser machen.«

Quercher stutzte. »Warum? Was ist dann passiert?«

»Hans erklärte, dass *Antrum Coeli* massiv und schnell auf Plaques wirke. Das allein wäre schon eine Sensation.« Sie sah in sein fragendes Gesicht und nickte müde. »Sie haben von der Alzheimerkrankheit gehört?«

Er nickte. »Ja, schon, aber wieder vergessen«, kalauerte er.

Sie ging nicht darauf ein. »Alzheimer ist eine neuronale Erkrankung. Maßgeblich sind bestimmte biochemische Prozesse an der Krankheit beteiligt. Alzheimer-Plaques, wir sprechen auch von Amyloid-Plaques, sind Hauptmerkmale von Alzheimer. Bei Amyloid handelt es sich um ein stark verändertes Protein, das sich als sogenannte Alzheimer-Plaques, also Ablagerungen, an der Außenseite von Nervenzellen ansammelt.«

Sie zeigte ihm eine Grafik, auf der er links gesunde Nervenzellen, rechts befallene erkannte.

»Weiterhin können sich die Eiweißablagerungen an Blutgefäße heften, sodass es zu einer verminderten Sauerstoff- und Energieversorgung des Gehirns kommt. Bislang gingen wir von zwei Behauptungen aus. Zum einen sind die Ablagerungen giftig und schädigen die Neuronen lange vor dem eigentlichen Ausbruch der Alzheimer-Erkrankung, demnach in einem sehr frühen Stadium der Demenz. Dabei müssen die Betroffenen nicht mal geistige Einschränkungen bemerken.

Zum anderen könnte man nicht gezielt gegen diese Amyloide vorgehen, denn eigentlich gehören sie zum Stoffwechselprozess des Menschen. Nur die Ablagerungen sind das Problem. *Antrum Coeli* hat, und das ist die Sensation, diese Ablagerungen verändert. Es hat sie sich zu eigen gemacht. Hans beschrieb es so: ›*Antrum Coeli* durchbricht die normale Blut-Hirn-Schranke.‹«

Quercher zuckte mit den Schultern. »Sorry, meine Biolehrerin war mir sehr unsympathisch. Sie hatte viele Haare im Gesicht. Ich habe da nie aufgepasst. Sie müssen es mir so erklären, als wäre ich ein Golden Retriever.«

Die Witwe atmete tief ein. »Die Blut-Hirn-Schranke ist eine Barriere zwischen dem Blut und der Hirnsubstanz. Sie wird aus Endothelzellen, Perizyten und Astrozyten – für Sie: Zellen – gebildet. Über enge Verbindungsstellen sind die Endothelzellen in den kapillaren Hirngefäßen so eng miteinander verknüpft, dass keine Stoffe unkontrolliert zwischen ihnen hindurchkommen können. Um ins Gehirn zu gelangen, müssen alle Stoffe durch die Zellen hindurch, was streng kontrolliert abläuft.«

»Okay, verstanden. Das Hirn hat eine strenge Tür bei fremden Stoffen. Kann man ja für Doofe wie mich in einem Satz erklären«, nörgelte Quercher.

Justine Klockenhoff seufzte. »Ich glaube, Ihr Dackel hat es schon früher verstanden. *Antrum Coeli* drang hindurch, nutzte die Ablagerungen und wirkte auf, wenn Sie so wollen, das Gedächtnis, also auf die Nerven ein, die unsere Erinnerung eigentlich nur sind.«

»Wow, dieses *Antrum Coeli* ist also ein mögliches Heilmittel gegen Alzheimer?«, fragte Quercher, ein wenig Verstehen vortäuschend.

Sie nickte.

»Das muss für Sie und vor allem für Ihren Mann ein unglaublicher Erfolg gewesen sein. Das ist doch fast nobelpreisverdächtig.«

»Ja, das könnte es sein. Es gab nur einen Haken.«

»Jetzt bin ich gespannt.«

»Hans forschte an Affen«, sagte sie leise.

»Okay, das ist nicht schön, aber …«

»An Menschenaffen!«

Quercher atmete durch, sah vor seinem inneren Auge Käfige mit leidenden Tieren und wiegte den Kopf. »Das ist ein Dilemma.«

»Nein, das ist eine Straftat. Denn seit Anfang der Neunzigerjahre sind Versuche mit Menschenaffen in Deutschland strengstens verboten.«

»Ja, aber …«

Die Witwe schüttelte den Kopf. »Hans begann erst legal. Er untersuchte die Funktionsweise des Wirkstoffs auf das Gehirn mit Makaken, also keinen Menschenaffen. Dummerweise bekamen Tierschützer davon Wind. Vor zwei Jahren geriet er wegen dieser Affenversuche öffentlich in Verruf, nachdem eine Boulevardsendung Aufnahmen der Tierschützer ausgestrahlt hatte. Die Bilder aus dem Inneren des Labors wirken auf Laien verstörend. Da trifft das Emotionale auf das Rationale. Und Letzteres verliert dabei immer.«

Das konnte er sich vorstellen.

»Es gab Anzeigen, Pöbeleien im Netz. Hans wurde bei einem Opernbesuch mit Schweineblut übergossen.«

»Aber er musste doch nur sagen, woran er forschte und wie wichtig das für die Menschheit ist«, unterbrach Quercher die lauter werdenden Ausführungen der Frau.

»Es war illegal und seine Ergebnisse waren nicht an Menschenaffen oder Menschen getestet. Hans wollte nicht nur Grundlagenforschung betreiben. Er wollte das Mittel, das Endrezept entwickeln! Bei diesen Vorwürfen stand einiges auf dem Spiel. Der Dekan zwang Hans, die Forschungen an *Antrum Coeli* sofort einzustellen. Man fürchtete um den Ruf der Exzellenzuniversität.«

Quercher schwieg.

Der Dackel schnarchte.

»Lassen Sie mich raten, er machte weiter.«

»Ja, Hans suchte heimlich eine Kooperation mit einer chinesischen Uni in Shanghai, reiste privat, verabreichte den Wirkstoff persönlich und ließ die Chinesen die Probanden, also die Affen, beobachten und nach ihrem Tod untersuchen. Kurz vor seiner letzten Reise dorthin haben die Chinesen aus seiner Sammlung eine kleine Probe entnommen und sie an Menschen getestet. Das muss eingeschlagen haben. Hans wusste, er war auf dem richtigen Weg. Jetzt ging es nur noch darum, wie er der deutschen Kollegenschaft, der akademischen Welt seine Forschungsarbeit möglichst legal darstellen konnte. In diesen hysterischen Zeiten müssen Sie sich als Forscher die Frage gefallen lassen, ob ein Heilmittel für Menschen wirklich wichtiger ist als das Leben von Affen. Wir zerhacken männliche Küken für unser Frühstücksei, aber wir zetern bei Affen. Das alles ist so bigott. Ich bin Alternativmedizinerin, doch diese selbst ernannten Tierschützer agierten wie die Taliban, Bilderstürmer mit einem überschaubaren Intellekt und einem großen Emotionsspeicher. Hans war sich sicher, dass man ihm den Wirkstoff genommen hätte, ihn persönlich für die unethische Forschung in der Versenkung hätte verschwinden lassen und ein großer Pharmakonzern das Geld damit gemacht hätte. *Antrum Coeli* wäre urplötzlich bei einem multinationalen Konzern aufgetaucht und Hans wäre eine Fußnote bei Wikipedia geworden.«

Quercher nickte stumm.

»Also suchte er nach einem jungen Unternehmen, einem aus Deutschland. Ehemalige Studienkollegen vom Tegernsee hatten ihren Kindern so ein Start-up quasi als Spielwiese geschenkt. Mit denen wollte er zusammenarbeiten. Dann kamen die Vorwürfe des Missbrauchs, der sexuellen Belästigung. Das war sein Todesstoß.«

Quercher verstand.

»Hören Sie, Max Quercher, mein Mann wurde getötet. Mir ist als Medizinerin sehr wohl klar, dass es sich bei diesem Tod um einen Suizid handelt. Er ist in seiner schieren Verzweiflung zu dem Schluss gekommen, dass sein zukünftiges Leben ohne Sinn und Zweck gewesen wäre. Sie hatten ihm alles genommen. Er stand ohne Forschungseinrichtung, ohne Gelder da. Er war ein Frührentner mit dem Stigma des Frauenbelästigers. Das hat er nicht mehr ausgehalten.«

»Okay, das ist schlimm. Aber was wollen Sie nun?«, fragte Quercher.

Sie machte eine lange Pause. »Es gibt keinerlei Hinterlassenschaften meines Mannes. Wenige Stunden nach dem Tod hat die Universität veranlasst, sein Büro und sein Labor komplett in Kisten zu packen und wegräumen zu lassen.«

»Aha, und wo sind diese Kisten?«

»Die hat eine Spedition übernommen. Seltsamerweise ist ausgerechnet dieser Lkw, der alle Akten, alle Dokumente wegtransportieren sollte, auf einer Raststätte auf der Ostumfahrung in München in Brand geraten. Völlig ausgebrannt. Zufällig? Ich glaube kaum.«

»So ein Lkw-Brand passiert schon mal. Ist sonst nichts mehr da?«

»Nun ja, es gibt laut Inventarliste der Spedition noch drei Umzugskisten, die jemand mit einer gefälschten Vollmacht auf dem Unigelände mitgenommen hat. Sie müssen einen Wert gehabt haben. Keiner weiß, wer das gewesen sein könnte. Von der Spedition erinnert sich niemand mehr. Mein Mann ist tot, seine Forschung verschwunden. Zu mir in die Praxis kommen nach den Tierversuchsvorwürfen keine Patienten mehr. Ich bin nicht mittellos, im Gegenteil. Doch ich will wissen, wer dahintersteckt. Das ist das Vermächtnis meines Mannes.«

»Gut, das sind die Hintergründe. Es gibt also Motive für eine mögliche Verschwörung …«

»Herr Quercher, das ist keine Verschwörung. Hier geht es um Geld, um Ruhm, jenseits eines Zuckerersatzstoffs oder eines obskuren Erkältungsmittels aus einer kenianischen Knolle. Wer diesen Wirkstoff zur Marktreife bringt, wer damit vielleicht noch ganz andere Effekte entdeckt, wird auf einer Stufe mit dem Entdecker des Penicillins stehen.«

»Verstehe. Nur wieso ist das nicht ein großes Thema für Zeitungen und die gesamte Forschungswelt? Ich meine, Alzheimer, das ist doch die große Story schlechthin.«

Die Klockenhoff grinste spöttisch. »Wer soll das denn an die Öffentlichkeit tragen? Es weiß keiner. Es gibt keinerlei Kopien. Die Chinesen in Shanghai bestreiten jede Zusammenarbeit. Klar, sie haben ja auch nichts in der Hand, wollen vermutlich selbst in aller Stille an ihren Probanden weiterforschen. Aber es wird ihnen das Wissen um die Herkunft des Stoffs fehlen. Also begraben sie es vermutlich oder geben es einer Grundlagenforschungseinheit und warten ab.«

Das Treffen im Park mit dem Rechtsanwalt brauchte ein wenig Aufklärung. »Geht gleich weiter mit der Pharmaverschwörung, Frau Doktor. Wer ist der Anwalt Trittbett?«

Sie stutzte, wollte etwas erwidern, behielt es jedoch für sich und dachte nach. »Wie kommen Sie auf den?«

»Den? Ach, der kam im Nymphenburger Park auf mich zu. Ich solle auf Sie einwirken. Er habe eine Mandantin, irgendeine Frau …«

»Weng. Dr. Weng. Hans hat mit ihr gearbeitet.«

»Und?«, fragte Quercher.

»Dieser Anwalt ist ein Kriegsgewinnler. Er arbeitet für

eine Kanzlei, die einen Vertrag zwischen Dr. Weng und meinem Mann über eine mögliche Gewinnbeteiligung ausgearbeitet hat. Dumm nur für diese Geier, dass mein Mann starb, bevor er diesen Vertrag unterzeichnen konnte. Nun will die Frau dennoch einen Anteil haben. Es gibt allerdings nichts, was sie haben könnte. Wie gesagt, die Aufzeichnungen sind verschwunden, mein Mann tot, der Wirkstoff nicht auffindbar.«

»Hätten diese Chinesen ein Interesse am Tod Ihres Mannes?«, wollte Quercher wissen.

»Sie schüttelte den Kopf. »Es sei denn, sie hätten entweder den Wirkstoff selbst oder ihn im Blut der Probanden entschlüsselt. Das wage ich zu bezweifeln. Der Anwalt ist ja mit seiner Forderung Beweis genug, dass die Chinesen nichts haben.«

»Steht diese Kollegin Weng für die chinesische Regierung? Wenn dem so ist, kann ich mir vorstellen, dass so ziemlich alles möglich ist. Die gehen mit ihren Regimegegnern ja nicht gerade zimperlich um.«

»Meinen Sie? Na ja, in China forscht kein Mensch privat. Speziell im Pharmasektor sind die staatlichen Stellen über jeden Schritt informiert.«

Quercher atmete tief ein. Langsam nahm die Geschichte Fahrt auf. Wenn die Witwe mit dem *Antrum-Coeli*-Wirkstoff recht hatte, wäre das für jeden, ob Privatperson oder Staat, ein unglaublicher Schatz, den man unter allen Umständen heben müsste.

»Gut, wo setze ich an? Ich frage mal in der Uni …«

»Brauchen Sie nicht. Da stoßen Sie auf taube Ohren. Die wollen von meinem Mann nichts mehr wissen. Für die ist er der Tierquäler und Grabscher, den man am liebsten totschweigen will.«

Er verstand, würde trotzdem hinfahren.

»Es gibt nur einen Ansatzpunkt: *Relaxando!*«, rief sie.

»Klingt wie eine Seife aus dem Osten«, lästerte Quercher.

»Das ist der Name eines Start-up-Unternehmens in Weyarn. Nicht weit von Ihnen, nahe der Autobahn. Laura Binsinger wird Ihnen da sicher weiterhelfen. Sie ist einer dieser Start-up-Haifische.«

»Warum sind die wichtig?«

»Mit ihnen hat Hans zum Schluss zusammengearbeitet. Sie wissen um die Wichtigkeit und die Wirkungsweise. Wenn Sie anfangen wollen, dann bei denen.«

Sagen Sie, dieser Wirkstoff, das ist doch der Schlüssel zu allem. Woher hatte Ihr Mann den noch gleich?«

»Jemand hat ihn ihm vor Jahren ins Institut gebracht.«

»Wer war das?«

Sie zuckte mit den Schultern. »Das wusste nur mein Mann. Er fürchtete, als er die Ergebnisse sah, um sein …«

»Um seinen Ruhm?«

»Ja, vielleicht auch das. Kann sein. Als der Ärger begann, habe ich ihn mehrfach nach diesem Menschen gefragt, aber da kam immer von ihm die Angst, dass mir mit diesem Wissen etwas zustoßen könnte.«

»Und woher stammte dieser Stoff?«

Sie lachte bitter. »Na, dreimal dürfen Sie raten.«

»Worauf wollen Sie hinaus?«

»Der- oder diejenigen, die das Mittel zu meinem Mann brachten, nannten es ›Tatzelwurmdreck‹. Dreck vom Tatzelwurm. Da liegt es nahe, dass es …«

»Klar, Tatzelwurm, das ist ein Ort bei Oberaudorf. Ist bei mir um die Ecke. Da gibt es auch Wasserfälle«, erinnerte sich Quercher.

»Nicht weit von Ihrer Heimat. So sind Constanze und ich auf die Idee gekommen, dass Sie der beste Mann wären, sich um diesen Wirkstoff zu kümmern, die verschwundenen

Kisten zu finden und die Hintermänner, die meinen Mann in den Tod getrieben haben, aufzuspüren. Ich will die völlige Wiederherstellung des Rufs meines Mannes.«

Quercher erhob sich, folgte dem Dackel, der mit einem Massageball spielen wollte, und hob ihn hoch. »Wissen Sie, Justine, Frau Gerass ist zu mir gekommen. Sie bat mich in Ihrem Namen, mögliche Täter ausfindig zu machen, die für den Tod Ihres Mannes verantwortlich sind. Gut. Ich fahre also bei schönstem Wetter vom Tegernsee ins brütend heiße München, meine Kollegin stiehlt ihren Ex-Kollegen bei der Kripo die Zeit. So, und nun erfahre ich, dass Sie auch an einen Suizid glauben. Denn was Sie wirklich wollen«, er sah ihr direkt ins Gesicht, »das ist dieser Wirkstoff, dieser Tatzelwurmdreck, aus dem Ihr Mann, Gott hab ihn selig, dieses *Antrum Coeli* hergestellt hat. Wenn ich also meinen Job machen soll, kommen Sie mir nicht mit dem Ruf Ihres Mannes, das sind Räuberpistolen über mörderische Hintermänner. Dann«, er stand jetzt direkt vor ihr, »dann sagen Sie mir die Wahrheit und eiern hier nicht herum. Sie wollen den Stoff. Sie wollen den Ruhm. Sie wollen das Geld.«

Die Witwe hatte ihn ausreden lassen, war gelassen geblieben. Jetzt kam sie in Fahrt. »Ja, vielleicht das alles. Aber Sie werden mir dabei helfen. Denn für Sie hat dieser Fall ja auch eine größere Bedeutung.«

»Ach, sehe ich schon so dement aus?«, ätzte Quercher.

»Vielleicht sollten Sie etwas weniger überheblich auftreten. Sie sind in Ihrem Tal gescheitert, waren mal der große Ermittler und sind jetzt die Witzfigur, die auf einem Biobauernhof vor sich hinvegetiert und von den Alimenten der Ex-Freundin lebt. Sie sind fünfzig. Wenn es gut für Sie läuft, leben Sie noch dreißig Jahre dort mit dem Stigma des Verlierers. Ein Verlierer wie Ihr …«

»Sagen Sie das nicht«, flüsterte er.

»Sie werden wie Ihr Vater auf dem Grund des Sees landen, wenn Sie sich nicht befreien. Er sitzt auf Ihrer Schulter. Sie spüren ihn jeden Tag. Er sagt Ihnen: Du schaffst das nicht. Fang es nicht an. Du wirst scheitern.«

Er wollte etwas erwidern. Doch da war wieder der Geruch von Leim und Leder in seiner Nase. Er vernahm das Klopfen des Hammers, sah die schwielige Hand seines Vaters, spürte, wie der gebrochene Mann ihn traurig ansah. Er würde nicht in die Knie gehen. Nicht vor ihr. Doch diese verdammte Witwe war der erste Mensch, der so tief in sein Innerstes blicken konnte. Wortlos rannte er hinaus, vorbei an der erstaunten Hausdame, Otto lief auf seinen kurzen Beinen bellend hinter ihm her über das Kopfsteinpflaster der Stielerstraße und überquerte mit ihm die Straße zum Kanal, wo Menschen joggten. Sie sahen Quercher ärgerlich an, als er ihnen in den Weg trat, stolperte und auf den Kies fiel. Die Stimme seines Vaters im Ohr. Der Dackel, der neben ihm saß und ihn mit großen braunen Augen anschaute, winselte.

Sein Smartphone klingelte. Arzu.

»Wo bist du?«

»Vor der Praxis der Klockenhoff, am Kanal. Mir geht's ...«

Er konnte kaum weiterreden. Wieder traten die Bilder aus seiner Kindheit in seine Welt, wenn er die Lider schloss. Er beobachtete vom Ufer aus, wie das Boot mit seinem Vater immer kleiner wurde, wie er hinausruderte. Quercher hielt sich an einem Schilderrohrpfosten fest, in der Hoffnung, so etwas wie Kälte zu spüren. Aber das Metall war ebenso warm wie die Umgebung. Er hätte nicht sagen können, dass diese Erinnerungen extrem schmerzhaft waren, sie waren nur sehr intensiv. Als erlebte er sein Leben von einst gerade in Echtzeit.

Er schwitzte, das Herz raste, dennoch war der Kopf klar, die Gedanken purzelten nicht, sie schienen sich zu sortieren.

»Als würde jemand mein Archiv aufräumen …«

»Was redest du da?«

Arzu stand über ihm, griff unter seine Arme und versuchte, ihn auf die Füße zu ziehen. Otto sprang an Querchers Bein hoch, bellte, schien ihn aufzufordern, wach zu werden.

»Die Alte hat mich hypnotisiert«, brachte er mühsam hervor. »Hast du Wasser?«

Sie rannte zu dem pinkfarbenen Smart, mit dem sie herangebraust sein musste, und stolperte fast über Witwe Klockenhoff, die plötzlich vor ihr stand, als sie sich aus dem Wageninneren zurückwand.

»Was haben Sie mit Max gemacht?«, fauchte Arzu.

»Ihr Partner hat seine Leine bei mir vergessen«, erwiderte sie lakonisch.

»Soso, und deswegen liegt er da?«

Justine Klockenhoff ging auf Quercher zu. »Ist Ihnen unwohl?«, fragte sie und beugte sich zu ihm herunter.

»Das sieht man wohl doch. Oder hängen in Nymphenburg gern Menschen auf dem Kiesweg und fragen nach Wasser?«, keifte Arzu und wollte die Frau beiseiteschieben.

»Nein, mir geht es gut. Ich bin nur …« Er griff nach der Wasserflasche und trank gierig. »Was ist das?«, fragte er an die Witwe gewandt.

»Das ist *Antrum Coeli* …«

»Sie haben mir …?«

»Tausendfach verdünnt!«

Er konnte es nicht fassen. Sie hatte ihn benutzt. Wie eine Laborratte hatte er dieses Zeug verabreicht bekommen, als er bei ihr auf dem Teppich gelegen hatte. Das war schlimm, aber nicht das, was er erlebt hatte. Das war – einzigartig.

»Okay, Frau Dr. Klockenhoff, Sie können sich andere Ermittler suchen«, rief Arzu aufgebracht.

Quercher griff nach Arzus Arm. »Nein, nein. Im Gegenteil.«

Arzu sah ihn verdutzt an. Sie war gerade in Schwung, hätte, wie er sie kannte, der Witwe am liebsten eine Ohrfeige verpasst und wäre mit großer Geste mit Quercher im Smart davongerauscht.

»Arzu, wir finden das Kraut. Wir finden denjenigen, der weiß, woher es kommt. Das wird unser größter Fall!«

Sie sah ihn an, reichte ihm Ottos Leine und zog die Luft ein. »Oder unser letzter …«

Kapitel 5

Weyarn

In der Halle standen vier schöne Menschen und der Bürgermeister von Weyarn. Der Mann kam von einer Sitzung mit den Landfrauen, wie er lautstark berichtete, hatte mindestens zwei Weißbier in seinen umfangreichen Körper geschüttet und konnte so mit einem leicht ins Rötliche changierenden Gesicht aufwarten. Die vier schönen Menschen hatten von Anfang an keinen Draht zu diesem Feierabendpolitiker.

Ihnen gehörte diese Halle. Er wollte etwas von ihnen, sie nichts von ihm. Keine Reduzierung der Gewerbesteuer, keine Förderung. Sie wollten ihre Ruhe. Aber die Höflichkeit gebot es, den Dorfschulzen zu empfangen. Sie kamen aus der Region, ihnen war Tradition nicht fremd. Sie konnten, wenn sie wollten, in seinem Dialekt sprechen. Schließlich waren alle im Krankenhaus Agatharied, einem Ort nicht weit von hier, geboren worden. Sie waren zum Gymnasium Tegernsee gegangen, hatten das Abitur mit 1,0 abgeschlossen, das Eliteprogramm der bayerischen Staatsregierung genossen und waren bei Banken und Unternehmen schnell in Förderprogrammen und Führungspositionen gelandet. Vor dem Bürgermeister stand Bayerns Elite.

»Also, Herr Schlickenschlitzl, das ist die …«, begann Ferdi.

»Nennts mich doch Juppi. Wir san ja jetzt quasi Nachbarn. Mei Wiesn grenzt ja an dös Industriegebiet«, versuchte es der Politiker versöhnlich. Er war Landwirt, hatte den Hof seinem Sohn übergeben und sich vom Gemeinderat nach oben an die Spitze der Gemeinde wählen lassen.

Weyarn lag direkt an der Autobahn A 8, die von München nach Salzburg führte. Einer von Schlickenschlitzls Vorgängern hatte die Gemeinde für einige Jahre vor dem Schicksal einer

Münchner Schlafstadt bewahrt, hatte Bürgerbeteiligungsprogramme aufgesetzt. Doch das war Vergangenheit. Der Druck aus der Stadt auf diese Orte war enorm. Jeder wollte raus, München war zu teuer, München war zu voll. Weyarn war ein Pendlerdorado. Das spürten selbst alte Unternehmen, die ihre Gewerbemiete längst nicht mehr zahlen konnten. So wurde dieser alte Industriekomplex im Schatten der Autobahn an eine Immobilienfirma verkauft, deren Sitz am Tegernsee lag und dem Vater eines der vier gehörte.

»Gut, Juppi«, fuhr Ferdi fort. »Das ist die Nina. Die kommt von der Bank, war dort im Bereich Mergers and Acquisitions …«

»Aber ned bei der Sparkasse, dem Sauladen.« Schlickenschlitzl lachte.

»Nein, bei Goldman Sachs.«

Der Bürgermeister nickte anerkennend und tat so, als würde er mit dem Namen etwas anfangen können.

»Die Laura hat Chemie studiert, war bei McKinsey, hat zwei Start-ups im Logistikbereich gegründet. Der Jasper hat als Erster von uns seinen BA-Abschluss gemacht …«

»Wo is dös?«

»Was jetzt?«, fragte Ferdi nervös.

»Na, des Bi-ey?«

»Ach so.«

Die anderen schmunzelten.

»Das ist B und A, also Business Administration. Er hat mit magna cum laude abgeschlossen. Also richtig gut«, schob Ferdi schnell hinterher.

»Was machen jetzt die jungen Leut bei euch alles?«, fragte der Bürgermeister.

»Gut, dass du fragst. *Relaxando*, unsere Firma, wird auf dem Recreation Healthmarket ihren Footprint hinterlassen. Wir haben ein paar sehr interessante Projekte in der Pipeline. Wir sind natürlich erst auf die Low Hanging, also auf die niedrig hängenden Früchte, gegangen. Was relaxt unsere Generation? Na ja, wir haben den Vertrieb von diversen Entspannungsdrinks aufgebaut. Das war ein No-Brainer.«

Der Bürgermeister nickte eifrig.

»Wir wollten aber bewusst in den Healthcare-Bereich, haben neben dem Vertrieb und der Produktion einen reinen Support für die Medizintouristen global aufgesetzt. Wenn du, Juppi, also eine neue Hüfte brauchst, gehst du auf unsere Seite, vergleichst fünftausend Health-Destinationen weltweit, schickst uns deine medizinischen Daten und wir suchen für dich maßgeschneidert deine Klinik inklusive des Paperwork zusammen. Unser Angebot wird mittlerweile von mehreren Privatkassen supportet, das ist dann auch für die eine Win-Situation ...«

Schlickenschlitzl war bei ›Health-Destinationen‹ offensichtlich gedanklich ausgestiegen. Die Weißbiere und seine überschaubaren Englischkenntnisse ließen ihn am Businessgerede scheitern. Nach einer halben Stunde und einem Schulterklopfen hier und da bei den jungen Unternehmern verabschiedete er sich.

Ferdi Enders, Nina Anselm, Jasper Köhler und Laura Binsinger kannten sich vom Gymnasium. Ihre Eltern, bis auf Lauras, waren miteinander lose befreundet. Das brachte die Herkunft einfach mit. In ihren Kreisen überließ man nichts dem Zufall. Ein Internat sei nie infrage gekommen für die Kinder, hatte die Mutter von Ferdi gesagt.

»Ich will alles steuern, nichts einem anderen abgeben, bevor die Kinder in der richtigen Spur sind.«

Das passierte auch. Niemals gab es ein Jammern über das Lernen, nie Stöhnen über Leistungsanforderungen. Alles schien ihnen leicht von der Hand zu gehen. Als hätte das nicht gereicht, hatten die Natur und der Genpool dafür gesorgt, dass sie mit ihrem attraktiven Äußeren wie kleine Sonnen auf alles schienen, was ihnen in die Quere kam. Schön, reich und klug: der Dreiklang des Erfolgs. Sie konnten ihn spielen, wann immer sie wollten.

Seit vier Jahren investierte ihre Wagniskapitalfirma *Z Ventures* über verschiedene Fonds in vielversprechende Internet- und Technologieunternehmen und war in kurzer Zeit einer der erfolgreichsten und finanzstärksten Frühphasen- und Wachstumsinvestoren Bayerns. *Z Ventures* hatte sich bereits an mehr als hundertsechzig Unternehmen beteiligt, darunter Onlineschuhhändler und Essenlieferservices, Logistikunternehmen und Internetjobbörsen. Das angelegte Kapital betrug jetzt schon mehr als fünfhundert Millionen Euro. Die vier Investoren waren alle Anfang dreißig und nach außen hin mehrfache Millionäre, zumindest auf dem Papier. Nur ihr Vermögensberater, ein Freund von Ferdis Vater, wusste, dass sie kurz vor einer finanziellen Katastrophe standen.

In der alten Fabrikationshalle, in der einst laute Maschinen Metall gepresst und gefräst hatten, standen jetzt wie in einem Brennpunkt-Jugendzentrum der evangelischen Kirche junge Menschen in Hoodies und Basecaps an Computern und hackten Programme zusammen. Mal waren es sinnfreie Spiele-Apps, mal ein Programm für ein Partnerportal für Menschen mit ›besonderen‹ Neigungen. *Z Fonds* war selbst unternehmerisch tätig und investierte in andere Start-ups. Das war das Geheimnis ihres scheinbaren Erfolgs. Wenn sie ihr von Investoren, die alle auf ein ›Einhorn‹ hofften, anvertrautes Kapital einer jungen Firma gaben, wussten sie, so erklärten sie es ihren Geldgebern, wo sie hinleuchten mussten, um festzustellen, ob der Laden ein Investment wert war. Oder ob es eben nur eine jener Blasennummern von unbegabten BWlern mit Hang zum schnellen Geld war.

Nina hatte mit sechzehn vor der Frage gestanden, ob sie

ihre Karriere im Leistungszentrum der deutschen Skiprofis fortsetzen sollte. Sie entschied sich für eine Laufbahn bei einer Investmentbank.

Ferdi sollte die Übernahme einer französischen Firma abschließen. Gleichzeitig hatte er in Biarritz bei einem Wettbewerb im Wellenreiten mitmachen wollen. Er war nachts mit einem Mietwagen von Paris losgefahren und hatte es noch am Morgen in die Wellen geschafft.

Laura hatte ihr Studium bis zu ihrer Promotion in einem Rekordtempo durchgezogen, als Klimaaktivistin quasi auf der anderen Seite gestanden, ehe sie das Leben von Geld und Einfluss kennengelernt hatte.

Sie alle liebten schnelle Entschlüsse, quick and dirty. Keine Kompromisse, wie sie sich immer wieder gegenseitig versicherten. So war auch die Entscheidung für den Kauf dieser Fabrikhalle zustande gekommen. Alle vier kletterten professionell, liebten das Bouldern, das Klettern ohne Sicherung. Einen Steinwurf von ihrer Firma entfernt hatte vor Jahren eine Kletterhalle eröffnet. Sie hatten sie gesehen und kurzerhand gekauft und sie wieder an den Betreiber verpachtet. Danach hatten sie mehrere solcher Kletterhallen aufgebaut und dafür ein Franchisesystem entwickelt, bevor ihnen ein größerer Investor ein Angebot unterbreitet hatte und sie damit wieder neues Geld für andere Projekte gehabt hatten. Es war so einfach. ›Work hard, play hard‹ – das war ihr Motto.

Sie saßen in ihrem provisorischen ›War Room‹, dem ehemaligen Büro des Werkleiters, das, über eine eiserne Treppe erreichbar, oberhalb all der fleißigen Nerds am Kopfende wie ein Adlernest lag. Ihr offizieller Firmensitz befand sich aus steuerlichen Gründen achtzig Kilometer östlich in Österreich. Aber hier war ihr Maschinenraum, hier hackten ihre Krieger in die Tasten, programmierten, schufteten Tag und Nacht.

Hier sahen sie ihre Arbeit jenseits von Algorithmen und Big Data.

Ferdi begann mit einer kurzen Einführung zum Stand der Dinge. »*Antrum Coeli:* fünfzehn Humantests, fünfzehnmal erfolgreich. Wirkstoff wurde positiv von unserem Partnerlabor in Südafrika analysiert. Er ist bislang unbekannt, ebenso Vergleichsstoffe. Es gibt Ähnlichkeiten mit bisherigen Medikamenten, das war es auch schon. Dein Freund, Laura, hat die Hand auf der Location und damit auf der Lieferung. Solange er an unserer finanziellen Leine ist, bleiben alle cool, haben wir alles im Griff.« Er wollte abgeklärt wirken, doch er war es nicht. Wenn dieses Ding fliegen würde, wären sie nicht nur irgendwelche Wagniskapitalgeber, die zufällig aufs richtige Pferd gesetzt hätten. Sie wären Bayer 4.0. Sie wären Götter.

Nina kam mit den Zweifeln – natürlich.

»Das ist der Starter«, sagte sie. »Allerdings sind wir nicht annähernd im Bereich der Zulassung von *Antrum Coeli.* Unser Freund kann nur der erste Schritt sein. An einem Punkt müssen wir sagen: ›Okay, das war's. Thanx, du bist raus.‹«

Alle nickten. So etwas tat weh. Aber wer in ihren Höhen agierte, musste auch Kollateralschäden hinnehmen.

»Wie cashen wir dann ein?« Ferdi legte den Finger auf seine Lippen. Er war der Paranoiker in der Truppe, behaupteten die anderen, der immer an Überwachung anderer, feindlicher Mächte glaubte.

»Ich kümmere mich«, antwortete Nina, die für die Finanzierung des Projekts zuständig war.

»Wir sind in der Erprobung. Noch läuft unser ›Affe‹ unter ›frei empfangbar‹, weil pflanzlich und harmlos. Also sind klinische Tests nicht so reguliert. Das wird noch kommen. Wir müssen irgendwann das Patent einholen. Das ist der Turning Point. Da geht es um die Wurst. Da haben wir ganz gute Firewalls, das machen unsere Experten in Asien. Bis wir den

Wirkstoff nicht selbst extrahiert bekommen, ist das noch ein Stochern im Nebel.«

»Okay, Ferdi. Und wie sieht zum jetzigen Zeitpunkt das Risk-Reward-Profile aus?«, fragte Nina.

Er verdrehte die Augen. Warum mussten immer die Frauen die Probleme sehen und nicht die Chancen? Er schwieg – wie die anderen auch.

»Gehen wir noch an die Wand?«, fragte Laura in die Stille.

Alle nickten und zogen sich im Büro um. Sie kannten keine Scham voreinander, hatten auf gemeinsamen Trips in die Berge dieser Welt alles voneinander gesehen, inklusive der Angst jedes Einzelnen. Sie waren jung und dennoch vertrauter miteinander als manches Ehepaar zur silbernen Hochzeit. Auf dem Weg hinaus verteilten sie noch Aufträge, rüffelten mit genervter Stimme einige Langeweiler, die »nicht ihre Skills ausspielten«, und lobten andere für das Erreichen »erster Milestones«.

»Ich habe was Besseres«, sagte Ferdi auf dem Weg zur Kletterhalle. Statt rechts hineinzugehen, winkte er sie weiter auf einen Kiesweg, der auf die Autobahn zuführte.

Immer lauter wurde das Dröhnen der Fahrzeuge, das Rattern, wenn Tonnen über Spurrillen bretterten. Hier spannte sich ein Monstrum über das Tal der Mangfall, ein Fluss, der vom Tegernsee kommend nordöstlich seine Bahn zog und in einem tiefen Gebirgseinschnitt lag. Dieses Tal, unscheinbar und dunkel, versorgte die Stadt München mit Wasser. Ferdi erinnerte sich an diese Fakten, als er hinunterblickte und den Wasserspeicher sah, der an einem Hang lag. Wasser – das ist eine andere Zeit, dachte er für einen Augenblick und schüttelte sich.

Die Brücke hatte eine dämonisch schöne Ästhetik. Die Konstrukteure hatten sich unter der Fahrbahn eine weitere Strecke für Fußgänger und Radfahrer ausgedacht. So ersparten sie vielen Wanderern das mühsame Hinab- und Hinaufsteigen der Talhänge. Der Preis war eine Orgie aus Beton, aus Streben und Pfeilern, zweiundsechzig Meter hoch. Die Brücke glich einem in der lieblichen Natur des Oberlands vergessenen Steindrachen.

Es dämmerte schon, als sie in die dunkle, laute Unterführung traten. Am linken und rechten Rand führte der Weg auf die andere Seite des Tals. In der Mitte hatten die Erbauer ovalförmige Öffnungen von mehreren Metern eingelassen, sodass man, nur von Metallzäunen getrennt, hinab in die Tiefe auf den kleinen Fluss sehen konnte.

Sie hatten einen Teil des Zauns herausgenommen und so den Blick auf zwei Betonpfeiler freigegeben, die quer durch das Oval auf die andere Seite führten. Sie waren maximal einen Meter breit und fünfzehn Meter in der Länge, aber sie boten keinerlei Halt.

Sie verstanden, was Ferdi wollte. Jeder sollte auf den Pfeilern auf die andere Seite laufen, gesichert durch einen Gurt, ein Seil und eine Winde.

»Jasper, du mit Laura links, ich gehe mit Nina auf den rechten Pfeiler.«

Ferdi hatte schon den Gurt um seine Beine und seinen Leib geschlungen, war mit einem Karabinerhaken gesichert, als er sich ein Stück weit vorbeugte, um zu prüfen, wo er auf den Pfeiler zu treten hatte. Laura rief etwas, Ferdi drehte sich um, trat auf ein am Boden liegendes Seil, geriet in Schieflage und wollte nach Nina greifen, die reflexartig einen Schritt nach hinten wich. Er verlor den Halt, schrie, fiel, tiefer.

Drei Sekunden dauert es, bis man nach der gültigen Physik aus zweiundsechzig Metern den Boden erreicht. Viel Zeit, um über das Leben nachzudenken.

Kapitel 6

München

Sehr geehrter Herr Gomoza,
wir sind als übergeordnete Aufsichtsbehörde des Freistaats Bayern immer dankbar für Hinweise von Pflegepersonal in Einrichtungen. Sie haben mit einem Schreiben vom 14. Februar und in mehreren Telefonaten darauf hingewiesen, dass siebzehn Patienten, die sich in der privaten Pflege- und Hospizeinrichtung Sonnenlicht *befanden, seit neun Monaten in den letzten Wochen ihres Lebens »auffällige Verhaltensweisen zeigten«, wie Sie es formuliert haben. Sie sollen bis zum Ableben keinerlei verbalen Kontakt mit Verwandten und Pflegepersonal aufgenommen sowie zwei Wochen vor ihrem Tod die Nahrungsaufnahme eingestellt haben. Gleichwohl haben Sie in Ihrem Schreiben erwähnt, dass alle Patienten glücklich und frei von Ängsten oder Wahnvorstellungen gewesen seien.*
Wir sind auf Ihren Wunsch diesen Hinweisen diskret nachgegangen, auch um Ihre Arbeitsplatzsituation nicht unnötig zu belasten. Für einen austherapierten Patientenkreis konnten wir ein typisches Verhalten erkennen. Schweigen ist oftmals angesichts des Todes für viele Patienten ein wirksames Mittel, um der aufsteigenden Panik vor dem Sterben Herr zu werden. Einschlägige Literatur dürfte Ihnen dazu bekannt sein. Wir haben in den Patientenakten keinerlei Substanzen gefunden, die ein von Ihnen beschriebenes Verhalten in irgendeiner Weise hervorrufen konnten. Allerdings konnten unsere Untersuchungen bestätigen, dass alle Patienten nach ihrem Ableben kremiert wurden, eine

von Ihnen geforderte Exhumierung damit nicht infrage kommt. Weder ein vom Gesundheitsamt bestellter unabhängiger Arzt noch eine von uns beauftragte Juristin konnten vor Ort Auffälligkeiten in Versorgung, Betreuung und Behandlung des medizinischen Fachpersonals feststellen. Ihrem Hinweis auf ein mögliches Erschleichen von finanziellen Vorteilen einer Ärztin wie Frau Dr. K. konnte von unserer Seite nicht ins Detail gefolgt werden, weil dies aus datenschutzrechtlichen Gründen nicht möglich war. Aussagen von Verwandten lagen nicht vor, da alle betroffenen Patienten alleinstehend waren oder die nächsten Verwandten keinerlei Kontakt mit dem Verstorbenen wünschten.
Fazit: Wir sind Ihnen natürlich für weitere Hinweise dankbar, bitten Sie jedoch weiterhin, wie im letzten Gespräch mit unserem Justiziar Dr. Kluge erklärt, von Vorwürfen gegen die Einrichtung oder gar Einzelpersonen abzusehen. Schon unsere detaillierte Untersuchung hat unter Personal und Bewohnern für erhebliche Unruhe gesorgt. Das Wohl unserer Patienten in bayerischen Einrichtungen liegt dem Ministerium sehr am Herzen. Gerade die letzten Wochen des Lebens sollten daher frei von Verdächtigungen und Vorwürfen sein. Das sind, so ist die Ministerin mit mir übereingekommen, unsere Standards, an die wir uns auch in Zukunft halten wollen.
Zudem bitten wir Sie, keinen Kontakt zu den Medien aufzunehmen, da wir uns in diesem Fall ausdrücklich arbeitsrechtliche Konsequenzen vorbehalten müssen.
Gez. Dr. Wohlleben
Büro der Ministerin
Bayerisches Staatsministerium für Gesundheit und Pflege

Jetzt hatte er den Beweis. Die Hersteller von *Antrum Coeli* wurden auch von der Politik gedeckt. Es war zu einem Geschäft geworden. Er hatte das geahnt, seine wenigen Habseligkeiten in einen Rucksack gepackt, den Pass und die Kreditkarten zurechtgelegt. Bevor er diese Wohnung für immer verließ, sah er sich noch einmal um. Nichts, was er vermissen würde. Seine Kehle war vom vielen nervösen Räuspern gereizt. Ein Tick, den er im Studium entwickelt hatte und der jetzt so stark war wie nie. Er ging zum Kühlschrank, griff nach der Flasche und trank gierig.

Das Gepäck auf dem Rücken, eilte er die Treppe hinunter. Um vier Uhr nachmittags sollte seine S-Bahn zum Hauptbahnhof gehen. Schon in der Tram überkam ihn eine Schweißattacke. Das musste die aufkommende Panik sein. Außerdem war es seit Wochen so unerträglich heiß, dass die Klimaanlagen in den Zügen gar nicht dagegen ankühlen konnten. Er drückte die Flasche, die er mitgenommen hatte, an seine Schläfen.

Noch zwei Stunden. Dann säße er im Zug nach Italien, hinunter nach Genua, aufs Schiff. Dann wäre er erst einmal vor diesen Wahnsinnigen in Sicherheit, die wie ein seltsames Monster immer weiterwuchsen, ihre Netze ausbreiteten. Er fühlte sich wieder beobachtet. Der Kopfschmerz breitete sich über seine verschwitzte Stirn zu den Seiten hin aus, pochte, hämmerte. Sein Bein zitterte, ohne dass er es wollte.

Am Herkomerplatz im Osten musste er umsteigen. Er stolperte, als er aus der Tram sprang, ignorierte das Rot der Ampel, spurtete, warf die Flasche in einen Mülleimer und machte den ersten Schritt auf dem Übergang fast blind, weil das Blut massiv auf seine Augen einwirkte. Auch deswegen übersah er den Müllwagen, der zu der Verbrennungsanlage in Unterföhring unterwegs war. Der Fahrer hatte eine übergroße Diddl-Maus, die er wahrscheinlich in einer Mülltonne gefunden hatte, vorne auf dem Kühlergrill des Lkws befestigt.

Er fiel nach dem Aufprall hin. Der Fahrer hatte schnell reagiert und gebremst, doch das Gewicht der Zuladung, der Dreck der Stadt eben, drückte das Fahrzeug nach vorn und rollte über ihn. Er lag auf seinem Rucksack wie ein hilfloser Käfer auf seinem Panzer und blickte in das lachende Gesicht der Diddl-Maus.

Es war der Moment, als ein Rentner seine Pfandflasche aus dem Müll fischte und sie in einer Plastiktüte verschwinden ließ.

Kapitel 7

Martinsried bei München

»Du willst das jetzt wirklich machen?«

»Arzu, das ist ein Akt der Selbstbefreiung, der Autonomie. Es geht um nichts weniger als um Selbstbestimmung. Wir müssen uns frei machen von den Fesseln, die uns von unseren Wünschen und unseren Träumen fernhalten.«

Sie musste lachen. »Quercher und Pathos passen nicht zusammen. Schon gar nicht, wenn es um so etwas wie einen Autokauf geht«, stellte sie fest.

Also ließ sie ihn aus dem pinkfarbenen Smart aussteigen und auf den Hof des türkischen Autohändlers im Westend von München stapfen. Eine Windböe blies Staub vom Boden auf, ließ ihn tanzen und Quercher die Hand vors Gesicht legen. Auch wenn hier nur Dinosaurierautos standen, hatte sich Quercher etwas verdient. Der Tag war für ihn bislang nicht so gut verlaufen. Frau Dr. Klockenhoff hatte ihn vergiftet, obwohl Arzu das als völlige Übertreibung bezeichnete, die Erinnerung an seinen Vater und dessen Suizid war wieder aus den letzten Rinden seines Hirns hervorgekramt worden und jetzt musste er noch mit Akademikern sprechen. Er wollte sich motivieren.

»Dann kauft man kein Auto, dann geht man …«

»Was? Shoppen? Mach ich ja«, erwiderte Quercher ungerührt und lief auf den Container zu, der an einer Münchner Ausfallstraße lag.

Es wurde ein BMW 740i.

Der Händler war sein syrischer Kumpel Faruk. Mit ihm hatte er einst ein Restaurant besessen. Aber das war lange her. Faruk machte jetzt in Autos, und das sehr erfolgreich. Er hatte seine Schrauber, allesamt Flüchtlinge mit großer Kfz-

Expertise, mit ein paar Nerds von der Uni zusammengetan und rüstete Limousinen, die einst Spritschleudern gewesen waren, auf Hybridautos um. Das Geschäft lief gut an. Und Quercher wollte diese geile BMW-Schleuder haben – schnell.

»Zehn Scheine. Das musst du schon investieren.«

»Pass auf, Faruk. Ich bin dein Freund. Ich soll deinen komischen Migrantenmechanikern aus Idlib und Damaskus trauen? Gib ihn mir für sechstausend und wir bleiben Freunde.«

»Hol die Arzu her, ich habe für deinen Dackel einen Knochen und wir trinken einen Tee.«

»Vergiss es. Arzu findet dich doof. Sie ist Osmanin, du nur ein stinkiger Araber.«

Faruk lachte. »Wenn Alman-Kartoffeln wie du uns gegeneinander auszuspielen gedenken.« Er goss ihm einen Tee ein und warf zwei Stücke Zucker hinein.

»Nein, Faruk. Wirklich. Heute nicht. Ich habe keine Zeit. Ich will ein temporäres Kennzeichen – jetzt. Hier, schlag ein.«

»Warum hast du eigentlich kein Geschenk für mich? Früher hast du aus diesem komischen Tal Milch, Käse oder Honig mitgebracht.«

»Okay, zwei Gläser Honig und sechstausendfünfhundert Euro.«

Der Syrer lachte und schlug ein. »Ich besorg dir die Ummeldung, mein Spezi beim Amt macht das noch heute klar. Wo soll mein Sohn den Wagen hinbringen?«

»Meine Assistentin lässt dir die Anschrift zukommen.«

Arzu zeigte von Weitem nur ihren Mittelfinger.

Sie hatten den Nachmittag für Klockenhoffs Institut im Westen Münchens reserviert. Hatte seine Witwe noch in den höchsten Tönen von ihrem Mann, dem Genie, dem Forschergott, gesprochen, zeichneten die Gespräche mit den Kollegen und Mitarbeitern ein deutlich anderes Bild vom großen Wissenschaftler.

Sie hatten mit der Dekanin der Uni, Frau Professorin Schusterleich, den ersten Termin, die sich sehr sachlich und distanziert äußerte, aber Kooperationsbereitschaft zeigte. Streng zurückgekämmtes blondes Haar, nahezu dürre Gesamterscheinung, schien sie bei jedem ihrer Mitarbeiter schiere Angst auszulösen, wenn sie diese ansprach.

»Könnte auch ein KZ leiten«, murmelte Quercher zu Arzu, als die Schusterleich sie kurz wegen eines Anrufs im Zimmer allein ließ.

Arzu stimmte ihm mit einem Nicken zu.

Ohne Umschweife kam die Dekanin nach ihrer Rückkehr auf den Punkt. »Wir reden hier über eine Grauzone. Klockenhoff forschte in einem Zwischenbereich von klassischer Pharmazeutik und Naturheilmittel. Da ist es immer angebracht, mit viel Skepsis an die Bewertung heranzutreten«, erklärte die Wissenschaftlerin den beiden Laien, die wie Schulkinder vor ihrem Schreibtisch saßen.

Quercher hatte tatsächlich den Dackel mitnehmen dürfen, weil die Dekanin bekennende Hundeliebhaberin war.

»Gut, wir wissen, dass der Doktor einen Wirkstoff mit dem Namen *Antrum Coeli* entdeckt hat, dann mit Affen …«

»Moment«, unterbrach ihn die Forscherin streng. Sie erhob sich, ging zu einem Whiteboard, das an der Wand hing, und dozierte. »Die Suche nach neuen Wirkstoffen ist eine Frage der Kosten und vor allem der Geduld. Meist arbeiten wir jahrelang, um festzustellen, dass es eine Sackgasse war. Von fünftausend bis zehntausend Wirkstoffen, die bei uns oder den Kollegen in der Privatwirtschaft getestet werden, landet im Durchschnitt nur einer als fertiges Medikament in Ihrer Apotheke um die Ecke. Vom ersten Test bis zum fertigen Produkt vergehen in der Regel mehr als zehn Jahre.«

»Na ja, der Klockenhoff hat sechs Jahre gebraucht, bis er die Wirksamkeit feststellen konnte«, erklärte Quercher, um ein wenig mit Wissen zu glänzen.

Professorin Schusterleich schnalzte mit der Zunge. »Er hat nach meinen Recherchen und Durchsicht der Unterlagen wichtige Schritte eines klassischen Prozesses verkürzt beziehungsweise unterlassen, ist sehr schnell in die vorklinischen Studien gegangen.«

»Das heißt was?«, hakte er nach.

»Wir suchen erst sogenannte Targets, also Enzyme, die auf bestimmte Erkrankungen wirken. Dann testen wir meist monatelang. All das hat der Kollege, ich will fast sagen: übersprungen. Die Tests werden an Zellkulturen sowie Tieren durchgeführt und sollen klären, was mit dem Wirkstoffkandidaten im Körper passiert. Wie wird er aufgenommen? Wie verteilt er sich im Körper? Welche Reaktionen löst er aus? Wird er um- oder abgebaut? Wird er ausgeschieden? Außerdem wird genau untersucht, welche Wirkung der Stoff auf das Target ausübt, wie lange sie anhält und welche Dosis notwendig ist. Auch auf mögliche Nebenwirkungen wird geachtet.«

Bei dem Wort ›ausgeschieden‹ war Quercher gedanklich fast ausgestiegen.

»Okay, verkürzen wir das bitte. Er hat ja wohl Erfolg gehabt«, versuchte er, aufs Tempo zu drücken.

Die Dekanin schüttelte den Kopf. »Der nächste Schritt wäre gewesen, den Wirkstoff erstmals an freiwilligen Personen zu testen. Damit wollen wir die bisher gewonnenen Erkenntnisse aus den Tests im Reagenzglas und an Tieren bestätigen. Diesen Personen wird zunächst nur eine kleine Wirkstoffmenge verabreicht. In bis zu dreißig aufeinanderfolgenden Studien wird untersucht, ob sich der Wirkstoff im Körper tatsächlich so verhält, wie die vorklinischen Tests vermuten lassen. Vor jeder Studie schaut eine unabhängige Ethikkommission aus Medizinern, Theologen und Juristen darauf und gibt grünes Licht für weitere Studien. All das erfolgte nicht! Klockenhoff ist gleich in die Phase zwei und drei gegangen, hat kranke Patienten mithilfe seiner chinesischen Kollegen in Shanghai getestet. Ich betone: ohne unser Wissen und unsere Zustimmung. Wir haben höchste ethische Regeln und Grundsätze, die wir strikt befolgen, vor allem, weil es im Bereich der neuronalen Forschung ans, ich will es mal so ausdrücken, Eingemachte geht, an unser Gehirn, unser Bewusstsein.«

»Wie wäre es regulär weitergegangen?«, wollte Arzu wissen.

»In Phase zwei wird der Wirkstoff an hundert bis fünfhundert Patienten getestet. Im Fokus stehen dann die Wirksamkeit, optimale Dosierung und Verträglichkeit des Präparats«, antwortete Professorin Schusterleich. »Das Gleiche wird in Phase drei überprüft, nur diesmal an wesentlich mehr Patienten. Zusätzlich wird auf eventuelle Wechselwirkungen mit anderen Medikamenten geachtet. Wir wissen nicht, ob Klockenhoff von den Chinesen Informationen bekommen hat, die ihn zum Weitermachen beflügelt haben. Alle Dokumente darüber sind nicht mehr auffindbar.«

»Also, was war Professor Klockenhoff? Ein Betrüger oder ein gieriger Pfuscher?«, fragte Quercher, der den agilen Dackel kaum unter Kontrolle halten konnte.

Die Dekanin zuckte mit den Schultern. »Ich weiß es nicht. Wirklich nicht. Er war sicher ein großartiger Forscher, aber menschlich ...« Sie schwieg und sah aus dem Fenster.

Quercher ließ ihr Zeit.

»Schauen Sie, das Bevölkerungswachstum in Europa und der demografische Wandel mit immer mehr alten Menschen in vielen europäischen Ländern, wie auch in Deutschland, führen dazu, dass die Zahl der Demenzkranken weiterhin stark ansteigen wird. Europaweit wird sich die Zahl der Demenzkranken in dreißig Jahren verdoppelt haben. Speziell für Deutschland ist der steigende Anteil von Menschen über fünfundsechzig in der Bevölkerung ein Schlüsselfaktor, dabei insbesondere der Anteil von Menschen, die über fünfundachtzig Jahre alt sind. Das allein ist schon schlimm. Aber dies wird sich auch massiv auf die Kostenentwicklung im Gesundheits- und Pflegebereich auswirken. Wer da ein Wundermittel findet, wird zum Midas der Pharmaindustrie.«

Quercher verstand. »Und so ein möglicher Erfolg macht nicht nur Freunde.«

Professorin Schusterleich schüttelte den Kopf. »Sprechen Sie mit den Kolleginnen und Kollegen. Machen Sie sich ein Bild. Alle sind informiert. Wir sind transparent, auch wenn wir nicht dazu verpflichtet sind. Wir haben alles bereits den Ermittlungsbehörden erklärt.«

Arzu stutzte. »Ach? Die Kripokollegen waren auch bei Ihnen?«

Die Dekanin verneinte. »Das war eine Arbeitsgruppe aus dem Ministerium.«

»Soso!«, rief Arzu.

»Das ist normal. Klockenhoff forschte international. Wir mussten sichergehen, dass nicht auch staatsrechtlich relevante Dinge betroffen waren.«

»Hä?«, machte Quercher. »Es geht doch nicht um Rüstung oder Kommunikation.«

»Nein, aber um für die Bundesrepublik vitale Interessen. So hat es jedenfalls das Ministerium mir gegenüber formuliert.«

»Wer war das?«, fragte Arzu beiläufig.

»Eine Frau. Warten Sie …« Sie suchte in ihrem Computer. »Eine Frau Garstling. Hier, da ist der Termin noch. Drei Monate ist das her.«

»Moment, das war ja vor Klockenhoffs Suizid«, meinte

Quercher, froh, nicht mehr von Phasen und Zulassungen zu hören.

»Ach nein, ich bin in … in der Zeile verrutscht. Das ist erst zwei Wochen her.«

Sie erhob sich, überreichte eine Liste mit Namen der Kollegen und den Büros, wo diese zu finden waren, ehe sie sie bestimmt, aber freundlich aus dem Büro geleitete.

Arzu und Quercher standen kurz darauf auf dem Flur und überflogen die Liste.

»Man kann nicht sagen, dass Frau Professor Schusterleich nicht kooperativ war«, konstatierte Arzu, während sie aus dem Fenster hinunter zum Campus der Fakultät sahen.

Junge Studenten saßen in Gruppen zusammen, blickten auf ihre Smartphones oder tranken Kaffee und plauderten. Einige trugen einen Hidschab, andere einen Sikh-Turban. Menschen mit schwarzer Hautfarbe wie Asiaten tummelten sich dort. Es wirkte auf Quercher wie ein Werbefoto für die deutsche Forschung. Jung, exzellent und divers. Dennoch misstraute er der Idylle. Hier wurden Karrieren geboren und zerstört. Wo so viel Reputation, Ruhm und Vermögen entstehen konnten, wenn man die richtigen Schritte machte, da waren Neid, Intrige und Missgunst nicht weit.

Die Dekanin war Klockenhoff gegenüber nicht unfair gewesen, fand er. Auf dem Weg zum Institut hatte Arzu ihm die Berichte aus den Zeitungen vorgelesen. Da musste auch die Schusterleich viel aushalten. Vorwürfe, sie würde alte weiße Chauvis decken, waren da noch das Netteste.

Deutlicher schlechter wurde es für den Professor, als sie das Speeddating mit garantierter Klatsche bei seinen früheren Mitarbeitern begannen. Jeder, wirklich jeder, berichtete nur Schlechtes über Klockenhoff, den Grabscher, den Eitlen, den Großmäuligen, den Blender.

»Am Ende hat sich keine der jungen Studierenden mit ihm allein im Labor oder überhaupt in einem Raum aufgehalten«, erklärte eine junge Studentin im Beisein ihrer ASTA-Vertreterin. »Der hat nie seine Finger bei sich lassen können. Saß ich über einer Versuchsreihe, hat er sich über mich gebeugt. Ich konnte seinen Atem an meinem Hals spüren. Das war total spooky.«

Und dann kamen natürlich die Berichte vom Hörensagen.

»Doktorandinnen sollen von Klockenhoff nach Hause eingeladen worden sein. Dort wollte er, dass sie mit seiner Frau und ihm … also … intim wurden.«

»Woher wissen Sie das?«, fragte Quercher.

Die ASTA-Vertreterin sah ihn erbost an, bevor sie ihn über seinen Fehler aufklärte. »Sie sind ein weißer alter Mann und stellen hier gerade die Geschichte eines Opfers infrage?«

»Sie hat das Ganze doch nicht erlebt, sie hat es nur gehört, oder nicht?«, wandte Arzu ein.

»Ach? Sie solidarisieren sich also mit diesem Weißling?«

Quercher brach das Gespräch kopfschüttelnd ab.

Egal, mit wem sie sprachen, alle erzählten mehr oder weniger die gleichen Storys. Schlimmer wurde es, als es um den Wirkstoff ging.

Ein Professor lachte so laut, dass sich seine Studierenden im Labor nach ihm umsahen. »*Antrum Coeli*? Natürlich, der geheimnisvolle Wirkstoff aus der Natur. Das irre Wundermittel, der Gral des Alters. Wer will das nicht? Warum jahrelang Grundlagenforschung, wenn das Gute so nah liegt? Ein wenig verdünnen und einwerfen. Wie ein Drogenpilz.«

Eine Laborantin lachte hinter ihm.

»Wer glaubt denn noch an so einen Hokuspokus? Forschung bedeutet kleine Schritte, nicht den zufälligen Fund wie bei Fleming mit seinem Penicillin. Das gibt es einmal in einem Jahrhundert«, gab der junge, aber wohl schon sehr erfahrene Mediziner im Brustton der Überzeugung und mit einer gewissen Arroganz von sich.

Quercher verzichtete darauf, ihm seine eigenen Erlebnisse mit dem Wirkstoff zu schildern.

Am Ende fiel ihnen nur die ehemalige Sekretärin ein, deren Kontaktdaten nicht auf dem Zettel der Dekanin standen.

»Jeder Dottore hat eine gute Seele. Eine, die ihm den Kram hinterherräumt, oder?«, meinte Arzu auf dem Flur.

»So eine Arzu für Forscher?«, erwiderte Quercher, was mit einem Tritt gegen den Oberschenkel quittiert wurde.

Sie mussten sich durchfragen und endeten weit hinten in einem Sackgassentrakt, der auch für sie als Fremde wie eine Leprastation wirkte.

»Petra Kinkeldey, das ist ja ein ganz bezaubernder Name«, lästerte Quercher, nachdem er das Schild neben der Tür gelesen hatte.

»Ja, könnte aus einem Kinderbuch stammen«, meinte Arzu.

Sie waren über endlose Gänge gelaufen, bis sie das Büro der Frau gefunden hatten.

Klockenhoffs Sekretärin wollte gerade ihre Tür abschließen, am Boden vor ihr stand ein großer Karton.

»Frau Kinkeldey, darf ich Ihnen mit dem Karton helfen?«, bot sich Quercher an.

Sie war groß, hatte langes, welliges blondes Haar, für ihr Alter sehr aufrecht stehende Brüste und war fast einen halben Kopf größer als Quercher, breitschultrig zudem, und es dauerte, bis Quercher verstand, dass Frau Kinkeldey einst im Körper eines Mannes gesteckt hatte.

Sie schaute ihn misstrauisch an, aber als sich Arzu vorstellte und ihr Vorhaben erklärte, wurde die Sekretärin leutselig verschwörerisch.

»Wir können hier nicht reden. Die Wände haben Ohren.«

Sie schob den Karton wieder in ihr Büro und drehte sich mehrfach um.

Mit schnellen Schritten traten sie aus dem Institut, wo Petra Kinkeldey darauf bestand, das Gespräch in einem Auto fortzusetzen.

Der Smart eignete sich nicht dazu, also saßen Quercher, Arzu, Otto und die Sekretärin in ihrem Wagen, einem kaum größeren Kleinwagen mit lustigen Blumen auf der Motorhaube und einem äußerst penetrant riechenden Duftbaum am Innenspiegel.

Es dauerte nicht lange, bis sich das Fahrzeug aufheizte. Unbarmherzig schien die späte Nachmittagssonne aufs Dach, die Lüftung pustete lediglich heiße Luft ins Innere.

Eine längere Befragung darf das nicht werden, dachte Quercher missmutig. Warum ist der BMW noch nicht hier? Er hatte Faruk die Adresse gegeben. Araber, unzuverlässiges Hakennasenpack.

Dennoch war er von der Kinkeldey fasziniert. Er hatte schon immer eine Schwäche für die kleinen Widerständler gehabt, die gegen den Strom schwammen, auf ihren Bauch und ihr Herz hörten. Sie wollte eine Frau sein, mit jeder Geste versuchte sie das zu beweisen. Und wer war er, darüber zu richten? Er konnte sich nicht im Mindesten ausmalen, welche Ängste und Hoffnungen in diesem Menschen vorgegangen waren, um diesen mächtigen Schritt zu gehen. Und am Ende war Quercher eben Bayer, der das Motto ›Leben und leben lassen‹ in der Genetik hatte. Dennoch schwitzte er so, dass die Kinkeldey ihm ein Fläschchen Kölnisch Wasser reichte.

Sie deutete auf das Gebäude und klopfte dramatisch mit dem Finger gegen die Scheibe. »Die alle dort drinnen haben Hans Klockenhoff auf dem Gewissen. Sie hatten Angst vor seinem Intellekt, vor seinem Genius. Er konnte wahnsinnig fordernd sein, war ungeduldig, ja. Er war von einer großen Intensität. Aber er hat nie jemanden belästigt. Das ist alles von der Dekanin vorgeschoben. Die wollte den Ruhm für sich allein. Und dann hat sie Hans Stück für Stück zerstört. Das war uns spätestens klar, als er seine ersten Ergebnisse im letzten Jahr vor den Kollegen präsentiert hatte.«

»Also ein Komplott?«, fragte Arzu.

Die Kinkeldey nickte.

»Und dieser Wirkstoff? Gab es den wirklich?«, fragte Arzu weiter.

Sie schnaufte verächtlich. »Ich habe Seiten über Seiten Protokolle und Augenzeugenberichte abgetippt. *Antrum Coeli* war der Durchbruch. Alle wussten das.«

»Und die Protokolle?«, wollte Quercher wissen.

»Sind alle in diesem Lkw auf mysteriöse Weise verbrannt.«

»Ja, aber da steckt jetzt nicht die Dekanin dahinter? Und es war ja wohl ein Unfall.«

Bedächtig strich Petra Kinkeldey über ihren Rock, der ein wenig zu dick geraten war angesichts der sommerlichen Temperaturen.

»Herr Quercher, diese Uni ist zwar eine staatliche Institution, doch sie ist in vielen Bereichen maßgeblich von dem Wohlwollen und der Förderung großer Unternehmen abhängig. So eine Dekanin ist nicht nur mit der Administration einer Uni beschäftigt. Ständig sucht sie Geldgeber für Forschungsprojekte, vermittelt Fachkräfte. Sie können sich nicht vorstellen, wie zum Beispiel große Pharmakonzerne auf dem Campus ihre Leute haben und wie die versuchen, Wissen und Forschungsergebnisse abzugreifen. Hans hat sich immer dagegen gewehrt. Das war sein Fehler. Das hat ihn unbeliebt gemacht. Universitäten sollen auch einen Wirtschaftsfaktor darstellen. Und *Antrum Coeli* wäre ein Wirtschaftswunder geworden. Ein Mittel gegen das Vergessen, vielleicht sogar das Altern selbst. Stellen Sie sich das einmal vor! Entdeckt und in Martinsried zur Marktreife gebracht.«

Quercher wiegte den Kopf. »Professor Klockenhoff hat selbst in der Privatwirtschaft gearbeitet, hier irgendwo bei einem Biotechunternehmen, oder nicht?«

Die Kinkeldey nickte und schloss kurz die Augen. »Ja, stimmt. Doch er hat *Antrum Coeli* entdeckt. Das zählt.« Sie atmete tief durch und ließ das Seitenfenster herunter.

»Dummerweise hat ihm keiner geglaubt«, sagte Arzu von hinten. »Das haben wir in den Gesprächen mit seinen Kollegen eben erfahren dürfen.«

»Jetzt ist es ja auch egal. Jetzt, wo keiner weiß, woher der Stoff ursprünglich stammt, ist es plötzlich ein Riesenfake. Aber glauben Sie mir, hinter den Kulissen wird da eifrig geschoben. Wer *Antrum Coeli* wiederfindet, ist ein Gott. Er wird alle Menschen, die Angst vor Demenz und Alzheimer haben, glücklich machen.«

Quercher unterbrach sie. »Seine Frau hatte noch etwas von dem Wirkstoff …«

»Ach, die Justine.« Die Kinkeldey schwieg und sah hinaus.

»Kennen Sie sie persönlich?«, setzte Arzu nach.

»Sie ist ein böses Weib«, brach es aus ihr heraus.

»Wieso?«, fragte Arzu schnell.

»Sie hat nur genommen, nie etwas ihrem Mann gegeben. Er wollte Kinder. Sie wollte Erfolg. Das Ergebnis: Hans blieb kinderlos. Sie wollte Geld, er riskierte bei dem Start-up seinen Ruf, um ein Mittel marktreif werden zu lassen. Ergebnis: Er flog raus, musste für deutlich weniger Gehalt Grundlagenforschung betreiben. Ach, das lässt sich fortsetzen. Dann erhielt er den Wirkstoff und entwickelte ihn zu *Antrum Coeli*. Da sah Frau Doktor natürlich goldene Zeiten auf sich zukommen. Sie macht immer auf Naturheilerin und Alternativmedizinerin, das muss jedoch alles im richtigen Ambiente stattfinden. Die feine Dame nimmt reiche Frauen mittleren Alters aus. Macht Ausleitungen und so einen Unsinn.«

»Ausleitungen?« Quercher wollte eigentlich nicht nachfragen, ahnte Schlimmes mit Geruch.

Die Frauen erklärten es nicht.

»Am Ende hat er ihr sogar ein wenig *Antrum Coeli* gegeben. Sie will alles zu Geld machen, während es ihm immer nur um die Forschung selbst ging. Ich weiß ja, dass Justine Ihre Auftraggeberin ist. Doch nehmen Sie sich in Acht vor ihr. Sie ist gierig und böse, stellt überall Fallen auf und geht über Leichen.«

Quercher hatte es am eigenen Leib gespürt.

»Die hat eine Verdünnung als homöopathisches Mittel von ihm gekriegt. Hundert- oder tausendfach verdünnt. Das ist harmlos und vor allem kaum nachweisbar. Er hat es ihr überlassen, damit sie von seinem Erfolg profitieren kann. Sie war ja immer an seiner Seite, allerdings nie erfolgreich. Es war wie der Schluck aus dem Zaubertrank, kann aber auch die Hölle bedeuten. Wir wissen ja noch nicht, was es alles macht und anrichten kann.«

»Moment, die Klockenhoff arbeitet mit einem Mittel, das nicht einmal offiziell zugelassen ist?«, fragte Arzu.

»Das ist Naturmedizin. Es ist so verdünnt, dass es bei keiner Behörde Anstoß erregen würde. In der Homöopathie nehmen sie ebenfalls millionenfach verdünnte Stücke von der Berliner Mauer. Menschen wollen glauben. Dumm nur, dass *Antrum Coeli* selbst in größter Verdünnung stark wirkt.«

»Das wussten beide?«, meldete sich Quercher wieder zu Wort.

»Na ja, zusammen waren sie ja eigentlich nicht mehr.«

»Ach?«, murmelte Arzu.

Die Kinkeldey drehte sich abrupt zu ihr. »Ja, Hans war ein Freigeist und konnte ihrem Esoterikgewäsch trotzdem nicht viel abgewinnen. Seine Frau war krankhaft eifersüchtig. Wie oft hat sie ihn im Institut heimgesucht, hat junge Frauen verfolgt. Auch die Laura …«

»Laura?«, fragte Quercher. Er erinnerte sich, den Namen schon einmal gehört zu haben.

»Ja, Laura Binsinger und Hans waren mit Dr. Weng ein tolles Trio. Da hat Justine immer dazwischengefunkt.«

»Sagen Sie, als Professor Klockenhoff diesen Wirkstoff von einer Person bekam, da waren Sie schon hier?«, erkundigte sich Quercher.

Die Kinkeldey sah ihm indigniert ins Gesicht. »Ich war schon da, als Hans noch ganz am Anfang seiner Karriere stand. Natürlich weiß ich noch, wie der Kerl bei uns auftauchte. Bergsteigertyp, sehr fesch. Ein Mann, wie man ihn sich wünscht.«

Sie sah zu Arzu auf dem Rücksitz, die nur nickte. Offenbar verstand sie nicht, dass die Kinkeldey so etwas wie Frauensolidarität bei ihr suchte.

Müde blickte Quercher auf die Uhr. Otto hatte noch nicht gefuttert, zu Hause wartete Trudl, die Schweißhündin, und er wollte nicht mehr in einem schwülen Kleinwagen sitzen, sondern daheim am See über seine heutigen Kindheitserinnerungen nachdenken.

Die Sekretärin spürte seine Ungeduld. »Also ich würde an Ihrer Stelle mal bei der Laura nachfragen, die weiß Bescheid. Die ist jetzt in Weyarn bei *Relaxando*. Ich muss dann mal los, oben steht noch mein Karton.«

»Sie verlassen das Institut?«, fragte Arzu.

»Gezwungenermaßen. Die Dekanin will mich vom Campus haben. Sie glaubt, dass ich mit Hans unter einer Decke gesteckt habe.«

»Und das lassen Sie sich gefallen?«

Die Kinkeldey drehte sich erneut zu Arzu. »Ich bin eine Transfrau. Wenn ich mich auf die Hinterbeine stelle, wird das zu einem Fall von Diskriminierung gemacht. Das will ich nicht. Denn dann heißt es wieder: ›Schau, die Transen, setzen ihre Orientierung ein, um einen Job zu kriegen.‹ Die Frau will mich aus anderen Gründen weghaben. Außerdem bin ich froh, aus diesem Intrigenstall herauszukommen.«

»Was wollen Sie tun?«, erkundigte sich Quercher.

»Reisen. Um einundzwanzig Uhr geht mein Flieger. Mein Lebensgefährte ist schon unterwegs. Wir treffen uns dort. Was brauchen Sie noch? Ich sage Ihnen, befragen Sie die Laura Binsinger.«

Sie schüttelten müde den Kopf.

»Danke, Frau Kinkeldey. Sie haben uns sehr geholfen. Ich frage mich nur, wer Ihrem verehrten Professor Klockenhoff damals den Wirkstoff vorbeigebracht hat. Aber das wissen Sie vermutlich nicht mehr«, sagte Quercher beim Aussteigen, während er umständlich den Dackel von der Rückbank nahm und ihn auf den Parkplatz setzte.

»Ich habe sogar noch ein Foto von dem Typen …«

»Welchem Typen?«, fragte Quercher und fuchtelte mit der Hand. Der Dackel winselte schon leise. Er hatte sichtlich Hunger.

»Na, dem, der uns das *Antrum Coeli* gebracht hat.«

»Wie bitte?«

Draußen hupte jemand direkt neben ihnen. Sie zuckten allesamt zusammen. Quercher sah erbost nach links und erkannte Faruk, der ihm mit einem breiten Grinsen aus einem alten BMW zuwinkte.

»Mein Gott, ist der schön!«, rief Quercher, froh, aus dem engen Kasten und weg vom süßlichen Duftbaum zu sein.

»Gewaschen, Kennzeichen sind dran und Papiere liegen drin«, erklärte sein Freund stolz. »Da drüben im Elektro-Maserati wartet mein Sohn auf mich. Geh friedlich mit dem Schmuckstück um. Es ist ein Meisterwerk.«

Quercher winkte zum Sohn, dessen Patenonkel er war, und umarmte den Syrer. »Auch das andere ist da, nehme ich an«, flüsterte er ihm ins Ohr.

Faruk nickte.

Quercher stieg noch einmal in den Kleinwagen der Sekretärin. »Wo waren wir?«

»Bei dem Foto des Finders«, half Arzu, sichtlich gequält von der Enge.

»Ja, in einem der ersten Kartons, die ich aus dem Büro mit nach Hause genommen habe, liegt es. Das Bild klebte über Jahre an meiner Pinnwand. Wir hatten damals meine erste OP im Büro gefeiert. Da waren alle vom Institut noch total nett zu mir. Einer der Kollegen fotografierte. Auf einem ist der Typ zu sehen. Junger Kerl, vielleicht zwanzig oder so. Rein zufällig, der kam rein und einer schoss gerade das Bild von uns. Da ist er wie bei einem Fotobombing zu sehen.«

»Könnten wir das haben?«, bat Arzu.

»Klar, kommen Sie mit in meine Wohnung, dann suche ich es raus.«

Arzu schüttelte müde den Kopf im Rückspiegel. »Ich wollte noch bei meinem Bruder in Ramersdorf vorbeifahren.«

»Der mit dem Kopftuch?«

Sie verdrehte die Augen. »Ja, der, Quercher.«

»Okay, Arzu. Warum fährst du mit dem Otto nicht schon zur buckligen Verwandtschaft und ich werde mit Frau Kinkeldey Fotos anschauen?«

Petra Kinkeldey wohnte im vierten Stock eines Apartmentblocks nahe der Isar.

»Da haben Sie es aber schön getroffen. Das ist bestimmt nicht billig. Den Fluss direkt vor der Tür. Eher still«, meinte Quercher.

»Mein Lebensgefährte hat die Wohnung von seinem Arbeitgeber zur Verfügung gestellt bekommen«, erwiderte sie schüchtern und schloss die Tür auf.

Es roch nach verbrauchter Luft. Jemand schien hier noch vor wenigen Stunden gegessen und getrunken zu haben. In der Spüle stand ein Glas, auf dem Tisch ein Teller mit einem angebissenen Croissant. Verstreut lagen Kleidungsstücke, eine Schublade an einem Schreibtisch war halb geöffnet. Quercher blickte sich weiter um, während die Kinkeldey in der Küche mit wenig Erfolg nach ihrem Karton mit dem Bild des ominösen Mannes zu suchen begann.

»Raoul ist eine Schlampe. Ich hatte die Sachen vor der Heizung abgestellt und ihn gebeten, sie wegzupacken. Herrje.«

»Was macht Ihr Lebensgefährte beruflich?«, fragte Quercher, während er diverse gerahmte Bilder auf einer Kommode betrachtete. Auf einem ein kräftiger Mann mit Bart in weißer Krankenhauskleidung, der mit einer Sektflasche in der Hand dem Fotografen zuprostete. Auf einem anderen waren die beiden zusammen zu sehen, wie sie vor dem Standesamt in München für ein Paar Reiskörner in die Luft warfen und dabei völlig beseelt und glücklich wirkten.

Petra Kinkeldey stand hinter ihm. »Vielleicht fragt er mich ja bald, der Raoul«, murmelte sie.

Quercher grinste. »Es sind unsere Träume, vor denen wir uns fürchten müssen.«

»Sie sind ja ein kleiner Poet, Herr Quercher.«

»Nein, nur schon einmal verheiratet gewesen. Was macht Ihr Mann beruflich?«, wiederholte er seine Frage.

»Er ist Arzt, war erst Pfleger.«

»Aha.«

»Ja, aber er ist nicht mehr in einem Krankenhaus. Er hat eine eigene Firma, die Pflegekräfte ausbildet und vermittelt«, schob die Kinkeldey hinterher. »Raoul hat frühzeitig gemerkt, dass dieser Bereich boomen wird. Man muss halt nur die Fachkräfte kriegen. So haben wir uns kennengelernt.«

»Ach?«

»Raoul war völlig verknallt. Ich war mir anfangs nicht so sicher. Doch dann, nun ja, wenn sich mein Spanier etwas in den Kopf setzt, zieht er es auch durch. So wie wir jetzt einfach wegfahren. Hat er so beschlossen, da fügt sich die Frau eben.« Die Kinkeldey lachte hell.

Quercher grinste. »Das hat bei meinen Frauen nie geklappt.«

»Na, was ist denn da schiefgelaufen?«, fragte sie kokett.

»Ich kannte Sie nicht, Frau Kinkeldey«, spielte Quercher mit.

»Sie sind ein schlimmer Mann, Herr Quercher. Aber nennen Sie mich bitte Petra. Ja, mein Raoul ist der Beste. Da werde ich nicht mal bei einem Privatermittler schwach.«

»Wohin reisen Sie?«

»Es geht nach Asien, nach Vietnam, glaube ich. Raoul wollte mir nichts verraten. Er ist derjenige, der bei uns die Reisen organisiert.«

»Gut, das kann dann ja auch die Oberpfalz werden«, spottete Quercher.

»Nein, nein. Raoul mag es warm und feucht.«

»Was sagt er denn über Ihren Rauswurf im Institut?«, fragte Quercher, um vom dünnen Eis des Gesprächs wegzukommen.

»Ach, der Raoul hasst die Klockenhoffs. Er kennt Justine. Die …« Sie hielt inne. »Warten Sie, ich glaube, ich weiß, wo ich das Bild habe.«

Sie ließ Quercher in der Küche zurück und kramte nebenan irgendwo herum.

»Wollen Sie nicht etwas trinken? Im Kühlschrank dürften noch Wasserflaschen stehen«, rief Petra aus dem anderen Raum.

»Danke, gern.« Er ging zum Kühlschrank und entdeckte sofort zwei Packungen mit Kanülen und Spritzen. Im Fach standen zwei Flaschen mit Wasser. Er griff nach einer.

»Das ist kein Heroin. Das sind meine Hormonspritzen«, rief Petra.

»Aha.« Quercher setzte sich an den Küchentisch und drehte an dem Verschluss. Die Kohlensäure ließ das Wasser herausschießen und auf den Tisch tropfen. Hektisch suchte er nach einer Unterlage und griff nach einem zerknüllten Stück Papier auf dem Tisch. Faltete es so gut es ging mit einer Hand auseinander und legte es unter die Flasche.

Sehr geehrter Herr Gomoza,
wir sind als übergeordnete Aufsichtsbehörde des Freistaats Bayern immer dankbar für Hinweise von Pflegepersonal in Einrichtungen. Sie haben mit einem Schreiben vom 14. Februar und in mehreren Telefonaten darauf hingewiesen, dass siebzehn Patienten, die sich in der privaten Pflege- und Hospizeinrichtung Sonnenlicht *befanden …*

Es klingelte. Quercher las weiter, während Petra an ihm vorbeirauschte, um die Tür zu öffnen und im Vorbeigehen ein Foto auf den Tisch zu legen.

»Das ist es. Ich finde alles wieder, weil ich ein fotografisches Gedächtnis habe. Sekunde, bin gleich wieder da.«

Alles geschah, dachte Quercher später, gleichzeitig. Das Schreien im Hausflur, das Verstehen um den Inhalt des Briefs. Aber in diesem Augenblick, wo sein Gehirn all das aufnahm, wollte es nicht die Puzzleteile zusammenfügen.

Er stürzte zur Tür, sah Petra im Arm eines deutlich kleineren Schutzpolizisten, dessen Kollegin betreten danebenstand und ihn Hilfe suchend ansah.

»Kollegen, ich bin Max Quercher vom LKA. Was gibt's?«

Die ältere Frau schob sich diskret und vorsichtig vorbei und drängte Quercher ins Zimmer.

»Was ist passiert?«, beharrte er.

»Ich kenne Sie, Sie haben mal eine Lehrveranstaltung an der Polizeihochschule gehalten.«

»Ja, das ist länger her. Aber das stimmt. Was ist passiert? Warum seid ihr hier?«

»Also der Lebensgefährte von Frau Kinkeldey hatte einen Unfall am Heimeranplatz, ist in einen Lkw gelaufen, unter einen Reifen gekommen. Er liegt jetzt im Krankenhaus, schwere Kopfverletzungen ...« Sie sah ihn mit einem Stirnrunzeln an.

»Soll ich die Frau ins Krankenhaus fahren?«, fragte er leise.

Sie schüttelte den Kopf. »Sie ist nicht mit ihm verheiratet. Während wir hier stehen, werden seine Eltern die Apparate abstellen lassen. Sie haben uns ausdrücklich gesagt, dass sie diesen ... also die *Frau* Kinkeldey nicht im Krankenhaus sehen möchten.«

Quercher war lange genug bei der Polizei gewesen, um den Blick zu deuten. Raoul war nur noch dank lebenserhaltender Maschinen in diesem Leben. Und die Eltern wollten eine Transfrau nicht beim Trauern dabeihaben. Wie herzlos man sein kann im Angesicht des Todes, dachte er bitter.

Die Kollegin fragte, ob ein Seelsorger kommen solle. Petra hob abwehrend die Hand. Die Kollegen ließen sie nach einigen Momenten der Höflichkeit stehen und verabschiedeten sich.

Petra schloss die Tür, ging auf Quercher zu, der mittlerweile wieder am Tisch in der Küche saß, und weinte sich an seiner Schulter die Augen aus. Was hätte er jetzt für Arzus Anwesenheit gegeben! Während er vorsichtig über ihren Rücken strich, las er noch einmal den Brief, ehe er das Foto mit der freien Hand nahm und es sich genauer besah. Ihm fehlte eine

Lesebrille, aber er hielt es weit entfernt in das letzte Abendlicht, das von draußen in die Küche und in die Traurigkeit hereinflutete. Und dann verstand er.

»Petra Kinkeldey, du kommst mit an den See. Ich glaube, ich kenne den Menschen auf dem Foto!«

Kapitel 8

München, Innenstadt

Das Restaurant *Freihaus Brenner* lag perfekt. Zum einen war es nur einen Katzensprung von der Staatskanzlei der bayerischen Regierung entfernt, zum anderen trafen sich hier Anwälte, Geldige und diverse halbscharige Fußballpromis. Jeder beobachtete jeden, ob man beobachtet wurde. Man fiel an diesem Ort größter Eitelkeit nicht auf, wenn man in einer Ecke am Fenster mit Blick auf den Kartenvorverkauf der Staatsoper saß und etwas Diskretes besprechen wollte. Genau das war der Staatssekretärin wichtig.

Ingrid Garstling hatte in ihrem Ministerium schon so ziemlich alles gesehen: Epidemien, schreiende Politiker, Betrugsfälle. Sie musste noch drei Monate aushalten, vor allem das Ding neben sich. Ihre Chefin war eine blasse junge Frau, die der Ministerpräsident aus irgendeinem Loch in der südöstlichen Provinz gezogen hatte. Typische Parteikarriere. Jurastudium in Passau. Engagiert in der Frauen Union und der Jungen Union, mit einem CSU-Urgestein verwandt, mit einer Kalkleiste aus der Verwaltung der Bayerischen Landesbank verheiratet. Nebenerwerbshof. Katholisch. Zwei Kinder, eines blasser als das andere. Besser konnte man es nicht in der heutigen Partei machen. Jetzt war Veronika Klotz zuständig für Gesundheit und Pflege und nervte mit Fragen. Dabei war für sie doch ein klares Programm aus netten Besuchen von Pflegeeinrichtungen und stundenlangem Herumsitzen in Ausschüssen vorgesehen. Denn Frau Fad sollte schon bald wieder nach Berlin gehen und sich dort vor sich hin langweilen.

Jetzt aber wollte sie von Ingrid »detailliert und transparent über das Mittel aus unserer Heimat informiert werden«.

»Du, da muss ich ganz weit an der Spitze der Bewegung

sein«, ließ die Klotz mit einem zur Hälfte mit Rindercarpaccio und Rucola gefüllten Mund verlautbaren.

Ohne Skrupel duzte die Ministermaus Ingrid und sprach in diesem Südostakzent auf sie ein.

Ingrid war geduldig, vertröstete sie, sprach von vielen kleinen Entwicklungsschritten. Warnte vor voreiligen Alleingängen, die ja nur in einem PR-Desaster enden könnten, und schnurrte so über den Ladies' Lunch mit Frau Fad hinweg. Ingrid schien ihre Abneigung zu deutlich gezeigt zu haben. Ministerin Klotz wurde noch vor dem letzten Espresso deutlich.

»Ich möchte auf folgende Fragen Antworten geben können.«

»Bitte«, entgegnete Ingrid müde.

»Wer forscht derzeit an *Antrum Coeli*? Wie ist der Forschungsstand zu dem Mittel?«

Ingrid trank den letzten Schluck ihres Rieslings aus, ehe sie sich nach vorn beugte und antwortete. »Keiner forscht. Klockenhoff ist tot. Das ist die Kurzform. Für Journalisten und Vorgesetzte: Der letzte Stand ist, dass *Antrum Coeli* bewusstseinsverändernde Zustände hervorruft. Das gilt auch für Plastikkleber und Cannabis. Ob es tatsächlich, wie Professor Klockenhoff behauptet hat, auf die Plaques im neurologischen Bereich einwirkt, ist nur nach einer langjährigen Analyse und Testphase zu beantworten. Wir werden hier nicht falsche Hoffnungen erzeugen. Da wir aber derzeit keinerlei Zugriff auf dieses Mittel haben, außerdem nicht wissen, woher es stammt, wollen wir uns nicht an Spekulationen beteiligen. Der Freistaat Bayern steht für pharmakologische Experimente und Geisterbahnaktionen nicht zur Verfügung. Wir sind dazu da, unsere Bürgerinnen und Bürger vor Quacksalbern und Heilsversprechern zu schützen. Uns liegt an einer transparenten Volksgesundheit, nicht an Hinterzimmerheilungen.« Sie strich sich über die Chanel-Jacke, bevor sie ihre perfekte Erklärung verschwörerisch fortsetzte. »Gern kannst du auch inoffiziell darauf hinweisen, dass du persönlich glaubst, eine Wallfahrt nach Altötting bringe größere Wirkung auf die Heilung der Patienten. Nur ich wäre damit offiziell vorsichtig. Journalisten sind nicht besonders begabt, wenn es um die doppelte Rezeptionsebene von Texten und Aussagen geht.«

»Ich weiß, Ingrid. Aber ich möchte sichergehen, dass wir dieser unseligen Alzheimerrettung keine weitere Nahrung geben, weil Forscher im Freistaat still und leise heimlich daran arbeiten.«

»Absolut, wir alle haben ein Interesse, dass an unseren staatlichen Einrichtungen ausschließlich Grundlagenforschung betrieben wird.«

Die Klotz runzelte die Stirn. »Nun ja, so orthodox will ich das nicht formulieren. Dieses *Antrum Coeli* kann jedoch nicht unser Maßstab für Exzellenzarbeit sein. Wir müssen transparent handeln. Bei der derzeitigen Skepsis bis hin zur ablehnenden Haltung der Bevölkerung gegenüber der Pharmaindustrie und der staatlichen Forschung sind wir in der Pflicht, alles offenzulegen, ohne dabei natürlich den Wettbewerb mit anderen Staaten zu gefährden.«

Die Klotz war jetzt im Schwatzmodus. Diese rhetorischen Bausteine nannten sie im Ministerium immer das ›Bullshit-Pharma-Bingo‹ der Frau. Sie hatte in einem Seminar der Hanns-Seidel-Stiftung gelernt, scheinbar inhaltsschwere Thesen so miteinander zu verweben, dass es zwar nach wie vor gehaltvoll klang, aber eigentlich kaum Sinn ergab. Früher hieß so etwas Gewäsch, heute war es Politiker-PR. Ingrid hasste es. Sie wollte klare Aussagen. Das Geschäft verlangte es. Doch sie tröstete sich wieder mit dem Gedanken an ihren Ausstieg und mit einem großen Löffel aus der gerade von einem Kellner servierten Pannacotta.

»Ich denke, dass wir aus ministerieller Sicht alles erdenklich Mögliche getan haben, weil …«

»Entschuldige, Ingrid, das ist so ja nicht ganz richtig. Der Wirkstoff, der anfangs noch als ›Tatzelwurmdreck‹ bezeichnet wurde, war Grundlage für jahrelange Forschung, ohne dass wir in irgendeiner Weise im Ministerium Kenntnis davon erlangt haben. Gut, das war meine Vorgängerin. Aber illegale Tierversuche, dazu ein Forscher, der ein erhebliches psychisches Problem hatte. Dann erfahre ich als Ministerin auf einer Auslandsreise nach Shanghai von einem Wirkstoff *Antrum Coeli*, sozusagen zwischen Pekingente und Reiswein. Du hingegen wusstest von diesen Dingen, hast mich vorsichtshalber jedoch nicht informiert. Das sind Methoden aus einer anderen Zeit. Du bist noch drei Monate in unserem Ministerium. Ich möchte dich bitten, deinen Wirkungsbereich ›besenrein‹ zu übergeben.«

Die Ministerin erhob sich, ihre Leibwächter folgten.

Nach einem eher ungeschickten Herauskrabbeln von der Sitzbank gab sie Ingrid kühl die Hand. »Mach auf den letzten Metern deiner Karriere keine Fehler mehr«, riet die fast zwanzig Jahre jüngere Frau, bevor sie mit großen Schritten, die ihre bäuerliche Herkunft verrieten, das Restaurant verließ.

Ingrid zahlte missmutig die Rechnung und lief hinaus in die bleierne Hitze des späten Mittags, kam über einen Innenhof auf die Maximilianstraße, wo der schwarze Mercedes S-Klasse auf der gegenüberliegenden Seite vor einem Luxusuhrengeschäft parkte.

Der Fahrer stieg aus, hielt ihr die Tür auf. Sie versank wieder in der Kühle und Stille. Der Mann im Fond war so freundlich, ihr ein Erfrischungstuch zu reichen, mit dem sie sich den Schweiß aus dem Gesicht tupfte. Der Fahrer stand derweil vor dem Wagen mit den verdunkelten Scheiben und unterhielt sich angeregt mit dem Sicherheitsmann des Uhrenladens.

Der Mann neben ihr schob ihren Rock hoch und glitt mit den Fingern an ihrem Slip vorbei in sie. Er brauchte nicht lange. Sie bog ihren Körper auf dem Sitz, wand sich, schloss die Augen und biss sich in die Hand, als sie mit einem gepressten Stöhnen kam und auf seinen Schoß fiel.

Sie strich sich den Rock nach einem Moment, in dem sie sich diesem warmen Gefühl hingab, mit einer herrischen Geste glatt und sah ihn mit einem Lächeln an.

»Ich mag es, wenn das Auto nach dir, nach deinem Schweiß, deinem Parfüm und deiner Nässe riecht. Es hebt unsere Beziehung auf eine …«

Ingrid schüttelte den Kopf. Ihr junger Freund sollte nicht glauben, dass seine magischen Finger in irgendeiner Weise ihre geschäftlichen Beziehungen beeinflussten.

»Gut, wie stehen die Dinge?«, fragte er mit einem leicht veränderten Ton in der Stimme, der ihr signalisierte, dass er verstanden hatte.

»Sie will Ruhe. Sie weiß von nichts. Sie ist nur anstrengend.«

»Klingt wie ein dummer Ehemann«, spottete er, um das Gesagte in derselben Sekunde zu bereuen. Denn er wusste, sie war verheiratet. Mit einem Mann, der seine Ruhe haben wollte, weil er als Professor für Philosophie beim Nachdenken laute Geräusche verabscheute. Der nervtötend war, weil er vor einem vollen Kühlschrank zu verhungern drohte. Der so wenig vom wahren Leben verstand, dass jede Ironie bei ihm ins Leere lief. Der keine magischen Finger hatte.

Aber sie hatte noch Reste des warmen Gefühls in sich und war ihm nicht böse. Der junge Manager hatte keine Ahnung, was er tat, doch er tat es mit Hingabe. Das reichte Ingrid mit ihren neunundfünfzig Jahren.

»Unsere chinesischen Kontakte sind ratlos.« Sie griff nach ihrem Smartphone und scrollte durch ihre E-Mails. »Ich lese dir vor, was uns Weng geschrieben hat: *Antrum Coeli lässt sich nicht lokalisieren und fixieren. Es wirkt, doch es ist im Körper wie ein Geist. Die Probanden sind mittlerweile bis auf zwei Delirierende verstorben. Es ist essenziell, dass wir den Wirkstoff und die Quelle finden. Bald!*«

Der Manager nickte. »Da hat sie recht. Wenn wir in die Produktion gehen wollen, brauchen wir jetzt den Wirkstoff, nicht erst im nächsten Jahr. Unsere Investoren werden unruhig. Im Marktumfeld sind zu viele andere mit einem Mittel gegen Demenz gescheitert. Es herrscht gerade Katerstimmung im Markt. Es wird eng. Für uns. Für dich. Tut mir leid, das zu sagen. Du willst in drei Monaten nicht in eine insolvente Start-up-Bude als Beirätin eintreten und die dann abwickeln. Schon jetzt sind deine Anteile weniger wert als zum Zeitpunkt deines Einstiegs. Weiß dein Mann davon?«

Sie lächelte und strich über seinen Schritt. »Ach, mein Junge. Es gehen Sachen hinterm Mond vor sich, von denen das Kälbchen nichts weiß.«

»Was ist mit der Witwe? Die will doch auch an das Mittel.«

»Justine ist nur gierig, nicht klug.«

Der Manager zog die Brauen hoch.

»Sei beruhigt. Wir haben sie smart und diskret eingefangen. Sie glaubt, Herrin des Handelns zu sein. Das Gefühl lassen wir ihr. Justine wird fallen.«

Er vergötterte seine Geliebte, das wusste Ingrid. Sie hatte ihn von der Schule über das Studium bis zu seiner jetzigen Position in dem Start-up in Weyarn begleitet, erzogen und auf eine absurde Weise begehrt.

»Was wissen wir über ihre Versuchsreihe in diesem Hospiz?«

»Justine hat es übertrieben. Jemand ist ihr auf die Schliche gekommen, ist aber nicht mehr fähig, eine Aussage zu machen. Also sind wir da entspannt. Wichtig ist, dass wir den Finder jetzt endlich lokalisieren.«

Der junge Mann nickte und sah versonnen hinaus auf die Maximilianstraße, wo die Hitze des Nachmittags die Luft über den Schienen der Tram flimmern ließ. Er war im Begriff, über sie herzufallen. Sie musste ihm jedoch noch etwas Wichtiges sagen.

»Jasper, du wirst noch viele Niederlagen im Leben einstecken müssen. Vielleicht musst du manchmal so schwere Entscheidungen treffen wie nach dem Tod deines Geschäftspartners auf der Brücke. Aufstehen und weitermachen. Aber wenn du Geduld und Härte niemals aufgibst, können sie dich nicht besiegen. Dann bist du unverletzbar.«

»In einer Woche ist unsere Investorenkonferenz. Wenn wir dann mit leeren Händen dastehen, sind wir beide geliefert. Dann besteht sogar die Gefahr einer Insolvenzverschleppung. Ich bin der alleinige Geschäftsführer nach dem Tod vom Ferdi. Ich gehe in den Knast. Meine Familie wird mich verachten. Das ist meine Verantwortung!«

Sie umklammerte seine Hand, ehe sie ruhig und leise sprach. »Jasper, ich bin deine Familie. Justine hat einen Privatermittler engagiert. Er wird uns zu unserem Finder bringen.«

»Warum?«, fragte der junge Manager immer noch mit Verzweiflung und Wut in der Stimme.

»Weil dieser Mann ihn kennt. Weil unser Finder ihm vertraut! Wir werden ihn bald haben.«

»Woher wissen wir, dass dieser ominöse Ermittler ihn hat?«

Ingrid grinste und knöpfte ihre Bluse auf. »Weil wir jemanden an seiner Seite haben!«

Kapitel 9

Tegernsee

Der Weg aus der Stadt in das Tal glich für Max Quercher zuweilen einer beschwerlichen Pilgerreise. Hatte man die Nervereien der Autobahnstrecke hinter sich gelassen, fing das Hochgefühl in Warngau an. Man sah in der Ferne den Wendelstein, fuhr durch das Krottenthal, um an der nächsten Kreuzung von seinen Bergen empfangen zu werden. Das Finale war der See, der wie ein Versprechen auf Reinigung vom Schmutz und Schweiß der Stadt wirkte.

Arzu empfing die beiden in der Einfahrt, umarmte still die weinende Petra und nahm sie mit in das Bauernhaus.

»Regina hat sich gemeldet. Du sollst sie umgehend anrufen«, murmelte Arzu Quercher zu, der nur müde nickte.

Getrud, die Gebirgsschweißhündin, sprang an ihm hoch. Er wäre am liebsten auf der Holzbank vor dem Hochbeet eingeschlafen. Treffen mit Regina waren nie einfach, selbst wenn er sich vornahm, nicht zu streiten, kochte es an einer bestimmten Stelle immer hoch. Er liebte sie – noch immer. Aber etwas passte nicht. Nicht mehr. Und jetzt, nach diesem Tag mit Erinnerungen und einem neuen Gast in seinem Haus, wollte er keine zähen Diskussionen mit der Ex führen.

Sein Telefon brummte in der Hosentasche. Eine Videonachricht. Er klickte auf den Button und ließ sie abspielen.

Er sah den See im letzten Licht, sah lange Beine, die im Wasser spielten, dann wurde das Handy abgestellt und eine nackte Frau lief auf den See zu. Er kannte die Stelle. Er kannte die Frau. Niemals hätte er eine Chance gegen Regina von Valepp.

»Arzu, ich muss noch mal los. Essen und Getränke sind ja noch da. Wartet nicht auf mich.«

Sie schwammen von der Bayersäg hinaus nach Osten, in die Mitte des Sees. Wenn ihn etwas tröstete, war es dieser See. Sein Grün, seine Kühle, seine lässige Größe, nicht so meerig wie der Chiemsee, nicht so überschwommen wie der Starnberger See. Eben ein kalter Bergsee mit einem Panorama, das ihn selbst nach fünfzig Jahren immer wieder faszinierte. Unten das gelbe Glitzern der Klosterlampen, die fern schimmernde Perlenkette der Seilbahn, die zum Wallberg hinaufführte, rechts davon die Kapelle. Heimat war Schauen, Schmecken und Riechen.

Obwohl sie nicht stehen konnten, umschloss Regina mit den Beinen seine Hüfte, hielt sich an seinem Hals fest und legte den Kopf an seinen. Er hatte Mühe, über Wasser zu bleiben. Nur nichts Falsches sagen, dachte er und genoss ihren warmen Körper, spürte ihre Gänsehaut und war für einen Moment glücklich.

Als sie das Ufer erreichten, trug er sie, weil er wusste, wie sehr ihr die spitzen Steine in die Füße drückten.

»Max Quercher, du bist romantisch, auch wenn du das nicht sein willst.«

»Regina von Valepp, du bist eine Kaiserin. Für deine Vorfahren war das eine Selbstverständlichkeit.«

»Und? Da lief am See noch alles rund«, stichelte sie und ließ sich von ihm vorsichtig neben Trudl absetzen, die am Ufer auf sie gewartet hatte.

Sie rubbelten sich mit duftenden Handtüchern ab.

Regina kramte in ihrer Tasche nach etwas. »Hier ist eine Gesichtscreme. Männer in deinem Alter müssen auf ihre Haut achten, wenn sie in wenigen Jahren nicht wie eine Eidechse aussehen wollen.«

Sie verstrich die Creme, während er die Augen zukniff und die Stirn runzelte.

»Das ist eine Wohltat, Max. Nicht so tun, als verriebe ich da Klebstoff«, ermahnte sie ihn.

Er rubbelte ihr noch einmal die Haare trocken, ehe er gedankenverloren auf den nun tintenschwarzen See blickte.

»Was geht dir durch den Kopf?«, fragte sie.

»Da draußen liegt mein Vater«, murmelte er, um in derselben Sekunde zu merken, dass er damit die Magie des Moments zu zerstören drohte. »Die Klientin, die mir die Gerass vermittelt hat, hat mich heute mit einem komischen Wirkstoff behandelt. Kurz darauf habe ich nahezu plastisch erlebt, wie mein Vater an dieser Stelle in einem Fischerboot nach draußen auf den See ruderte, sich erhob und über Bord sprang, an seinen Beinen Gewichte. Verstehst du, ich habe den Tod meines Vaters wiedererlebt.«

»Das ist ja schrecklich …«, unterbrach sie ihn.

»Nein, eigentlich nicht.«

»Wieso?«

»Hättest du mich gestern gefragt, ob ich beim Suizid meines Vaters dabei gewesen sei, hätte ich verneint. Meine Mutter hat es mir erzählt. Das habe ich geglaubt. Tatsächlich muss ich dabei gewesen sein. Sonst hätte ich das nicht so genau und konkret erlebt. Nicht geträumt, wiedererlebt. Völlig irre.«

»Ist das dieses Mittel? Arzu hat am Telefon davon gesprochen.«

Er nickte. »*Antrum Coeli*, so hat es dieser Klockenhoff genannt. Offiziell ist das Hokuspokus. Die Dekanin und alle Kollegen des Professors halten das Mittel für ein Placebo, für einen Betrug. Aber nicht die Witwe und nicht seine einstige Assistentin Petra Kinkeldey …«

»Heißt die wirklich so?«

Er grinste. »Ja, und die Dekanin Schusterleich. Anscheinend braucht man Künstlernamen, wenn man in die Forschung geht. Dieses Mittel, wenn es denn dieses *Antrum Coeli* war, ist echt ein Hammer. Es wirkt bei mir irgendwie immer noch. Wenn ich die Augen schließe und mich konzentriere, tauchen Situationen auf, die … nun ja … die sehr intensiv sind.«

»Also glaubst du, was diese Witwe sagt?«, fragte sie.

»Ich erzähle das mal von Anfang an …«

»Warte, wir werden gleich von Mücken zerstochen. Lass uns hoch zu mir fahren.«

Er sah sie zweifelnd an, doch sie wischte jegliche Bedenken mit einem Kuss beiseite.

Quercher hatte bewusst seinen neuen Wagen genommen, was Regina nicht weiter kommentierte. Sie setzte sich hinein, als wäre der BMW schon immer Querchers Gefährt gewesen, und ließ sich zu ihrem Anwesen nach Bad Wiessee unterhalb des Golfplatzes fahren.

Kurz darauf saßen sie auf ihrer Terrasse und sahen hinunter ins Tal und auf die funkelnden Lichter der Uferstraßen und Häuser.

»Warum wolltest du mich denn so dringend sprechen?«, fragte er, eine liebevolle Antwort erwartend.

Sie ging nicht darauf ein. »Arzu hat mich angerufen und von *Relaxando* berichtet. Es kostete ein paar Anrufe und Bitten, aber ich komme mit interessanten Fakten für dich.«

»Du bist unersetzbar.« Er lächelte sein schmierigstes Lächeln.

»Max, bitte. Strandkorbvermietercharme steht dir nicht. Die Firma sitzt in Weyarn, weil München zu teuer ist. Gehört offiziell vier jungen Menschen aus dem Tegernseer Tal. Kinder reicher Eltern. Alles Einser-Abiturienten und exzellente Studenten. Sie haben mit ein paar alternativmedizinischen Produkten zu Beginn tatsächlich Profit machen können, dann aber eine kleine Delle in ihrer Erfolgsserie mit obskuren Dienstleistungs-Apps bekommen.«

»Dazu war *Antrum* da, oder?«, fragte Quercher.

»Gemach, das ist Wirtschaft. Du musst geduldig sein, zuhören und lernen.«

»Danke, Herrin, dass du mich teilhaben lässt an deinem profunden Schatz des Wissens.«

Regina, das wusste Quercher, hatte diesen Krempel an den besten Hochschulen Europas und der USA studiert. Außerdem konnte sie Naivlingen wie ihm alles gut erklären. Ich hätte damals, als ich reich gewesen bin, auf sie hören sollen, dachte er bitter. Doch reich macht nur Reiche reicher. Arme, die reich wurden, waren auch schnell wieder arm. Reich sein, das musste man können.

»Am Anfang steht immer das Geld von Triple F …«

»Bitte was?«

»Family, Friends and Fools. Jemand aus deinem Verwandten- und Freundeskreis findet, dass du ein Talent hast, das man zu Geld machen könnte. Du kannst singen, schauspielern oder eben eine Seife gegen Juckreiz entwickeln. Also gibt dir der reiche Papa Zahnarzt das schwarz verdiente Geld, das er von seiner arabischen oder russischen Kundschaft hier im Tal erhält. So, irgendwann verdienst du vielleicht Geld. Jetzt wird ein Venture Capitalist, kurz VC, ein institutioneller Investor, auf dich aufmerksam, bietet Geld, verlangt, dass Mutti und Papi ihre Beteiligung entweder aufstocken oder abgeben, und winkt dafür mit Einstiegskapital, um weiteres Wachstum zu finanzieren.«

»Ach.«

»Ja. Die Eltern sind happy, so bleibt mehr Geld für die Kreuzfahrtorgien im Alter und das Landhaus mit Tiefgarage am Leeberg in Tegernsee übrig. Die Frucht ihrer Lenden hat bewiesen, dass sie auf eigenen Füßen stehen kann. Eltern sind glücklich, Kinder haben nun die VC-Geier im Haus. Die schicken Prüfer machen eine knallharte Due Diligence. Das scheint bei *Relaxando* der Fall gewesen sein. Diese

Investmentprofis wollen eine Story haben, mit der sie am Kapitalmarkt etwas erzählen können. Das sind jetzt keine Familien mehr, die nur stolz und blind vor Liebe auf ihre Kinder schauen, die professionellen Investoren haben Renditeerwartungen. Denn auch die Venture Capitalists haben ja in den allermeisten Fällen nur ihnen anvertrautes Geld anderer, das sie zu mehr Geld machen sollen. Und da sind die jungen Menschen vermutlich auf die Idee gekommen und haben *Antrum Coeli* ins Spiel gebracht.«

»Klingt schlüssig. Und dann wird das alles schon etwas schwierig. Da stehen Prüfungsphasen des Wirkstoffs an und wenn die nicht schnell genug vielversprechend sind …«, ergänzte Quercher.

»Ja, das ist allerdings Spekulation. Bei *Relaxando* ist vor drei Monaten ein Milliardär vom Tegernsee, Bernd Sackmann, der Erfinder eines Hustenmittels, eingestiegen. Wo der einsteigt, wollen andere mit dabei sein. Aber da bin ich überfragt. *Relaxando* kann ein Riesending sein und wenn du sagst, dass die an einem Demenzmittel arbeiten, muss ich dir wohl nicht erklären, was daraus werden kann.«

»Doch, ich mag dich sehr, wenn du dozierst«, frotzelte er und strich ihr über den Arm.

Sie legte sachte ihre Hand in seine. Für einen Moment war ihm, als hätte er hinter Regina einen Schatten gesehen. Trudl, die Schweißhunddame, lag jedoch schnarchend vor ihm und hätte sicher angeschlagen, wenn dort jemand herumgeschlichen wäre. Er widmete sich wieder ganz Regina.

»Die Geschichte einer Firma wie *Relaxando* ist entscheidend für die Investoren. Welche möglichen Erfolge können welchen Profit bringen? Ein Demenzmittel, das so wirkt, wie du es beschreibst, kann Milliarden wert sein. Das ist wie … wie … das Mittel gegen das Altern. Wie kann der Exit erfolgen? Börsengang oder Weiterverkauf an andere Kapitalinvestoren oder gar an ein großes Pharmaunternehmen? Nur wehe, es funktioniert nicht oder hat schlimme Nebenwirkungen. Medikamente im Forschungsstadium bedeuten für den Investor ein hohes Risiko und ebenso potenziell einen enormen Gewinn. Das ist Zocken auf höchstem Niveau.«

Quercher strich sich übers Gesicht. Der Tag war anstrengend, der Wein süffig und Regina roch nach See. Warum musste er sich jetzt so einen Wirtschaftskram antun, statt mit Regina ins Schlafzimmer umzuziehen?

Sie bemerkte seine Ungeduld, ließ ihn jedoch nicht vom Haken. »Ich habe genug erzählt. Jetzt bist du dran.«

Er rieb sich die Augen. »Nein, lass gut sein. Ich komme morgen wieder. Wir haben ein volles Haus daheim. Arzu ist mit ihrem Sohn, dem Dackel und Petra Kinkeldey allein. Morgen ist auch noch ein Tag.«

Er erhob sich, pfiff dem Hund und Trudl streckte sich.

Regina sah zu ihm hoch, ein Weinglas in der Hand. »Ach, Maximilian Quercher. Du bist die Liebe meines Lebens. Warum musst du immer alles so kompliziert machen?«, murmelte sie.

Er beugte sich zu ihr hinunter und küsste sie lange und innig. »Du bist das auch. Aber zwischen uns liegt nicht nur der See«, flüsterte er ihr ins Ohr.

»Du kannst hier jederzeit ...«

Er küsste sie noch einmal. »Ich weiß. Das ist großartig, Regina von Valepp.«

Er trottete mit Trudl zu seinem Wagen, ließ Madame noch einmal an Reginas Rabatten das Beinchen heben und setzte sich mit einem Seufzer in das weiche Polster. Gähnend öffnete er das Seitenfenster, um frische Nachtluft hereinzulassen, und bückte sich, um in seiner CD-Sammlung, die er gleich als Erstes in das Auto getragen hatte, nach anständiger Fahrtmusik zu suchen. Es entspannte ihn, seine Gedanken konnten besser kreisen mit guter Musik. Doch da war immer noch hinter ihm das Haus mit Regina. Ein Bett. Ein Versprechen. Wenn diese Blaublüterin etwas beherrschte, dann war es diese subtile Form des Anmachens.

»Das hast du richtig gemacht, Max«, murmelte Quercher. »Wenn du jetzt mit Regina gevögelt hättest, wäre das Spiel wieder von vorn losgegangen. Nein, du musst dich zusammenreißen. Die Frau ist zwar echt klasse, hat talweit die feinsten Brüste, aber … Außerdem musst du aufs Klo.«

Er wollte den Motor starten, als jemand aufs Autodach klopfte. Er schrak zusammen, sah nach links und blickte in Reginas grinsendes Gesicht.

»Du hast deine Schlüssel auf dem Tisch liegen gelassen.« Sie hatte sich zu ihm runtergebeugt, trug schon ihren Pyjama und das Mondlicht ließ genug erkennen.

»Ja, danke.« Er griff nach dem Schlüssel und startete den Wagen. Nie hätte er ihr die Genugtuung gegeben, sie zu fragen, was sie von seinem Gemurmel verstanden hatte. Natürlich wusste er jedoch, dass Regina alles gehört hatte.

»Idiot, jetzt redest du dich schon mit Selbstgesprächen um Kopf und Kragen.«

Langsam und konzentriert fuhr er den Kiesweg hinunter, rechts lag der Golfplatz still und zu dieser Nachtzeit befreit von reichen Rentnern, die mit ihren Wägelchen über das fein geschnittene Grün tippelten.

Er wollte gerade auf die Straße hinunter in den Ort biegen, als ihn ein mächtiger Lichtstrahl blendete. Instinktiv bremste er ab und schaute nach unten. Trudl rutschte, er streckte die Rechte aus, um sie vom Fallen in den Fußraum zu bewahren. Der Wagen ruckte, blieb stehen.

Die Beifahrertür wurde abrupt geöffnet. Trudl sprang hinaus.

Quercher beugte sich nach rechts und riss das Handschuhfach auf, um die von Faruk dort hinterlegte Waffe zu ergreifen. Trudl bellte, rannte ins Dunkel. Quercher pfiff. Aber da kam nichts. Er rannte hinterher, schrie. Scheinwerfer sprangen an. Dummerweise wurde er nun wieder geblendet. Hörte ein Winseln. Das war Trudl. Er sprang vor. Stolperte. Fiel. Kroch weiter. Hörte das Jammern seines Hundes, wurde schier wahnsinnig. Er wollte in die Dunkelheit da hinten hineinschießen, doch sein Restverstand, der nicht von Zorn bestimmt war, hielt Quercher davon ab.

Eine Hand drückte in seinen Nacken, presste ihn kraftvoll auf den Boden, ein Knie lag auf seinem Rücken.

»Ich bin es, Quercher. Bleib ruhig. Die Trudl ist fein. Sie leckt mir gerade die Hand ab, weil ich ihr Mengen an Tegernseer Käse mitgebracht habe.«

»Bist du irre?« Quercher stellte diese Frage eher rhetorisch. Er kannte den Mann und er wusste: Er war irre.

»Max, halt für fünf Minuten deinen Mund. Hör mir einfach zu.«

Quercher befreite sich aus der Umklammerung und zog Trudl zu sich, ein »untreues, käsegieriges Mistluder« murmelnd.

»Du bist an *Relaxando* dran, richtig?«

Quercher sah ihn ärgerlich an. Natürlich. Das war der Mann auf dem Foto in der Küche der Transfrau. Das war Paul. Das war der Mann, den er kannte. Er fluchte.

»Das geht dich einen Scheißdreck an. Aber ich weiß, warum du fragst. Du hast es besorgt, das Mittel. Ich habe dich auf einem Foto wiedererkannt. Und jetzt kommst du an und willst wahrscheinlich ein Stück vom großen Pharmakuchen haben.«

Paul sah ihn resigniert an. »Ich will gar nichts, Max. Ich will dich warnen. Du wirst mit einem Menschen zu tun bekommen, dem du nicht gewachsen bist. Ich war es nicht, Klockenhoff war es nicht. Und auch du gehst unter. Glaub es mir. Das ist es nicht wert. Fahr zu deinem Hof. Halt dich fern.«

»Von wem sprichst du?«, fragte Quercher.

»Laura Binsinger. Sie hält die Fäden zusammen. Sie hat aus einer Flechte eine Bombe gemacht. Sie hat Klockenhoff auf dem Gewissen. Sie ist das Böse!«

»Klar, und nach Schwefel riecht sie vermutlich auch«, spottete Quercher. »Sag jetzt endlich, was du willst. Du kommst doch nicht mitten in der Nacht wie ein Stalker oder Dieb, um mir Märchen zu erzählen. Ich hätte dich abknallen können. Bist du bescheuert?« Er war jetzt richtig wütend.

Paul rieb sich das Gesicht. »Geh, nimm die Arzu, den Jungen und verschwinde aus dem Tal. Lass alles hinter dir. Mach Urlaub. Du hast achtundvierzig Stunden.«

»Klingt wie ein schlechter Hollywoodstreifen«, fiel ihm Quercher ins Wort.

»Laura wird in den nächsten zwei Tagen an die Presse gehen, mit dem Versprechen, das Medikament auf den Markt bringen zu können. Sie will das. Um jeden Preis. Sie weiß, dass der Wirkstoff aus dem Tal stammt. Sie weiß auch, was dann hier los sein wird.«

»Ach, euer komisches *Antrum Coeli* ist von hier? Aus der Quelle da unten etwa?« Quercher deutete hinunter nach Bad Wiessee, wo die stärkste Jodschwefelquelle Deutschlands lag.

»*Antrum Coeli* wird dieses Tal mit Verrückten fluten.«

»Wie das? Diese Laura wird ein Mittel gegen Alzheimer bringen. Der Grundstoff kommt scheinbar aus dem Tal. Na und? Das muss ja nicht geschürft werden wie Gold, oder?«

Paul sah ihn spöttisch lachend an. »Du weißt nichts. Ein Mittel gegen das Vergessen, ein Mittel gegen das Alter? Hier in diesem Tal? Millionen werden herströmen, um den Fundort ausfindig zu machen.«

»Und du weißt, wo der ist?«
Schweigen.
»Was glaubst du, was passiert?«
Paul schwieg lange, bevor er antwortete. »Noch mehr Fremde, die unsere Heimat aussaugen. Noch mehr Geld für Wenige, eine neue Attraktion.«
»Und was hast du mit Laura zu tun?«
»Sie will unser Land zerstören. Sie will alles!«
»Okay, geht's ein wenig konkreter?«
»Nein, geht's nicht. Du wirst sie sowieso treffen.«
»Ach?«
»Ja, weil sie jeden trifft, den sie treffen will. Sie ist berechnend wie kein Mensch, den du jemals erlebt hast. Glaub mir, sie weiß alle Schritte im Voraus. Sie weiß längst, dass du an diesem Fall arbeitest. Sie erwartet dich!« Er stieß Quercher wieder zu Boden.
Als der sich aufrappelte, war Paul in der Nacht verschwunden.

Kapitel 10

Tegernsee am Leeberg

Die korpulente Frau kletterte umständlich auf den Barhocker und rutschte mehrfach mit angespanntem Gesicht auf dem Ledersitz hin und her, ehe sie beim Schankkellner eine Flasche Weißwein bestellte. Sie trug einen zu engen Lederrock, der ihre massigen Knie nicht verbarg. Die Seidenbluse hatte Mühe, den Oberkörper zu bedecken. Sie war das, was man hier mit ›viel Frau fürs Geld‹ beschrieb.

Fiona Fettl hatte lange Zeit in der Hauptstadt als Journalistin bei einem großen Verlag gearbeitet, hatte sich als Börsenmoderatorin versucht und war aus Altersgründen ausgemustert worden, kam bei einem Aktientipp-Börsenbriefchen unter. Dort hatte sie ihren Mann kennengelernt, der ihr Chef gewesen war. Kaum hatte er sie befördert, war er entlassen worden. So waren sie, Fiona und Frank-Walter Fettl, gemeinsam an den See gezogen, hatten ihre Kinder im örtlichen Gymnasium untergebracht und träumten von Anerkennung und Ansehen der hiesigen Reichen. Sie waren gern gesehene Gäste in Talkshows und auf Podien.

Fiona Fettl hatte sich auf sogenannte Early Birds spezialisiert, Firmen, die noch unbekannt waren, aber bald mit einer, wie sie es so schön sagte, »Killer Application« an den Markt und dann durch die Decke gingen. Schon lange hatte sie *Relaxando*, das kleine Start-up aus Weyarn, beobachtet. Ihr Mann hatte mit seinen Freunden aus dem Lions Club Tegernsee anfangs auch investiert. Jetzt würde, so glaubte Fiona, die nächste Stufe gezündet werden. Dumm nur, dass nun ausgerechnet der zukünftige Vorstand Ferdi Enders tödliche Bekanntschaft mit den Tücken der Schwerkraft gemacht hatte und von einer Autobahnbrücke gefallen war.

Aber es gab da immer noch das Gerücht, dass diese kleine Firma ein Wundermittel in der Hinterhand hatte, das dieser Klitsche den Sprung nach ganz oben verschaffen konnte. Sie war ein altes Schlachtschiff des Aktiengeschäfts, hatte Champions kommen und gehen sehen. Doch *Relaxando* war sexy. Das spürte sie. Da ging was.

Sie hatte nach dem Vorfall auf der Brücke nicht gedacht, dass sich einer aus dem verbliebenen Führungstrio bei ihr melden würde. Dann war vor zwei Stunden eine Nachricht von Laura Binsinger eingegangen. Einer der Manager sei bereit, mit ihr zu reden. Sie solle sagen, wo. Fiona war Profi genug, um zu wissen, dass nach solch einem Unfall Menschen entweder traumatisiert waren oder erst recht reden wollten. Also musste sie das entsprechende Umfeld schaffen. *Leeberg-Bar*, Blick auf das Tal. Bei einem kühlen Weißwein. So wollte sie den Todesfall nicht zu sehr in den Mittelpunkt kommen lassen.

Sie stieg aus dem Auto und Fiona erkannte sie gleich. Schwarzer Hosenanzug, schwarze High Heels, die ebenso schwarzen Haare zu einem Pferdeschwanz gebunden und trotz der einsetzenden Dunkelheit eine Sonnenbrille. Das war Laura Binsinger.

Fiona kannte sie von diversen privaten Treffen, wo reiche Tegernseer auf junge Manager trafen, um ihnen ungefragt Ratschläge zu geben und dafür in ihre Geschäftsmodelle zu investieren. Sie hatte Laura immer mit einem besonderen Wohlwollen beobachtet. Sie war anders als die anderen drei, extrem nüchtern in ihrer Analyse des Markts und ihrer Produkte aufgetreten. Keine Verkäuferin, mehr eine sachliche Wissenschaftlerin, die sich nicht in betriebswirtschaftliche Zwänge begeben wollte. Sie umgab die Aura eines freien Geistes.

Sie begrüßten sich freundlich, Fiona sprach ihr »herzliches Beileid für dieses schreckliche Unglück« aus.

Laura Binsinger nahm die Sonnenbrille ab und bedankte sich. Fiona suchte in ihren Augen nach Trauer oder vergossenen Tränen. Doch die junge Frau sah sie nur mit einem interessierten, fast abschätzigen Blick an.

»Das ist sehr freundlich von Ihnen. Wir alle stehen noch unter Schock. Aber wir haben auch eine Verpflichtung, weiterzumachen. Ferdi hätte es so gewollt. Er hat für unsere Firma gebrannt, hat alles gegeben. Wir stehen so kurz vor einem Durchbruch. Da wäre er der Erste gewesen, der uns mit ein paar harten Sprüchen an unsere Verantwortung den Mitarbeitern, den Freunden und nicht zuletzt den Investoren gegenüber erinnert hätte. Ja, wir trauern. Ja, wir werden unseren Freund in wenigen Tagen dort unten auf dem Friedhof zur letzten Ruhe begleiten. Und wir werden sein Vermächtnis weiterführen.«

Fiona war sprachlos. Das war geradezu druckreif. Es reduzierte die Bedenken der Investoren und war gleichzeitig zutiefst empathisch. Da brauchte es keine PR-Beratung. Vor ihr saß eine geborene Führungskraft. Das hatte sie in wenigen Sätzen dokumentiert.

»Gut, wo fangen wir an?«, fragte Fiona.

»*Antrum Coeli*, nehme ich an«, antwortete Laura Binsinger verschmitzt lächelnd.

»Ja. Wie ist der Stand der Dinge?«

»Nun, wir haben erfolgreiche Tests durchführen können, die sich, das muss ich leider betonen, durchweg im Rahmen der Richtlinien befunden haben. Wir haben bewusst auf die Ergebnisse aus Professor Klockenhoffs Forschungen verzichtet, weil …«

»Weil es eine chinesische Kollegin namens Weng gibt, die einen Anteil an den möglichen Erlösen des Serums erwartet«, ergänzte Fiona, um mit diesem Detailwissen die junge Frau zu beeindrucken.

»Sie sind gut vorbereitet, ich schätze das sehr. Wie oft haben wir es mit Journalisten zu tun gehabt, die nur der Sensation wegen mit uns sprechen wollten und die Komplexität des Geschäfts nicht im Geringsten verstanden haben.«

Sie gewinnt Zeit mit diesem Kompliment, dachte Fiona.

»Tatsächlich gibt es Forderungen von verschiedenen Seiten. Dazu zählt auch Frau Dr. Weng. Da geht es jedoch um Forderungen an die Witwe. Wir sind da nur mittelbar betroffen, insofern, als dass Forschungsergebnisse Teil eines Erbes für Frau Klockenhoff sind. Wir haben immer darauf hingewiesen, dass wir Forschung auf legale Weise fördern und fordern. Dr. Weng und Justine Klockenhoff haben in der Vergangenheit nicht ...« Sie ließ den Satz unausgesprochen.

Fiona verstand. Dr. Weng und die Klockenhoffs waren die Doktoren Frankenstein in dem Spiel, während sich *Relaxando* als junges, transparentes Unternehmen präsentierte. Das war klug, denn Fiona hatte von Informanten aus den Ministerien gehört, dass Justine Klockenhoff als Vertragsärztin in einem Hospiz in München das Mittel schon getestet und grandiose Ergebnisse erzielt haben sollte.

»Nun, wie ich höre, waren die Tests, die die Witwe in einem Hospiz durchgeführt haben soll, nicht illegal. Sie hat das Einverständnis aller Patienten gehabt, das Mittel war als Naturheilstoff eingereicht, extrem verdünnt wie ein homöopathisches Mittel und schien anzuschlagen.«

»Das weiß ich nicht. Ich bin über die Ergebnisse nicht informiert worden«, betonte Laura Binsinger leise.

»Natürlich nicht. Sie haben allerdings den Wirkstoff als Patent angemeldet, nicht Klockenhoff. Nur haben Sie noch den langen Weg der klinischen Prüfung vor sich, während die Witwe Ihnen das Ergebnis kostenfrei vorher abgenommen hat.«

Die junge Frau schüttelte den Kopf. »Ich finde, das ist

eine sehr zynische Betrachtung. Ich bin Forscherin – in erster Linie. Hier scheint es einen Wirkstoff zu geben, der bei Millionen schlimmste und quälendste Symptome lindern oder gar heilen kann. Da will ich mich nicht auf solch ein böses Szenario einlassen. Menschen, die im Angesicht dieser teuflischen Erkrankung kurz vor ihrem Tod ein Naturheilmittel mit Heilsversprechen bekommen … Das ist nicht unser Weg. Wir halten ihn nicht für vertretbar. Frau Dr. Klockenhoff scheint angesichts ihrer wirtschaftlichen Situation zu jedem Mittel zu greifen. Wir werden nicht die Gerüchte kommentieren, dass Patienten ihr sogar das Erbe überschrieben haben sollen, um in den Genuss des Mittels zu gelangen.«

Fiona war fasziniert. Das war ein souveräner Konter. Sie hatte erfahren, dass *Antrum Coeli* scheinbar wirkte, selbst in tausendfacher Verdünnung. Sie hatte erfahren, dass die Witwe ohne Unterstützung eines Pharmakonzerns mit Forschung, Marketing und Vertrieb kaum Chancen hatte, das Mittel auf den Markt zu bringen. Und als würde das nicht reichen, hatte Laura Binsinger der Witwe auch noch unethisches Verhalten vorgeworfen, das, wenn es sich bewahrheitete, mindestens zu einem Berufsverbot führen würde. Erbschleicherei war nicht strafbar, Betrug sehr wohl. So schaltete man Konkurrenten aus.

Während die Sonne hinter Bad Wiessees Bergen unterging, konnte Laura Binsinger Fiona immer klarer das Bild eines Unternehmens vermitteln, das mit nur einem Präparat vor einer Weltsensation stand.

»Schauen Sie, wir müssen gegenüber unseren Investoren aufpassen, Informationen nicht zu früh in den Markt zu geben. Wir glauben an *Antrum Coeli*. Wir wissen um die Wirksamkeit. Wir wissen, dass dieser Wirkstoff aus diesem Tal kommt. Aber wir wollen keine Sensation. Wir wollen in Ruhe und ohne Gier den Menschen eine neue Linderung verschaffen. Und ja, natürlich wollen wir auch daran verdienen.«

Fiona hatte sich statt eines Desserts, das sie zu gern verschlungen hätte, für einen Espresso entschieden. Immer wieder hatte sie den flachen Bauch der jungen Frau bestaunt, während die über *Relaxando*, Wirkstoffe und Patente berichtete, und war zu dem Schluss gekommen, ab morgen wieder zu fasten. Der Espresso sollte der Anfang sein.

»Zucker?«, hatte sich der Kellner erkundigt.

»Nein, danke.«

»Noch eine andere Frage zum Schluss: Sie sind ein junges Team. Sie gehen mit einem internationalen Großinvestor auf eine globale Ebene. In Deutschland fehlen Ihnen die Experten, ist das nicht …?«

»Nein, das stimmt so nicht. Wir werden uns bald mit einer ausgewiesenen Expertin aus dem Ministerialbereich verstärken. Sie glaubt an uns, was sich darin zeigt, dass sie sich mit einer erheblichen Summe aus ihrem Privatvermögen an unserem Start-up beteiligt hat. Frau Garstling aus …«

Fiona verschluckte sich fast am Espresso. »*Die* Frau Garstling, Staatssekretärin aus dem Ministerium für Gesundheit, die für Zulassungen und Überprüfungen von neuen Medikamenten zuständig ist? Die?«

Laura Binsinger sah sie mit unschuldigem Blick an. »Ja, wieso?«

Fiona konnte es nicht glauben. Eine Staatssekretärin mit dem größtmöglichen Wissen über ein neues Mittel, das sensationell einschlagen würde, wechselte die Seiten. Das war eine Bombe. Und Fiona würde sie bei einer der größten Tageszeitungen morgen platzen lassen, wenn sie es souverän wieder vom Barhocker geschafft hatte.

Kapitel 11

Bad Wiessee

Es war ein Jahr zuvor am Tegernsee gewesen. Die ersten Wanderer kamen schon kurz nach Sonnenaufgang ins Tal. Sie stellten ihre Autos ab, holten die Rucksäcke mit den Wasserflaschen und Energysnacks, den Wanderkarten und den Smartphones heraus und liefen los. Gegen zehn Uhr folgten die Mountainbiker. Erst die ohne elektrische Unterstützung, später die älteren Fahrer, meist Ehepaare in der gleichen Sportbekleidung, die stolz ihre schweren E-Bikes auf die Forstwege hievten, die vom Tal hinauf in die umgrenzenden Berge führten. Dort würden sie an jungen Familien mit Kinderwagen und Hunden vorbeiradeln, dabei ärgerlich schnaufen, ihre Klingel betätigen. Jeder, der das Tegernseer Tal besuchte, wollte Erholung, und das unbedingt exklusiv und sofort.

Gegen zwei Uhr nachmittags waren fast alle Almen und Berghütten hoch oben und die meisten Ausflugsrestaurants in Seenähe restlos mit Tagestouristen besetzt. Ein normaler Tag. Ein Tag, an dem Einheimische meist daheimblieben.

Es begann am Parkplatz zur Neureuth, einer Alm am Osthang der Tegernseer Berge. Eine Familie, Tochter von ihm, Sohn von ihr, Hund gemeinsam von einer ungarischen Tierhilfe geholt, erreichte um fünfzehn Uhr dreißig ihren Caravan und stellte zu ihrem Missfallen fest, dass der Wagen nicht ansprang. Es kam zu einem Streit, weil die Tochter noch am Abend eine Theateraufführung in einer Montessorischule in Haidhausen besuchen sollte. Da störte ein Ausfall der Elektronik.

Nach und nach kehrten weitere müde Wanderer zurück zu ihren Fahrzeugen und erlebten Ähnliches. Ihre Autos waren fahruntüchtig. Sie drückten hektisch auf die Knöpfe, die den einstigen Anlasser ersetzt hatten, und hörten – nichts.

So erging es Hunderten von Personen auf mehr als zwölf Parkplätzen rund um den See. Gegen siebzehn Uhr meldete die Bayerische Oberlandbahn mehrere Baumstämme auf den Gleisen zwischen Finsterwald und Warngau sowie südlich von Schliersee. Als gegen neun Uhr abends endlich die Sonne im Westen verschwand, konnten die mittlerweile erschöpften, aber immer noch wütenden Talbesucher eine Lichtprojektion auf den Hängen des Wallbergs erkennen.

Das Tal ist voll. Geht und kommt nicht wieder!

Gegen drei Uhr in der Nacht hielten zwei der Aktivisten mit ihren Rädern an einer Wiese in Ostin am Tegernsee und schauten hinunter, wo noch immer Blaulichter der Feuerwehren und der Polizei flackerten, um das Chaos in eine für das Tal angemessene Ordnung zurückzuführen. Es war ihr Werk. Und sie waren stolz. Zumindest eine Person des Duos. Sie bemerkten zu spät, wie ein Geländewagen der Polizeiinspektion Bad Wiessee die kurvige Straße hinauffuhr. Sie trennten sich. Während sie ihr Rad wieder bergauf schob und so tat, als wäre es das Normalste, inmitten der Nacht hier zu sein, nahm er ihren schweren Rucksack, ließ sein Rad hinter einem Grasballen liegen und eilte hinüber zu einer Scheune. Er griff nach dem Schloss, warf zuerst die Rucksäcke hinein und zwängte sich danach in das Dunkel. Durch einen Riss in einer der Holzlatten des Tors verfolgte er den Weg der Streife. Die hatte ihr Tempo verringert, aufgeblendet und kurz darauf neben seiner Partnerin angehalten. Endlose Augenblicke vergingen, er atmete flach, sah hinaus und hielt gleichzeitig die Gurte der Rucksäcke fest. Die Polizisten leuchteten mit Taschenlampen auf die Straße. Einer der Lichtkegel wanderte langsam zur Scheune, kam näher. Der Mann duckte sich, hielt die Luft an. Kurz darauf war es vorbei. Die Polizisten folgten seiner Partnerin, die langsam in die Pedale trat und dann bergab Fahrt aufnahm, bis er sie nicht mehr erkennen konnte. Er atmete auf.

»Was soll das?«, fragte eine Stimme aus der Tiefe der Scheune.

Der Mann zuckte zusammen, drehte sich um, verhedderte sich dabei in den Gurten, fiel nach vorn und wollte sich aufrappeln, als er ihn sah.

Der Mann saß auf einem Schemel, um seinen Hals trug er Kopfhörer, aus denen jetzt entfernt Musik erklang. Auf seinem Schoß lag eine Schrotflinte. Die Linke des Mannes hielt den Schaft fest umschlossen, ein Finger ruhte auf dem Abzug.

»Was … was …? Sie wollen …?«

»Ja, in Ruhe sterben. Und du Vollidiot störst.«

»Ausgerechnet Paul«, murmelte Quercher und schloss für einen Moment die Augen.

Die Erinnerung an seinen Wunsch zu sterben ließ ihn erschauern. Hier oben, mit dem Blick über den See, die Berge und mit Regina in der Nähe, erschien ihm die damalige Verzweiflung beschämend. Doch so hatte er damals Paul kennengelernt.

»Erzähl mir von ihm«, flüsterte Regina, die am nächsten Morgen aus dem Wohnzimmer auf die Terrasse zurückgekehrt war und ihm einen Kaffee eingoss.

Sie hatte ihn auf ihrem Rasen entdeckt, liegend, den schlafenden Hund im Arm. Regina hatte ihn ins Haus geführt und ihn gebeten, bei ihr zu bleiben. Mit stiller Fürsorge hatte sie ihm geholfen und war anschließend mit ihm ins Bett gegangen.

Eine Hausdame hatte ein Frühstück bereitet und Quercher war schlaftrunken und nackt aus dem Gästezimmer getorkelt, hatte die Terrassentür geöffnet und den Hund zum Pieseln hinausgelassen. Erst als sich Trudl erleichtert hatte, erfasste er die Gruppe junger Männer, die mit Regina an einem Tisch über Geschäfte sprachen und ihn peinlich berührt ansahen.

»Prüde Jugend«, brummelte Quercher und stapfte mit Getrud zurück auf das Anwesen zu einem schwierigen Telefonat mit Arzu.

»Hast du bei ihr oder mit ihr geschlafen?«

»Findest du die Frage nicht übergriffig?«

»Nein.«

»Ich schon.«

»Hast du?«

»Nein …«

»Geht doch. Komm heim. Der Dackel will spazieren gehen. Ich habe ein Kind und eine Transfrau. Da brauche ich Hilfe.«

»Jaja, jaja. Du bist schlimmer als meine Mutter.«

»Ich dich auch. Muss Regina ihre Liebhaber nicht sonst zur Schule bringen um diese Uhrzeit?«

»Arzu, bitte.«

»Bis gleich.«

Nach einer ausgiebigen Dusche wollte er mit Fräulein Trudl zu einem langen Spaziergang um den anliegenden Golfplatz aufbrechen, als schon wieder sein Telefon vibrierte. Er kannte die Nummer nicht, nahm das Gespräch dennoch an.

»Sie sind Max Quercher, ich bin Laura Binsinger.«

»Schön, dass Sie mich anrufen. Ich wollte Sie sowieso …«

»Sie sind blond, breitschultrig und humpeln leicht? Neben ihnen läuft ein brauner Hund?«

»Stalken Sie mich?« Quercher blickte mit dem Handy am Ohr um sich, um die Anruferin ausfindig zu machen.

»Ist das nicht ein wenig größenwahnsinnig?«

Eine Radfahrerin auf einem Mountainbike rauschte aus dem nahen Wald heran, bremste und zog ihren Helm ab. Blondes Haar, blaue Augen, Sommersprossen, hohe Wangenknochen. Die Frau hätte für Ralph Lauren Werbung machen können. Das war also Laura Binsinger, die alle fürchteten. Quercher hörte ein Knurren, sah zu Trudl, die ihre Lefzen leicht nach oben zog und eine veritable Bürste, hochgestellte Rückenhaare, zeigte.

»Trudl, Schluss. Das ist eine böse Frau, aber ich hab das unter Kontrolle«, murmelte er seiner Hundedame zu. »Woher wussten Sie, wo ich bin?«, fragte er, während er auf sie zuging und sehr wenig Distanz zwischen ihr und sich ließ. Männer hätten das nicht zugelassen, sie lächelte nur.

»Sie sind ein Freund von Paul. Der war wiederum mein Freund.«

»Ja, das weiß ich.«

»Dann war es aus. Paul hat das nicht verstehen wollen.«

»Ja, beim Paul hilft meist nur eine deutliche Ansprache«, pflichtete Quercher ihr bei, ärgerte sich gleichzeitig über seine Illoyalität seinem Freund gegenüber. Doch war Paul Trankl noch sein Freund?

»Ja, das stimmt.« Sie schwieg, hielt ihr Rad und blickte hinunter, wo der See atemberaubend schön vor ihnen lag. Einzig das Gebäude und der Parkplatz der Spielbank störten das Bild.

Die ersten Golfspieler liefen links von ihnen über das Green, waren jedoch nicht über die Spaziergänger erbost und spielten vertieft ihre Runden.

»Was führt Sie zu mir?«, fragte Quercher in die Stille hinein. Sein Magen knurrte, hinter ihm in der Villa wartete ein reichhaltiges Frühstück auf ihn. Und so unvorbereitet wollte er nicht mit dieser Frau sprechen.

»Er ist mir nachgestiegen. Also lasse ich auf seinem Handy eine App im Hintergrund laufen. Ich weiß, wo er ist. Ich kann mich schützen. Er war gestern hier, ich wusste daher, dass er mit Ihnen gesprochen hat. Ich weiß natürlich auch, dass Sie im Auftrag einer mir gut bekannten Dame ermitteln. Ich bin darüber sehr froh.«

»Ja? Die Dame ist allerdings nicht so überzeugt von Ihren

Qualitäten. Frau Klockenhoff wünscht Ihnen die Pest an den Hals, da hilft auch kein Kraut aus dem Tal.«

Laura Binsinger lachte aus vollem Hals. Es war ein schönes, klares Lachen. Ein Lachen, das völlig überlegen in Querchers Ohren klang.

»Schauen Sie, Herr Quercher, ich habe als einzige Person das Potenzial eines Demenzmittels erkannt. Nicht ihr Mann, nicht die Witwe, nicht meine Geschäftspartner. Ich war die Entdeckerin. Ich habe es durchgeboxt. Ich werde es auf den Markt bringen. Alle wollten damit komische oder krumme Dinge machen, ich …«

»'ne Menge Ichs, nicht wahr?« Quercher grinste sie an.

»Ja, das ist man bei Frauen nicht so gewohnt, nicht wahr, alter Mann?«, gab sie zurück.

Er lachte. »Wirklich? Die Platte, Frau Binsinger? Paul Trankl hat das Kraut gefunden. Nicht Sie. Er hat es Ihnen ins Institut gebracht. Wir haben dafür Zeugen. Also tun Sie nicht so, als wären Sie die Druidin des Tegernseer Tals. Ohne Paul würden Sie noch in Ihrer komischen Start-up-Bude sitzen und Lieferservices programmieren. Sie wollen nur einen Reibach mit Pauls Entdeckung machen, nicht wahr?« Quercher klopfte auf den Busch, er vermutete es nur, aber er wollte sehen, wie die junge Frau reagierte, ob sie sich provozieren ließ.

»Paul ist in eine Höhle geklettert und hat etwas mitgebracht, von dem er keinerlei Wissen hatte. Wenn Sie von einem Urlaub eine schöne Pflanze mitbringen, sich die auf den Balkon stellen und ich sie da finde und damit ein Jahrhundertmittel produziere, wer ist dann der Entdecker?«

Quercher kratzte sich am Hals. »Sekunde, Paul schenkt Ihnen zum Valentinstag oder Liebesjubiläum ein Höhlenkraut und Sie, statt es in Ihr Poesiealbum zu kleben, stellen daraus ein Medikament her? Sie sind ja ein Teufelsweib. Haben Sie das mit all Ihren Geschenken so gemacht?«

Sie grinste. »Nein, meist habe ich die dazugehörigen Männer in einen Mixer gesteckt, kam allerdings nie wirklich etwas heraus. Paul hat *Antrum Coeli* gefunden. Ohne Zweifel. Aber er wollte mich damit erpressen. Mehr vom Grundstoff, dafür Liebe, nur so geht das nicht. Ich bin kein Geschäft. Außerdem haben wir recht schnell den Grundstoff entschlüsselt.«

»Also hat Paul noch Zugriff auf *Antrum Coeli* in seiner reinsten Form?«, fragte Quercher leise.

»Ja, vermutlich. Das ist mir egal. Wir haben das Patent. Unsere Wirkweise ergibt sich aus unseren ›Zutaten‹, wenn Sie so wollen. *Antrum Coeli* in der Grundform ist, na ja, eben anders.«

»Ach? Und jetzt ist da draußen jemand, der Sie nicht mehr mag, der jedoch weiß, wo der, wie Sie schön sagen, ›Grundstoff‹ ist?«

Sie schüttelte widerwillig den Kopf. »Paul ist krank. Er ist krankhaft eifersüchtig. Und das ist so schlimm geworden. Das ist …«

»Ich verstehe.« Er sah für einen Moment wahre Verzweiflung in ihrem Gesicht.

»Haben Sie schon einmal Demente erlebt? Mein Vater ist daran erkrankt. Ich werde dieses Mittel zur Marktreife bringen. Niemand wird mich aufhalten. Nicht Klockenhoffs Witwe, nicht Sie mit Ihren Ermittlungen und auch nicht Ihr Freund Paul. Wissen Sie denn, was er will? Denn vielleicht wird auch Paul vernünftig …«

»Frau Binsinger, ich will mit Ihnen nicht über Paul Trankl sprechen. Denn der ist in diesem Spiel momentan völlig unwichtig. Ich will wissen, warum Ihr einstiger Mentor Professor Klockenhoff gestorben ist. Ich will wissen, warum der Mann von Petra Kinkeldey gestorben ist. Und ich will wissen, warum Ihr Geschäftspartner von einer Brücke in den Tod gefallen ist. Drei Tote in wenigen Wochen – alle in Ihrem

Umfeld. Und Sie profitieren jedes Mal. Mal forschen Sie mit Klockenhoff am Zauberkraut. Dann kommen Sie an Studien. Und zum Schluss müssen Sie, so Ihre Pharmabude Erfolg hat, mit einer Person weniger teilen. Das nenne ich als alter Bulle einen veritablen Anfangsverdacht.«

Es lag an Querchers Hunger, sonst wäre er nicht so offensiv geworden. Aber die Frau wirkte so, als verstünde sie die Sprache. Glaubte er.

»Sie haben eine wichtige Zeitform gefunden. Sie sind nicht mehr beim Landeskriminalamt und Sie sind fünfzig. Sie sind also alt und Sie sind nicht mehr Bulle. Sie sollten daher mit Verdächtigungen sehr vorsichtig sein. Menschen, die jünger sind, müssen nicht naiver sein und«, sie stieg auf ihr Fahrrad, »sie müssen auch nicht weniger böse sein. Kommen Sie gut heim zu Ihrer reichen Freundin.«

Sie trat in die Pedale und als Trudl bellend neben ihr herlief, schien sie kurz mit ihrem Fuß nach ihr zu treten. Doch die Hündin wich aus.

Fluchend kehrte er zurück. Fast hätte ihn ein Golfball am Kopf getroffen. Der Morgen ging nicht gut los. Er hatte sich auf ein Frühstück mit Regina gefreut, auf einen feinen, langsamen Morgensex.

Regina hatte zwei Stunden in Telefonkonferenzen gesteckt und sah gestresst aus, hatte den abendlichen Auftritt jedoch nicht vergessen.

»Also, wer ist Paul Trankl?«, fragte sie und klappte den Laptop zu, während sich Quercher eine Semmel aufschnitt.

Er atmete durch. »Mir hat eine junge Frau aufgelauert«, erklärte er umständlich.

Sie lachte. »Natürlich. Kaum geht der feine Herr aus dem Haus, schießen von überall die Weiber sabbernd auf Max Quercher zu.«

»Nein, Laura Binsinger.«

»Ach?« Jetzt sah sie ihn tatsächlich interessiert an.

Er berichtete ihr von dem seltsamen Treffen.

»Das ist doch irre. Als wollte sie dir Angst machen. Das kann sie nicht ernsthaft glauben.«

»Paul Trankl ist dreißig Jahre alt. Er ist ein, sagen wir mal, Umweltaktivist. Seine Eltern hatten einen Hof in Rottach-Egern. Der Alte hat immer und immer wieder gegen die Gemeinde geklagt, weil er etwas von seinen Weideflächen in Bauland umwandeln wollte. Außerdem hatte er eine Wasserquelle, die er gern zu Geld gemacht hätte. Seine Streitereien mit der Gemeinde, nun ja, die haben ihm das Genick gebrochen. Wie immer hier. Wer sich mit dem Bürgermeister anlegt, muss ein dickes Finanzpolster mitbringen. Die Kosten waren zu hoch, die Sparkasse hat das Anwesen übernommen und kurz darauf wurde daraus Bauland.«

Regina nickte stumm.

»Das war zu Zeiten des alten Landrats Zwergerl und dem Sparkassenchef Bigotter. Die haben sich die Flächen, das Anwesen und den Wald in Kreuth, die alle der Familie gehörten, unter den Nagel gerissen. Paul blieb nur ein steiler Hang zwischen Wildbad und Glashütte. Da lebte er auch mal zeitweilig, ehe er wieder bei den Wasserwerken in München arbeitete. Er hat Elektriker beim Julinak gelernt, ein Studium drangehängt und ist eigentlich Ingenieur. Letztes Jahr hat er halt mit dieser Aktion mächtig Wirbel gemacht. Ihm stinkt, wie das Tal ausverkauft wird, an die Geldigen, die Zugereisten. Er hasst die lokalen Politiker, weil sie seine Familie zerstört haben. Der Vater und die Mutter sind bei einem Unfall vor vierzehn Jahren gestorben. Sie kamen mit einem Traktor von der Sutten und sind den Hang hinabgestürzt.«

»War das wirklich ein Unfall?«, fragte Regina.

Er wiegte den Kopf. »Schwer zu sagen. Die Polizei sagt

Ja, jedenfalls hat er mit dem Geld aus deren Lebensversicherung eigentlich erst studieren können. Er ist für zwei Jahre im Ausland gewesen, irgendwo in Indien, Brunnen bauen oder so was. Paul ist sehr klug, aber eben auch sehr verbohrt. Ich habe ihn gedeckt damals. Die Kollegen kamen, ich habe ihm ein Alibi verschafft. So sind wir zu, na ja …«

»… Freunden geworden?«, ergänzte Regina leise.

Quercher atmete tief ein, kraulte die ihn abgöttisch liebevoll anglotzende Trudl. »Nein, so weit würde ich nicht gehen. Spätestens heute weiß ich, dass er anders tickt, als ich immer geglaubt habe. Klar, man kann Aktionen gegen Flächenfraß, ungebremsten Zuzug von Fremden und Ausbeutung der Natur hier im Tal machen. Ich kann seine Beweggründe für den Wasserschutz nachvollziehen …«

»Wasserschutz?«

»Ja, er war sehr aktiv in so einer Schutzgemeinschaft Tegernseer Wasser. Du weißt doch. Die Münchner beziehen ihr Wasser von der Mangfall. Das Wasser wird über Schutzzonen gesichert, Zonen, in denen Bauern zum Beispiel nicht odeln dürfen. Also keine Jauche, Wasserschutzgebiete eben. Paul findet, dass uns die Städter unser Wasser wegnehmen.«

»Ach das. Aber da gibt es langjährige Verträge zwischen der Stadt München und …«, erinnerte sich Regina vage.

»Ja, die sind noch vom letzten König gemacht worden.«

»Verstehe. Er ist also ein extremer Naturschützer.«

»Ja, gewissermaßen. Nur nicht so in der grünen Art und Weise. Er ist stockkonservativ. War bei den Gebirgsschützen, ist gläubig. Der kommt mehr von der patriotischen Naturschutzseite.«

»Diese Diskussion ist so alt wie der Tourismus im Tal. Ich wusste gar nicht, dass du so garstig gegenüber Neuem bist. Bist schon ein richtiger grantiger Einheimischer geworden«, murmelte Regina.

Quercher atmete durch. »Bin ich gar nicht. Schau ins Tal hinunter. Du hörst es doch von der Bundesstraße. Morgen ist Freitag und schon jetzt jagen alle hier hinein, weil es in der Stadt wegen der Hitze nicht auszuhalten ist. Weil sie ihre Ferienwohnungen beziehen wollen. Weil die Waldfeste beginnen, weil …«

»Jaja, schon okay, Max. Ich kenne die Klagen. Lass uns jetzt nicht dieses Spielchen ›die und wir‹ spielen. Dafür bist du zu smart. Zurück zu Paul.«

»Ich jammere auf hohem Niveau, ich weiß. Für den Paul war das eben ein Lebensthema, ist es immer noch. Vermutlich stärker als bei den allermeisten im Tal.«

»Aber noch einmal, damit ich es verstehe: Dein Paul war derjenige, der vor Jahren diesen Wirkstoff nach München zu Klockenhoff gebracht hat. Warum hat er das gemacht? Was trieb ihn?«

»Seine Freundin. Die hatte ich völlig vergessen. Genauer: seine Ex-Freundin.«

»Das ist?«

»Laura Binsinger!«

»Ach ja, die böse Frau, die dir aufgelauert hat.«

»Ja, genau, das Böse. So kann man seine Ex-Freundin auch bezeichnen«, spottete er.

Regina grinste und ging nicht weiter darauf ein. »Das Böse hat heute Morgen wieder zugeschlagen.« Sie öffnete den Laptop und zeigte auf eine Nachricht, die über einen Wirtschaftsdienst verbreitet wurde.

Verstohlen suchte Quercher nach einer Lesebrille, aber er war hier nicht in seinem Haus, wo er hässliche Brillen dutzendfach strategisch in fast allen Räumen inklusive dem Klo positioniert hatte.

»Ich lese es meinem blinden Liebling vor«, zog Regina ihn auf, die auch eine Brille trug. *»Jasper Köhler, Mitglied* *der* Relaxando-*Geschäftsführung, tritt mit sofortiger Wirkung von seiner Position zurück. Das Start-up-Unternehmen aus Oberbayern gilt als heißer Kandidat für einen Börsengang noch in diesem Jahr. Insider wollen von einem Durchbruch in der Alzheimerforschung bei der Pharmafirma aus Weyarn bei München wissen. Inwieweit diese Personalie mit dieser Entwicklung zu tun hat, wollte ein Firmensprecher nicht kommentieren. Jasper Köhler zeichnete für den Bereich ›Finanzen und Strategie‹ verantwortlich. Der vierunddreißigjährige Betriebswirt will sich auf neue Projekte außerhalb der Pharmabranche konzentrieren. Die nunmehr allein verantwortliche Geschäftsführerin Laura Binsinger wünschte ihrem, wie sie sagt, ›Freund und Kollegen alles Gute auf seinem weiteren Berufsweg. Jasper hat* Relaxando *erst zu dem gemacht, was es jetzt ist. Nur mit seinem Engagement und seinem unbeirrbaren Glauben an unsere Forschungsergebnisse konnte* Relaxando *diesen erfolgreichen Weg nehmen. Jasper hat mir persönlich zugesichert, uns auch in Zukunft mit seiner Expertise und seinem Wissen zur Verfügung zu stehen.‹ Der größte Anteilseigner an* Relaxando, *der amerikanische Venture Capitalist* Goldwater *aus New Hampshire, wollte sich ebenfalls nicht weiter zur Personalie äußern, legte aber Wert darauf, dass in dieser Zeit für sie als ›Investor in junge, Erfolg versprechende Projekte‹ Corporate Governance und Transparenz von größter Bedeutung seien.* Goldwater-*CEO Jayme Place: ›Wir glauben an den unbedingten Willen zum Erfolg unserer Partnerin Laura Binsinger. Sie wird* Relaxando *nicht nur zum Wohle unserer Investoren auf die nächste Erfolgsstufe heben. Uns war immer wichtig, auch ethisch saubere Lösungen mit unseren Partnern zu entwickeln. Wir wollen der Menschheit mit unserer Forschung dienen. Das ist unser Ziel.‹«*

Quercher wedelte mit der Hand. »Was heißt das jetzt? Das ist smart und nicht böse. Diese Laura Binsinger scheint doch ganz helle zu sein. Einer fällt von der Brücke, ein anderer gibt auf. Wie die zehn kleinen Neg…«

»Nicht aussprechen, das N-Wort. Himmel, Max. *Relaxando* hatte vier Geschäftsführer. Einer fiel von einer Brücke, ein weiterer geht kurz vor einem möglichen Börsengang, der für so eine kleine Klitsche wie ein Sprung in Dagobert Ducks Geldspeicher ist. Was sagt dir solch eine Meldung?«

»Menschen, die Geld haben, wollen noch mehr Geld haben?«

Regina stöhnte auf. »Die haben ein vielversprechendes Mittel, sonst würden sie jetzt nicht so schnell ihre Geschäftsführung verkleinern.«

»Was hat das miteinander zu tun?«, fragte Quercher, dem Winkelzüge aus der Unternehmenswelt fremd waren.

»Ein Börsengang oder zumindest ein Angebot für neue Investoren bedeutet für das Management in der Regel einen Geldsegen. Sie haben Anteile, die werden zu Geld gemacht, weil sie an der Börse oder einem Finanz- oder strategischen Investor zum Kauf angeboten werden. Geht ein Gründer oder Investor vorher, ist er entweder nicht tragbar oder wurde ausbezahlt, um die Kuchenstücke, die dann zu teilen sind, größer werden zu lassen.«

»Oder der Typ geht, weil er nicht an den Erfolg des Mittels glaubt.«

Regina nickte. »Stimmt. Aber das wiederum würde anders kommuniziert werden. Man habe unterschiedliche Auffassungen über die zukünftige Entwicklung des Unternehmens, so in etwa. Man schmeißt Dreck hinterher. Hier betont ein großer amerikanischer Investor dagegen seinen Wunsch nach Transparenz und Corporate Governance, nach ethisch und gesetzlich sauberem Handeln. Kurz, der Junge musste gehen, weil er zocken wollte. *Relaxando* scheint ein heißer Kandidat mit einem noch heißeren Produkt zu sein.«

»Mag sein, ich sollte diese Binsinger auf jeden Fall noch mal treffen.«

Regina lachte. »Viel Glück, die wird, wenn ich es richtig verstehe, jetzt erst einmal eine Roadshow machen, also eine ausgiebige Rundreise zu potenziellen Investoren, das Produkt, das Unternehmen und das Managementteam vorstellen und schon im Vorfeld sehen, wer zugreifen wird.«

Er hatte die Nummer im Speicher und wählte sie mit einem trotzigen Blick Richtung Regina. Nach einer Viertelstunde des Wartens und des vergeblichen Weiterverbindens durch eine vermutlich teenageralte Assistentin mit Quäkstimme gab er auf.

»Die Dame sei unterwegs, würde sich melden, sie sei jedoch noch in München, müsse morgen in die Staaten, bla, bla, bla«, erklärte Quercher kleinlaut.

»Du wirst sie vorerst nicht erreichen. Aber junge Damen waren ja lange dein Steckenpferd. Versuch's einfach noch einmal. Vielleicht reicht ja deine Stimme.«

Er dachte angestrengt nach. Laura Binsinger tauchte jetzt zum vierten Mal auf. Witwe Klockenhoff hatte schlecht über sie gesprochen, Petra auch und gestern Nacht war Laura Binsingers Ex-Lover Paul um die Ecke gekommen, um ihn zu warnen. Und dann stand sie als Ralph-Lauren-Model direkt vor einem und drohte. Er sah hinunter ins Tal.

»Sag einmal, Regina-Schätzelchen ...«

»Max, wenn du diese Worte benutzt, willst du etwas Unanständiges von mir.«

Er grinste breit. »Hatte ich schon. Diesmal ist es nur dein Geld beziehungsweise deine Anfrage, ob du dich mit deinen blaublütigen Reichtümern an der Pharmaklitsche der Binsinger beteiligen willst.«

»Ach, du meinst, ich soll mit meinem Vermögensverwalter die junge Dame antanzen lassen und du sitzt dabei als jung gebliebener Praktikant und lauschst, was die wichtigen Frauen zu sagen haben?«

»Ich hätte es anders formuliert, aber es ist doch …«

Sein Telefon klingelte. Er sah den Namen auf dem Display. Arzu. Klar.

»Süße Königin des Baklava, was gibt's?«, begann er das Gespräch mit einem müden Witz.

»Petra Kinkeldey ist heute Morgen völlig überstürzt abgehauen.«

»Und? Dann hast du einen Gast weniger.«

»Petra hat mich gerade angerufen. Sie steht auf einer Autobahnbrücke bei Weyarn und will sich töten!«

»Warum? Was bringt die dahin?«

Arzu atmete tief durch. »Sie war flüchtig.«

»Das wird ja immer besser. Warum?«

»Sie soll zwei Frauen mit einem Messer attackiert haben …«

»Ja?«

»Und sie will mit dir sprechen – auf der Brücke.«

Kapitel 12

München, Staatskanzlei

Laura Binsinger lachte. Der Ministerpräsident war unerwartet in das Meeting mit seiner Gesundheitsministerin und ihr geplatzt und hatte sich einfach dazugesetzt, um, wie er sagte, aus erster Hand zu erfahren, was an dem Wundermittel dran sei. Sein Schwiegervater sei auch von der Krankheit betroffen, erklärte er, um in einem Halbsatz anzudeuten, dass es ihm bei der Schwiegermutter besser gepasst hätte.

»Nein, Spaß beiseite. Sie sind Wissenschaftlerin. Klären Sie mich auf. Stellen Sie sich vor, ich wäre ein kleines Kind«, bat er und legte ihr vertrauensvoll die Hand auf den Arm.

Laura Binsinger lächelte und zog ihn sacht zur Seite, blickte dabei an ihm vorbei hinaus in den benachbarten Hofgarten, wo sich Menschen in der Mittagssonne auf dem Kies mit Boulekugeln vergnügten.

»Nun, wir haben ein Mittel gefunden, das intensiv auf Demenzerscheinungen zu wirken scheint.« Sie strich sich die Haare hinters Ohr, was wohl ein wenig kokett wirken sollte.

Er atmete tief ein. Er hatte in der Coronaviruskrise gelernt, bei Wissenschaftlern genau hinzuhören. Selten hatten die sich zu eindeutigen, für die Politik verwertbaren Aussagen hinreißen lassen. Doch diese junge Frau war sich ihrer Sache sicher. Der Geldgeber, der hinter ihr stand, ein amerikanischer Investor, hatte schon verschiedene Start-ups im pharmazeutischen Sektor zum Erfolg gebracht. Aber ein Mittel gegen Demenz wäre das ultimative Medikament seiner Zeit. Sein Wirtschaftsminister, ein Landwirt aus Niederbayern, hatte es mit der Entdeckung des Antibiotikums verglichen. Das wäre für den Freistaat, der jungen Unternehmen diverse Fördergelder zur Verfügung gestellt hatte, ein großer Erfolg und wiederum ein

Beweis für die technologisch ökonomische Vorreiterrolle, die Bayern im Orchester der Länder spielte – unter seiner Ägide. Das Land war außerdem wegen der Maßnahmen in der Coronaviruskrise mächtig verschuldet. Um die Macht zu sichern, mussten Erlösquellen jenseits von Steuererhöhungen her.

Am Morgen hatte er noch mit dem Münchner Bürgermeister über eine Privatisierung der Stadtwerke gesprochen. Er hatte aus Brüssel von der EU-Wettbewerbskommission einen geharnischten Brief erhalten, auch Bayern müsse sich in allen Bereichen dem Wettbewerb stellen. Ein Verkauf der Wasserversorgung an einen Schweizer Nahrungsmittelkonzern würde erhebliche Erlöse erzielen, die die Landeshauptstadt wie auch der Landesetat gut gebrauchen konnten. Den Ärger, der damit verbunden wäre, müsste er allein abfedern. Da war solch ein Treffen mit einer jungen Frau nahezu erholsam. Ein Mittel, das eine weltweite Krankheit unter Alten kurierte? Schöner konnte er seine Stammwählerschaft nicht bedienen.

»Wollen Sie mir kurz Ihre Idee skizzieren, Frau Dr. Binsinger?« Er goss sich ein Glas Cola light ein.

»Nun, ich habe mit meinen Investoren gesprochen, Herr Ministerpräsident. Sie sind natürlich an dem Erfolg unserer Unternehmung außerordentlich interessiert.«

»Natürlich, Sie sind ja auch Ihren Geldgebern verpflichtet«, ergänzte er.

»Doch *Antrum Coeli*, also unser Medikament, wird für die gesamte Bevölkerung eine Angst beseitigen. Die Furcht, mit zunehmendem Alter in einem Meer aus Vergessen zu versinken. Wir haben es also nicht mit einem neuen Wirkstoff gegen Hautjucken zu tun. Wir haben es mit einem Meilenstein der Medizin zu tun.«

Sie machte eine Pause, um ihren Worten mehr Bedeutung zu verleihen. Er war jetzt regelrecht von ihr fasziniert. Warum hatte er so einen farblosen Vogel wie die neben ihm sitzende

Ministerin Klotz in seinem Kabinett, wenn sein Freistaat solche Diamanten besaß?

»Gut, das ist dann mein Text für die Einführung des Medikaments. Und was schlagen Sie uns vor?«

»Wir könnten mit dem IPO, dem Börsengang also, Hunderte von Millionen Euro von vielen internationalen Investoren generieren. Dann profitiert allerdings der internationale Kapitalmarkt von einem Rohstoff aus Bayern, nicht jedoch Bayern selbst. Das muss ich Ihnen nicht groß erklären. Sie waren Finanzminister, Sie wissen das. Aber wir verdanken unserem Freistaat, Ihrer Regierung alles. Meine Ausbildung, mein Studium, meine Forschung – all das hat mir Bayern ermöglicht. Wir wollen Bayern etwas zurückgeben. Wir bieten Ihnen an, die Anteile unseres bisherigen Investors *Goldwater* in Höhe von fünfundzwanzig Prozent und einer Aktie zu erwerben, was eine Sperrminorität bedeutet. Diese Anteile fließen in eine neu zu gründende Stiftung. Das operative Geschäft bleibt davon weitestgehend unberührt. Im Zuge einer Kapitalerhöhung werde ich ein deutsches Pharmaunternehmen ins Boot holen.«

Er nickte.

»Sie werden mit frischem Kapital Forschung, klinische Studien, Marketing und Vertrieb professionalisieren. Das operative Geschäft wird weiterhin von mir gesteuert. An die Stiftung werden dann fünfundzwanzig Prozent der Gewinne ausgeschüttet, die wiederum von Ihnen in die bayerische Forschung gegeben werden. Wir möchten zu einem großen Teil unseren Gewinn quasi vergesellschaften, wenn Sie so wollen. *Antrum Coeli* soll ein bayerisches Medikament sein. Etwas, was wir aus Bayern heraus der Welt geben.«

Er hatte sich von seinem Referenten schon vor der Sitzung die Eckdaten skizzieren lassen und war schier begeistert. Ein Mittel aus Bayern, in der Hand von Bayern – für die ganze

Welt. Der Standort München und Umgebung wäre Anlaufstelle für die internationale Forscherelite. Wieder wäre Bayern vorn. Aber sein langes Politikerleben hatte ihn gelehrt, dass es nie etwas umsonst gab. Solche Wunder existierten nicht. Sie mussten mit etwas bezahlt werden.

»Wir haben Personen, die, wie wir erst vor Kurzem erfahren haben, uns nicht immer die Wahrheit im Forschungsprozess gesagt haben. Einige haben wir bereits davon überzeugen können, dass *Relaxando* die Zukunft ohne sie gestalten will. Das ist unser Gesellschafter Jasper Köhler.«

Er nickte. »Ich habe heute Vormittag in den Wirtschaftsnachrichten davon gelesen. Wo ist das Problem?«

Laura Binsinger sah auf ihre Finger. Die Klotz neben ihm rutschte unsicher auf ihrem Stuhl herum.

Er sah zu ihr. »Was ist?«

»Ingrid Garstling, meine Staatssekretärin …«

»Ja?«

»Sie hat ein Verhältnis mit dem Gesellschafter, also mit dem ehemaligen …«

Er lachte auf. »Respekt. Die ist doch …« Den Rest sparte er sich, weil er merkte, dass der Humor hier nicht passte.

»Ja, das ist auch nicht das Problem. Sie hatte vor wenigen Wochen Anteile gekauft, wusste jedoch aufgrund ihrer politischen Funktion bereits von den Erfolgen. Das ist, wenn man es böse auslegt …«, sagte die Ministerin.

»… Insiderwissen und Vorteilsnahme im Amt. Nicht schlecht«, murmelte er. Das war der Pferdefuß.

»Sie hat außerdem eine Studie mit mehreren Probanden in einem Seniorenheim des Freistaats nachträglich nicht beanstandet, obwohl es Kritik vom dortigen Personal an den Abläufen gab.«

Er strich sich übers Gesicht und verengte seine ohnehin schmalen Augen zu Schlitzen. »Was gedenkst du zu tun?«

»Die Studie ist aussagekräftig, aber ethisch fragwürdig, weil die Probanden zwar nicht unter Vormundschaft standen, jedoch, nach Aussagen eines Arztes dort, in ihrem Beurteilungsvermögen eingeschränkt waren.«

»Ah, wo ist dieser Arzt?«

»Er ist tot.«

Er machte ein entsetztes Gesicht.

Die Ministerin hob beschwichtigend die Hand. »Er lebte mit einer Transfrau zusammen, die ihn wohl vor einer Urlaubsreise vergiftet hat. Er starb bei einem Unfall unter Einfluss von Mitteln, die wir in der gemeinsamen Wohnung fanden. Sie ist flüchtig. Die Polizei ermittelt gerade. Darin verwickelt dürfte die Witwe des Entdeckers, Dr. Justine Klockenhoff, sein. Frau Dr. Binsinger war so kooperativ, uns beziehungsweise den ermittelnden Behörden entsprechendes Material und Informationen zukommen zu lassen. Es handelt sich um sehr, sagen wir, persönliche Dinge. Ich will dich nicht mit Details belasten. Letztlich sollte das keinerlei Einfluss auf die Zulassung des Mittels haben. Wir haben *Relaxando* volle Unterstützung zugesagt, wenn es um eine zügige Begutachtung des Mittels und der Studien durch die Bundesaufsichtsbehörden geht. Meine Bitte an dich wäre, dass du am Montag im Koalitionsausschuss schon einmal den Bundesgesundheitsminister und den Kanzler darauf vorbereitest. Keiner will so eine Nachricht in der Zeitung lesen, sonst wird uns Berlin … Du weißt schon.«

Er wusste, was die Klotz andeutete. Berlin würde jeden erdenklichen Grund suchen, einen bayerischen Erfolg kleinzureden. Erst recht, seitdem ein Mann aus Nordrhein-Westfalen Kanzler war.

Laura Binsinger schaltete sich wieder ein. »Nach unseren Vorstellungen wird diese Stiftung Sie als ihren Präsidenten vorschlagen. Nur der bayerische Ministerpräsident kann solch ein Unternehmen von Weltrang beaufsichtigen, es zum Beispiel vor der WHO repräsentieren. Es ist das Mittel gegen einen weltweiten Altersfluch. Wir können ihn brechen.«

Er hatte für große PR-Auftritte ein Faible, aber er war sich auch des Risikos bewusst. Hier wollte jemand seine Forschung, sein Mittel mithilfe des Freistaats ›adeln‹ und absichern. Und er war seit der Coronaviruskrise immer vorsichtiger geworden, wenn es um Einschätzungen von Wissenschaftlern und Pharmavertretern ging.

»Das klingt doch alles ganz wunderbar und ich kann Ihnen, liebe Frau Dr. Binsinger, versichern, dass der Freistaat Bayern immer ambitionierte und zukunftsweisende Projekte wie das Ihre fördern und nachhaltig unterstützen wird. Ich bin da ganz bei Ihnen, von Bayern muss eine moderne Strahlkraft in den Bereichen der modernen Forschung ausgehen. Sie haben mein Wort: Wir werden das forcieren.«

Sein Smartphone brummte. Er nahm das Telefon und las die kurze Nachricht.

»Vielen Dank, ich bin immer glücklich, wenn ich meinem Bundesland, dem ich so viel zu verdanken habe, helfen kann«, versuchte sich Laura Binsinger in patriotischen Worten.

Er erhob sich, verneigte sich kurz – seit Corona hatte er sich das Händeschütteln abgewöhnt – und rauschte aus dem Raum. Schon auf dem Flur bat er seine Referentin, eine Bestarbeiterin aus der Eliteschmiede des Freistaats, ihm umgehend den Chef des bayerischen Landeskriminalamts und Constanze Gerass zu einer Videokonferenz in sein Büro zu schalten.

Kapitel 13

Weyarn

»Ich bin also das Bauernopfer?« Petra Kinkeldey konnte ihren Zorn kaum bändigen.

Justine hatte sie hergebracht, um mit Ingrid Garstling über das weitere Vorgehen zu reden. Doch schon nach wenigen Minuten musste der Frau klar geworden sein, dass sie lediglich ihre Schäfchen ins Trockene bringen wollten.

»Sie, Frau Garstling, erhalten eine schöne Pension, zwar keinen ehrenvollen Abschied, aber einen ruhigen Lebensabend, dazu das Geld aus den stillen Anteilen. Du, Justine, darfst zwar nicht mehr praktizieren, *Relaxando* wird dir jedoch für die Vermittlung der Forschungsergebnisse, die ich besitze, eine feine Summe zukommen lassen. Und die Ermittlungen werden still und heimlich eingestellt, weil *Antrum Coeli* so wichtig ist. So habt ihr euch das vorgestellt, nicht wahr?«

Justines Mann war tot. Das Haus in Nymphenburg war mit einer hohen Hypothek belastet, weil Hans alles in seine verdammte Forschung gesteckt hatte. Und jetzt ermittelte auch noch die Polizei. Hans hatte sie in diese Situation gebracht. Statt als wohlsituierter Forscher das Leben eines vermögenden emeritierten Professors zu führen, hatte er sich den Hals aufgeschnitten und sie mit all den Problemen zurückgelassen.

Diese verdammte Transe, die sich hier aufplusterte, sollte ihren Anteil nehmen und sich ihretwegen die Brüste vergrößern lassen, nur jetzt nicht moralisch werden. Sie konnten halbwegs mit einem blauen Auge davonkommen. Ja, sie waren nicht die Entdecker des Mittels. Na und? Das war immer das Ziel ihres Mannes gewesen und wohin war er damit gekommen? Auf den Friedhof. Sie hatte alles riskiert, hatte die Patienten überzeugt, *Antrum Coeli* zu nehmen, hatte mit Petra Kinkeldey die Studie hinter dem Rücken ihrer Männer erarbeitet und sich sogar gegen ihren Mann durchgesetzt, der immer dagegen gewesen war. Sie hatte sogar … Aber das musste die Kinkeldey nicht wissen.

»Dieses Schreiben wird uns alle hinter Gitter bringen, wenn wir jetzt die Nerven verlieren. Ist Ihnen das bewusst, Frau Kinkeldey?« Ingrid Garstling hatte alle Vorsicht fallen gelassen und die anderen beiden zu einem eiligen Treffen aufgefordert.

Ihre Hände hatten gezittert, als sie am Morgen die E-Mail ihres jugendlichen Liebhabers gelesen hatte. Er hatte sie kalt abserviert. Er oder die Anwälte seiner Eltern. Was zählte das schon? Der Deal war aufgeflogen, der Junge wollte so schnell wie möglich die Reißleine ziehen und sich von ihr distanzieren, den von dieser Binsinger angebotenen Judaslohn für seine Anteile nehmen und … Sie war fast erstaunt, dass er das nicht mit einer lapidaren WhatsApp getan hatte.

Ihr Deal war geplatzt. Klockenhoffs Versuchsreihen mit den Senioren, Petra Kinkeldeys Vermittlung und ihr eigenes Stillhalten als Mitglied im Aufsichtsgremium. *Relaxando* würde profitieren, nur sie wären nicht mehr die Nutznießer. Stattdessen hatte es diese ehrgeizige kleine Schlampe geschafft, kurz vor dem Ausstieg des Großinvestors *Goldwater* jene aus der Bahn zu kegeln, die ihr überhaupt erst die Mittel und die Beweise an die Hand gegeben hatten, mit denen sie nun bei den Investoren das Geld einsammeln konnte. Kluger Schachzug, damit hatte Ingrid, die schon ziemlich viele Intrigen in ihrem politischen Leben erlebt hatte, nicht gerechnet. Und als nüchterne Analytikerin wusste sie, wie diese Binsinger nun alle Brücken hinter sich abbrechen wollte, um allein den Erfolg genießen zu können. Hier die schmutzigen Tricks der

Politikerin, die ihre Pension mit Anteilen an einem Start-up aufbessern wollte, dort die bösartige Witwe und Ärztin, die gegen jeden ethischen Standard ein noch nicht ausreichend erprobtes Alzheimermittel an unschuldigen Omas und Opas getestet hatte, mit tatkräftiger Hilfe einer Transfrau, die als Assistentin des Professors alle Forschungsergebnisse ihres alten Chefs bunkerte. Die Polizei ermittelte. In ihrem Büro hatte die Ministerin schon mehrfach anrufen lassen und um dringenden Rückruf gebeten. Ingrids Referentin hatte ihr am frühen Morgen das erste Ausmaß in einer WhatsApp mitgeteilt: *Hausinterne Ermittlungen, MP fordert sofortigen Abgang, um drohenden Untersuchungsausschuss abzuwehren.*

Das *Klostercafé* lag in der Ortsmitte von Weyarn, einem einst verschlafenen Bauerndorf, das mit der Flucht der Städter aufs Land seinen Charakter völlig verändert hatte. Inzwischen pendelten viele Neubürger jeden Tag über die angrenzende Autobahn nach München, waren im Kopf damit noch städtisch und wirkten auf die alteingesessenen Bürger Weyarns zuweilen fremd. So war sich Ingrid sicher, dass die zwei Rentnerinnen, die am Fenster saßen, auf die im hinteren Bereich des Cafés sitzenden Frauen mit einer Mischung aus Misstrauen und Verachtung schauten. Erst recht als die Transfrau das Kreischen bekam. Aber lieber sahen Rentnerinnen her als die Kripo, fand sie.

Nicht weit von hier hatte *Relaxando* seinen Sitz. Ingrid hatte dort vor wenigen Minuten noch die Details von Laura Binsingers Angebot gelesen. Nun musste sie ihren Teil der Vereinbarung erfüllen.

Laura Binsinger hatte ihnen angeboten, ruhig und ohne großen Schaden aus der Sache herauszukommen. Sie mussten diese verdammte Kinkeldey ins Boot holen.

Das war Laura Binsingers Bedingung gewesen. »Sie stellen alle Informationen, Akten und Auswertungen von Professor

Klockenhoff, die Frau Kinkeldey widerrechtlich gesammelt hat, *Relaxando* zur Verfügung. Heute noch. Dann werden Sie von unseren Anwälten ebenso noch heute einen Vertrag über eine finanzielle Gegenleistung für Sie und Frau Dr. Klockenhoff erhalten. Das wird über ein Geschäftskonto unseres Investors auf den Cayman Islands gebucht. Details werden wir Ihnen zukommen lassen. *Relaxando* wird nicht sichtbar sein. Wie Sie Frau Kinkeldey entschädigen, entzieht sich meiner Kenntnis. *Relaxando* wie auch unser Partner werden mit ihr keine Verträge machen. Geschäftspartner sind Sie und Frau Dr. Klockenhoff. Haben Sie das verstanden, Frau Garstling?«

So hatte schon lange niemand mit Ingrid gesprochen. Die Binsinger hatte jedoch die bessere Position. Jasper hatte ihr von den stillen Anteilen erzählt. Damit war sie verletzbar. Also musste Frau Kinkeldey überzeugt werden. Um jeden Preis. Laura Binsinger hatte vier Millionen Euro in Aussicht, Justine Klockenhoff sollte fünf Millionen bekommen. Sie rechnete mit zwei für Petra Kinkeldey. Das musste reichen. Jeder wollte leben.

»Petra, du musst zustimmen. Es ist deine Zukunft«, mahnte Justine mit mütterlichem Ton, der aber nur an dem finsteren Gesicht ihres Gegenübers abzuprallen schien.

Ingrid hätte ihr, wenn sie eine Waffe in der Hand gehabt hätte, zwischen die Augen geschossen. Sie fuhren mit großer Geschwindigkeit in eine Kurve, ohne Sicherheit, heil da herauszukommen, und diese Mannfrau spielte die Diva. Dafür war jetzt keine Zeit.

»Ich will es von der Binsinger selbst hören.« Petra Kinkeldey meinte zu spüren, wie die Frauen ihr gegenüber sie schier körperlich züchtigen wollten. Sie musste hier raus und sie wollte zu *Relaxando*. Die Firma, das wusste sie, lag nicht weit entfernt. »Gehen wir?«

Keine machte eine Bewegung. Stattdessen sahen sie einander an.

Justine Klockenhoff griff nach Petras Arm und zog sie wieder auf den Sitz. »Du bekommst zwei Millionen Euro. Petra, denk nach. Das ist viel Geld. Von deinem Mann erbst du die Wohnung. Es gibt eine Zukunft. Er ist tot. Du lebst!«

Sie wollte etwas erwidern, doch etwas hakte sich fest in ihren Gedanken. Sie blickte Justine durchdringend ins Gesicht. »Woher weißt du das?«

Es war dieses Zögern, dieser Beginn eines Stotterns, der Petra mit einem Schlag bewusst machte, dass Justine ihrem Mann etwas angetan haben musste. Sie sah es in ihren Augen, in ihrem verzweifelten Wunsch, eine Ausrede zu finden, ihre schiere Angst vor der Entdeckung. Justine hatte es getan, um an das Geld zu gelangen, um einen Kritiker, der ihr im Weg stand, wegzumachen, einfach so. Petras Mann, der sie so bestärkt hatte in all ihren Wünschen. Hier war seine Mörderin und wollte sie mit einem Judaslohn abspeisen.

Sie holte tief Luft. Alles vor ihr zerbrach gerade. Niemals würde sie jetzt die Nerven behalten können. Sie war verloren. Binnen weniger Tage war alles zerstört worden, was sie sich in den vergangenen Monaten aufgebaut hatte, um ihren Traum zu leben, mit Raoul, ihrem Mann. Sie stand vor den Trümmern. Hätte sie sich mit den Frauen, mit denen sie scheinbar so friedlich bei Kaffee und Kuchen saß, zusammengetan, wäre sie zwar ohne Geld, aber ihr Leben könnte noch leuchten. Jetzt war alles schwarz. Jede von ihnen hatte ein eigenes Spiel getrieben, hatte auf das falsche Pferd gesetzt und auf die Naivität und Unerfahrenheit dieser Binsinger gehofft. Alles war zerbrochen.

»Ich muss einmal die Waschräume aufsuchen«, entschuldigte sich Justine und erhob sich. Petra bemerkte, wie sie verstohlen ihr Handy in die Hosentasche steckte.

Kaum war sie verschwunden, nestelte Ingrid Garstling an ihrer Handtasche. »Gut, ich gehe mal raus und rauche eine Zigarette. Kann ich Sie hier allein sitzen lassen, Frau Kinkeldey?«, flötete sie.

Petra blieb nur ein müdes Nicken. Sie atmete durch, sah der Garstling hinterher, wie sie aus dem Café hinaus in die Sonne verschwand und so tat, als suchte sie eine Zigarette, dabei trat sie drei Schritte neben den Eingang, wo sie sich von Blicken geschützt fühlte. Aber ein Spiegel im Inneren ließ Petra erkennen, dass sie hektisch draußen in ihr Telefon tippte und dann erst rauchte.

Alles war verloren. Die beiden hatten bessere Alliierte, das glaubte Petra zu wissen. Sie hatte keinen. Niemanden, mit dem sie ihre Trauer teilen, dem sie ihre Wut erklären konnte. Nur der Judaslohn blieb. Sie erhob sich und ging zur Toilette. Vorsichtig öffnete sie die Tür, hörte schon jetzt Justines aufgeregte Stimme.

Es war nicht schwer. Sie ertränkte sie in der Toilettenschüssel und ließ die Witwe, den Deckel auf dem Kopf, dort liegen.

Sonderbar erleichtert, dennoch weiter voller Wut, kehrte sie mit großen Schritten zu ihrem Tisch zurück. Ingrid Garstling telefonierte nach wie vor. Petra nahm ihre Handtasche, suchte einen Schein in ihrem Portemonnaie und legte ihn sanft auf den Tisch, ehe sie an der Kuchentheke vorbeilief, erkannte, dass die Bedienungen gerade ein Schwätzchen in ihrem Aufenthaltsraum hielten, und griff sich ein großes Messer von einem Brett. Die Sonne blendete sie, das Gezwitscher der Spatzen, die auf dem Platz vor dem Café hüpften, berührte sie nicht. Ingrid Garstling saß jetzt auf einer Bank und redete mit großer Gestik auf ihr Smartphone ein. Sie tippte ihr auf die Schulter und die Frau sah sich erschrocken um.

»Moment, ich melde mich gleich noch einmal«, flüsterte

sie ins Telefon, bevor sie fragend zu Petra aufsah und offenbar etwas Besorgniserregendes erkannte.

»Frau Klockenhoff ist gegangen«, sagte Petra scheinbar ruhig.

»Wohin? Wir waren doch noch gar nicht fertig, das …«

»Sie wollte, dass Sie nachkommen«, unterbrach Petra sie, um mit großer Wucht das große Messer in Ingrid Garstlings Hals zu stecken.

Kapitel 14

Kreuth

In den letzten Tagen hatte sich Paul Trankl immer wieder an den Tisch gesetzt und versucht, seine Wut in Sätze zu formen. Es war misslungen. So lagen Dutzende zerknüllter Blätter in einem Papierkorb neben dem Tisch und er schien die Nerven zu verlieren. Was er gesehen hatte, was er dort in der Höhle gefühlt hatte, war von solch einer großartigen Schönheit, von einer Verletzlichkeit, dass er es schützen musste. Niemand sonst würde ihm helfen. Alle wollten von diesem Paradies ein Stück abreißen.

Genau das war das Dilemma. Ob Baugrund, das Wasser oder ein Heilmittel aus den Bergen – immer ging es um persönliche Bereicherung. Wie hungrige Schweine stürzten sie an die Tröge, fraßen alles leer, bis nichts mehr übrig blieb, und zogen weiter zum nächsten Idyll. Nie wollten die Menschen das Große, das Majestätische dieses Tals sehen. In Lauras Augen hatte Paul einst diese Demut geglaubt erkannt zu haben. Sie war aus Hausham, kannte Not und schien vom Tal beschenkt worden zu sein. Doch er hatte sich geirrt – und liebte sie dennoch.

Die Hütte war sein Rückzugsort. Aber er wusste, dass sein Plan eine völlige Zerstörung seines Refugiums bedeuten würde. Nie sollte hier oben nach seiner Aktion jemand seine freie Zeit verbringen. Dieser Platz sollte mit ihm untergehen. Das war sein Totengraben!

Als Ingenieur war er es gewohnt, der Wut und dem Hass einen Prozess zu geben, die Gefühle in Bahnen zu lenken, die wiederum zu einer Handlung führten. Er hatte genug Zeit mit kleinen, wenig effizienten Plänen verschwendet. Dieser Moloch Mensch, der da jedes Wochenende und jetzt im Sommer jeden Tag über das Tal herfiel wie eine triebgesteuerte Soldateska über eine hilflose Frau, würde nur eine gezielte, sehr schmerzhafte Tat verstehen. Nur das würde Umdenken hervorrufen.

Politik, das war verlorene Zeit. Am Ende waren diese kleinen Kommunalpolitiker ja doch nur von ihrem Umfeld abhängig, hatte keiner von denen den Arsch in der Hose, sich gegen die Welle von außen zu wehren. Sie wollten ihren Schnitt machen, wollten von den auswärtigen Geldigen anerkannt und bewundert werden. Niemand wehrte sich. Stattdessen verkauften sie ihre Heimat. Sie alle würden dafür bezahlen: mit ihrem Verstand …

Was aber tun mit Quercher?

Er und Arzu waren seine Freunde. Dachte er. Fühlte er. Der schratige Quercher hatte mit seiner lakonischen Art und seinem Hang zum Cannabis Pauls Wut lindern können und Arzu hatte er heimlich angeglüht. Sie war jedoch, so glaubte er zu wissen, auf Quercher fixiert. Immer wenn er Zeit auf Querchers Anwesen verbracht hatte, war er ruhiger, gelassener und ohne Zorn zurück in die Berge von Kreuth gekommen. Nur was bedeutete das schon?

Er lehnte sich zurück. Noch war Zeit, seinen Plan nur in seinem Kopf ablaufen zu lassen. Noch war er nur Beobachter. Er hätte zurück in die Höhle gehen, eintauchen und *Antrum Coeli* über sich bestimmen lassen können. Er wäre dann endgültig ein Teil dieses Tals und seines Erbes geworden. Wie so viele vor ihm, die den Weg dort hinein gesucht und gefunden hatten. Die dort geblieben waren. Geheilt und mit sich und der Welt eins. Laura und ihre Helfer würden allerdings alles daransetzen, diese Höhle in ihren Besitz zu bringen. Er musste den Menschen ihre Macht verdeutlichen.

Der Kopfschmerz setzte wieder ein. Ablenken. Irgendwie an etwas anderes denken. Nicht irre werden. Er rollte eine große Karte aus. Wieder und wieder betrachtete er, einer Meditation gleich, die roten Punkte, die er markiert hatte. An Orten, die die Wasserversorgung für die Menschen sicherstellten. Seine Zeit war gekommen. Er spürte die Kerben unter der Karte, die sein Großvater in den Tisch geschnitzt hatte. Paul kannte die Worte schon als Junge, als er auf dem Schoß des alten Mannes mit dem weißen Bart gesessen hatte und mit seinen kleinen Fingern die Buchstaben, die die Kerben ergaben, nachgezogen hatte.

I vergilt, mein ist dyr Raach; daa werdnd s' schaugn, wie's ienen geet! Lang habnd s' niemer, hinst däß's kracht. s' Urtl steet ja lang schoon föst.

Das fünfte Buch Mose, Kapitel 32, Vers 35.

Als müsste er die Worte für seine Opfer, der bayerischen Sprache nicht mächtig, noch einmal ins Hochdeutsche übersetzen, wiederholte er sie: *»Die Rache ist mein; ich will vergelten. Zu seiner Zeit soll ihr Fuß gleiten; denn die Zeit ihres Unglücks ist nahe, und ihr Künftiges eilet herzu.«*

Kapitel 15

Weyarn

»Du gehst da nicht hin. Du bleibst schön hier. Das ist nicht deine Baustelle«, flüsterte sie und fasste ihn am Arm.

»Warum?«

»Weil dort eine Verrückte sechzig Meter über der Mangfall sitzt.«

Sie atmete tief ein. Arzu hatte schlicht Angst um Quercher. Sie waren vom Tegernsee nach Weyarn gefahren. Unterwegs waren sie von verschiedenen Polizeiwagen überholt worden. Kurz hinter Miesbach hatte Petra Kinkeldey angerufen. Sie sei unter der Brücke bei Weyarn. Sie hatte darum gebeten, erst mit den beiden zu sprechen, ehe die Polizei gerufen werden sollte. Sie wolle sich dann ergeben. Quercher war auf den Deal eingegangen, hatte sein Wort gegeben, obwohl er im Radio die ersten Nachrichten von einem spektakulären Mord in Weyarn gehört hatte. Eine Frau war auf der Toilette eines örtlichen Cafés in der Kloschüssel ertränkt worden, einer weiteren war ein Messer in den Hals gestochen worden, sie schwebte in Lebensgefahr.

»Puh, das ist doch irre.« Er stöhnte. Er hatte Petra Kinkeldey nicht im Ansatz solch eine monströse Tat zugetraut. Was war da passiert?

»Du kennst sie ja erst seit gestern, vermutlich ist seit dem Tod ihres Mannes alles zusammengestürzt und dann ist sie ausgeflippt«, mutmaßte Arzu.

»In der Toilette ertränken und Messer in Hälse stechen, ist aber jetzt nicht gerade als Trauerbewältigung bekannt«, witzelte Quercher, der dennoch von Petras Bluttat entsetzt war. Er hatte sie nur kurz erlebt, ihm gefielen jedoch Menschen, die sich gegen die Mehrheit durchsetzten, die ihr Leben

leben wollten, egal, wie andere das fanden. Nicht dass er eine feste Meinung zu diesem Thema gehabt hätte. Doch sich in der eigenen Haut nicht zu Hause zu fühlen, das kannte er ansatzweise. Er musste wissen, was Petra angezündet hatte. Vielleicht war sie der Schlüssel zu dieser *Antrum-Coeli*-Sache.

Arzus Telefon summte. »Das ist die Gerass.«

»Stell auf laut«, bat er.

»Frau Staatssekretärin, was kann ich für Sie tun?«, erkundigte er sich übertrieben höflich.

»Wo ist Petra Kinkeldey?«

Arzu und Quercher sahen sich mit hochgezogenen Brauen an.

»Wer?«, fragte er unschuldig.

»Max, können wir das abkürzen? Bitte?«

Er widerstand ihrer Bitte. Zum einen würde er sonst sein Wort brechen, zum anderen schien Constanze Gerass mehr als nur ein privates Interesse an diesem Fall zu haben. Hier lauerte etwas Ungeheuerliches, da wollte er nicht schon zu früh seine Karten auf den Tisch legen. Die Frau war kalt und berechnend, wenn es um ihre Interessen ging.

»Nein, sie war heute Nacht bei uns in Ostin. Dann ist sie aufgebrochen. Wohin, wissen wir nicht«, erklärte er so sachlich wie möglich.

»Was ist mit ihr?«, fragte Arzu.

Die Gerass schnaufte.

»Die Frau hat eine bayerische Staatssekretärin mit einem Messer lebensgefährlich verletzt und Justine Klockenhoff getötet!«

Quercher stieß nur ein lautes »Wow« aus. Die Witwe war tot. Das war irre. »Ja, das ist ja … also …« Er musste nachdenken.

Constanze Gerass setzte nach. »Sie haben gestern im Nymphenburger Park mit einem Rechtsanwalt gesprochen.«

»Ja, warten Sie, einem Herrn … Ach, ich habe so ein schlechtes Namensgedächtnis mittlerweile …«

»Trittbett, Gundolf. Er hat Ihnen gesagt, dass er eine Forscherkollegin von Klockenhoff mit dem Namen Weng vertritt.«

»Ja, genau. Woher wissen Sie das?«

»Der Mann ist heute auf dem Münchner Flughafen von der Bundespolizei beim Einsteigen in eine Maschine der Air China festgenommen worden. Grund: Die Staatsanwaltschaft München glaubt, dass der Anwalt erhebliches Forschungsmaterial, also Ergebnisse für ein systemrelevantes Medikament, außer Landes nach China schaffen wollte. Er hat dieses Material aus der Wohnung von Petra Kinkeldey. Sie scheint mit den Chinesen, genauer mit Frau Dr. Weng, einen Sonderdeal machen zu wollen. Also da läuft im idyllischen Oberland nicht nur eine Mörderin herum, sondern auch eine Landesverräterin …«

Quercher schüttelte den Kopf. »Sie wissen gar nichts, Frau Gerass. Ich habe die Frau gestern erst kennengelernt, aber die ist weit davon entfernt, ein Pharma-James-Bond zu sein. Vergessen Sie es.«

Sie fuhren gerade nach Weyarn, wo sich der Verkehr staute, weil die Rückreisenden vom Schliersee rechtzeitig heimwollten. Die Klimaanlage des BMW war der Hitze kaum gewachsen. Quercher drehte die Scheibe herunter. Sofort strömte die heiße Mittagshitze in den Wagen.

»Dann fragen wir sie später doch einmal, wo denn die Akten und CDs aus dem verbrannten Lkw sind. Das weiß sie nämlich«, erklärte die Gerass hartnäckig.

»Ich denke, das Zeug hat der Anwalt, dieser Trittbett«, erwiderte Quercher.

»Nein, nur einen Stick. Allein das Material war bereits heikel, scheint wohl zu beweisen, wie die Wirkungsweise von *Antrum Coeli* tatsächlich verläuft.«

»Sagen Sie einmal, Frau Gerass, Sie hatten uns auf einen scheinbar einfachen Fall angesetzt. Das artet immer mehr zu einer Riesenaffäre aus. Meine offizielle Auftraggeberin liegt ertrunken in einer Toilette und Sie kommen mit einer Landesverratstory. Welche Rolle spielen Sie? Was muss ich wissen?«

Constanze Gerass stöhnte. »Nicht am Telefon. Wenn ihr Frau Kinkeldey trefft, ruft mich oder die Kollegen an, keine Alleingänge«, forderte sie und legte ohne Gruß auf.

Er sah Arzu an, die nachdenklich aus dem Fenster blickte.

»Was meinst du?«, fragte er vorsichtig.

»Wir müssen Petra Kinkeldey finden.«

Er nickte.

Sie parkten auf dem Gelände einer Boulderhalle, an den Außenwänden hingen Dutzende junge und ältere Menschen und zogen sich an Plastikgriffen in die Höhe. Ein kurzer Fußweg führte zur Brücke. Einem riesigen Raubtier gleich, der Verkehr von Weitem zu hören, ohne dass man ihre Dimensionen erahnen konnte. Quercher kannte das Bauwerk seit seiner Kindheit. Sie waren vom Tal mit ihren Mopeds hierhergefahren. Er hatte sich eine Kreidler Flory von einem Freund geliehen, um eine Freundin zu beeindrucken, hatte sie am Fahrrad hergezogen und blaue Flecke am Bizeps gehabt, als sie aus dem Tal der Mangfall hier hochgeklettert waren.

Er kannte das Betonmonster als Selbstmörderbrücke, hatte als junger Polizist schon Fälle aufnehmen müssen. Architektonisch war es ein Meisterwerk, großzügig verbauter Beton in ovalen Formen unterhalb der Fahrbahndecke. Das ewige Scheppern, wenn die Autos über einem die Längsrillen der Brücke passierten. Es war wie ein Kontrapunkt zu der schönen Natur ringsherum. Quercher versuchte sich vorzustellen, wie dieses Tal mit seinen steilen Hängen, seinen alten Buchen und Fichten vor Jahrhunderten als natürliche Barriere die Menschen bei ihren Reisen von Ost nach West aufgehalten haben musste. Jetzt brauchte es nur Sekunden, um es zu überqueren.

Bevor sie zur Unterführung gelangten, wurden sie von einem großen Bauzaun aufgehalten. Polizeiflatterband wies auf einen Tatort hin.

Ein Radfahrer, der hinter ihnen stand, schlug sich gegen die Stirn. »Ach ja, der Unfall von dem reichen Jungen«, murmelte er.

»Was?«, rief Quercher ihm zu.

»Hier ist doch beim Klettern vorgestern oder so ein junger Unternehmer abgestürzt.« Er drehte sein Fahrrad um und radelte zurück.

Arzus Telefon brummte. Eine WhatsApp-Nachricht von Petra Kinkeldey.

»Wir sollen um den Bauzaun herumklettern. Sie sei unter der Brücke«, berichtete Arzu.

Wer immer diese Brücke geplant hatte, musste einen Sinn für optische Reize gehabt haben. Statt einer normalen Fahrbahndecke, die Wanderern und Radfahrer das Passieren unterhalb der Autobahn gestattete, waren in der Mitte zwei große ovalförmige Öffnungen eingelassen. Auch an den Außenseiten war der Blick nur durch Eisengitter versperrt. An mehreren Stellen waren Löcher provisorisch repariert worden. Die Öffnungen waren von zwei großen Betonträgern durchzogen. Auf einem davon hockte Petra.

»Nur Max bitte«, rief sie.

Quercher sah sie rittlings auf dem Träger sitzen, die Arme nach vorn gebeugt, die Hände umklammerten die Seiten. Ein warmer, trockener Wind fegte über den Beton, wirbelte Staub auf. Schon ihr Anblick, sechzig Meter über dem Fluss, ließ Quercher erschaudern. Er hasste Höhe. Früher war er schwindelfrei gewesen. Mit zunehmendem Alter hatten sich Unsicherheit und Angst eingeschlichen.

»Sie haben das Gitter entfernt, allein wäre ich nie rübergekommen. Doch jetzt sitz ich hier, Max, und es ist gar nicht mehr schlimm. Ein Schlenker nach rechts oder links und es ist endlich zu Ende«, erklärte sie in nüchternem Ton.

Quercher stand jetzt am Rand des Ovals, unter sich gähnende Tiefe, vor sich nur ein vielleicht achtzig Zentimeter breiter Betonträger, der zwanzig Meter zum anderen Ende der Fahrbahn führte.

»Nichts ist vorbei. Du lebst«, rief er.

»Ich habe getötet«, stellte sie lapidar fest.

Er nickte. »Ja, stimmt, und einen anderen Menschen schwer verletzt. Aber es gibt eine Lösung.«

»Nein, die wird es nicht geben. Mein Mann ist vergiftet worden. Justine ist tot. Die Garstling wird sterben. Das Vermögen, das mir zusteht, hat man mir genommen. Ich bin allein und mittellos. Ich bin eine Kriminelle. Was habe ich also zu verlieren?«

Quercher musste Zeit gewinnen. Jetzt brauchte er die Kollegen, denn Petra hatte tatsächlich alles verloren. Da gab es nichts zu deuteln. Also Themenwechsel. Irgendwie.

»Du hast mit Chinesen gedealt? Ist das wahr?«

Sie nickte. Geriet dabei ein wenig ins Schwanken, taumelte, fing sich wieder. Quercher blieb fast das Herz stehen.

»Ja, habe ich. Mein Mentor Klockenhoff hat mir seine Forschungsergebnisse überlassen. Die wollte erst keiner haben und dann kamen sie aus allen Löchern. Die Weng, seine Kollegin aus Shanghai. Nettes Angebot. Nur zu wenig, um in Thailand neu anzufangen. Dann Justine ... die einen ... einen Extradeal im Kopf hatte. Die dachte, die blöde Transe soll halt ihren kleinen Schatz rausrücken, damit die Frau Staatssekretärin und die Witwe Reibach machen können.«

»Und dann bist du zweigleisig gefahren, hast den Chinesen und den Frauen das Material angeboten?«, fragte Quercher, gegen den Lärm der Lkws von oben anschreiend. Seine Augen brannten vom Staub, der ständig hochwirbelte.

Petra seufzte tief. »Komisch, wie ein Leben endet. Mal einfach so, wie mein Mann unter einem Lkw, mal in einer Toilette, mal unter einer Brücke. Wäre mein Mann jetzt da, würde er mit mir schimpfen, mich eine ›Dramaqueen‹ nennen, womit er sicher recht hätte.« Sie schwieg.

»Wir können das ganz ruhig und für alle nett beenden. Du rutschst zu mir, erklärst alles, beschreibst die Ausnahmesituation und bist in wenigen Jahren wieder raus. Wir sind doch da. Arzu fand dich ganz zauberhaft.«

»Ja und Max Ali auch. Der braucht andere Männer und Frauenbilder von Zeit zu Zeit«, rief Arzu von Weitem.

Petra lächelte müde und Quercher war Arzu dankbar, dass sie die dramatische Situation ein wenig auflockerte.

»Wir haben wenig Zeit. Ich weiß das. Sie werden mich hier nicht lebend rauslassen. Bald ist alles voll von Polizei. Ich hatte meine Chance und habe sie vertan. Es ist gut so. Wenigstens konnte ich noch diejenigen bestrafen, die meinen Mann auf dem Gewissen haben. Aber, Max, du musst aufpassen. Die Binsinger ist brandgefährlich. Sie hat nur eine Schwäche …«

»Ach? Welche?«, fragte er.

»Ihre Liebe. Sie liebt und dann wird sie schwach. Deswegen hat sie einen Gegner, der ihr ebenbürtig ist.«

»Wer und warum?«

»Der Typ vom Foto. Weil er eben weiß, wo der Grundstoff des Mittels ist. Ich erinnere mich an einen Streit im Labor. Professor Klockenhoff hatte sie inständig gebeten, den Mann zu ihm zu schicken. Er brauchte mehr Informationen über den Standort des Wirkstoffs. Sie hat das abgelehnt, wollte den Mann schützen. Klockenhoff hat ihr daraufhin eine ›falsche Loyalität zu einer alten, längst erloschenen Liebe‹ vorgeworfen.«

»Und warum ist der gefährlich?«

»Du musst ihn finden. Ich bin mir ziemlich sicher, dass er mehr als wir alle weiß, sowohl was das Mittel bewirken kann, als auch, was die Binsinger wirklich im Schilde führt. Sie will sein Mittel zu Geld machen. Das will der Typ nicht.«

»Und dein Deal mit den Chinesen? Was ist das mit denen?«

Schweigen.

»Petra, bitte. Sprich mit mir!«

»Weng, die Chinesin, hat eine größere Studie mit hundert Patienten im Norden ihres Landes durchführen lassen. Die Dosis war nicht strukturiert, nicht niedrig dosiert. Von den hundert Probanden sind vierundachtzig binnen kürzester Zeit schlicht wahnsinnig geworden. Ihre Gehirne mussten zu viele Erinnerungen verarbeiten. Sie drehten durch. Was ich damit sagen will: Die Dosis macht das Gift. *Antrum Coeli* muss nicht unbedingt zur Heilung eingesetzt werden, umso wichtiger war und ist es, dass es in unserem Land bleibt, produziert und kontrolliert vertrieben wird.« Sie lachte auf. »Weißt du, Max, warum ich so hinter diesem Mittel her war?«

Er schüttelte den Kopf.

»Klockenhoff, also er, nicht sie, fand heraus, dass dieses ›Urkraut‹, wie er es nannte, etwas in deinem Kopf verändern kann. Es löscht deine Ängste aus der Vergangenheit, es resettet sozusagen deinen Hirncomputer. Du kannst noch einmal von vorn anfangen. All meine Männerdämonen hätte das Mittel genommen, gelöscht. Ich wäre endlich da, wo ich immer sein wollte, hätte wirklich als Petra Kinkeldey ein neues Leben beginnen können, ein Leben mit Raoul, mit …« Sie stockte.

Aus den Augenwinkeln sah Quercher links und rechts an den Eingängen Polizisten. Arzu hatte sie wohl heimlich benachrichtigt. Auch unter ihm, wo die Mangfall floss, Baumwipfel hinaufragten, fuhren Wagen der Feuerwehr vor, sprangen Männer aus dem Inneren. Er brauchte Zeit, weil er überzeugt war, dass Petra nicht springen wollte.

»Soll ich dir ein Lied singen?« Ihm fiel nichts Besseres ein.

Sie schaute hoch und für einen Moment meinte er, ein Lächeln in ihrem Gesicht zu sehen.

Fieberhaft suchte er nach einem Song, der passte, nichts Lächerliches. Schaute zu Arzu, die nur hilflos mit den Schultern zuckte. Sie hatten etwas auf der Fahrt gehört und das sang er, erst leise, dann langsam lauter.

»My girl, my girl, don't lie to me
Tell me where did you sleep last night?«

Etwas von Nirvana. Ausgerechnet. Er sang es tief, klopfte den Rhythmus.

»In the pines, in the pines
Where the sun don't ever shine.«

Quercher musste schlucken, ehe er fortfuhr, weil er bemerkte, dass sie weinte.

»I would shiver the whole night through.«

Von unten klangen Rufe und Befehle der Feuerwehrler hinauf zu ihnen. Aber Petra ließ sich nicht ablenken. Sie hatte die Augen geschlossen und hörte zu, wie Quercher mit krächzender Stimme weitersang.

»My girl, my girl, where will you go.«

Petra öffnete die Lider, erhob sich, war bald in der Hocke und balancierte über den Träger. Quercher sang und rechnete, wann er die Hand ausstrecken konnte, um sie zu sich zu ziehen. Zwei Meter trennten sie. Sie stand.

»Where the sun don't ever shine
I would shiver the whole night through.«

Sie war anderthalb Meter entfernt, als tief unter ihnen ein junger Bursche der Feuerwehr Weyarn eine Leiter vom Dach eines Wagens auf den Asphalt fallen ließ. Petra zuckte zusammen, sie schwankte, fiel nach vorn. Ihre Hände suchten auf dem Träger nach einem Halt, rutschten weg. Sie kippte zur Seite. Noch einmal blickte sie Quercher in die Augen, ehe sie mit einem Schrei in die Tiefe stürzte.

Kapitel 16

München

»Läuft uns das aus dem Ruder?«

»Nein! Alles läuft nach Plan.«

»Eine Damenkränzchen mit Toten? Das nennen Sie einen Plan?«

Laura Binsinger trank einen Schluck ihres Smoothies, den ihr eine Mitarbeiterin des Hauses bereitet hatte. Ein kurzes Räuspern, dann blickte sie die erwartungsvollen Gesichter auf der Videoleinwand an und antwortete druckreif.

»Drei Frauen, die wir in dem Prozess bislang nur als störend empfunden haben, sind jetzt nicht mehr in der Lage, das Mittel des neuen Jahrhunderts zu verhindern. Das ist sicher traurig für die Angehörigen, aber ich möchte noch einmal daran erinnern, dass wir mit *Antrum Coeli* der Menschheit ein Medikament zur Verfügung stellen, das Linderung und Lebensperspektiven schafft. Das ist kein Rheumapflaster mit zweifelhaften Wirkstoffen. Das ist ein Mittel, das vielen Menschen rund um den Globus die Würde des Bewusstseins, der Teilhabe zurückgibt. Wenn sich nun drei gierige Personen auf obskure Weise aus dem Leben bringen, muss ich Ihnen sagen, dass mir hier ein wenig das Mitleid fehlt.«

Laura strich sich den Rock glatt und sah auf die Uhr. Sie hatte schon zu viel Zeit in diesem Videokonferenzraum einer Münchner Bank verbracht. Seit dem Morgen führte sie sogenannte Investorencalls, nachdem sie erfahren hatte, dass der bayerische Freistaat sie nicht unterstützen würde. Der arrogante Referent des Ministerpräsidenten hatte sich zwei Tage nicht bei ihr gemeldet, um ihr dann per WhatsApp eine Absage zu erteilen. Das war gestern gewesen.

Sofort hatte sie sich für Plan B entschieden. Wenn Bayern

nicht wollte, würde sie den Wirkstoff in den Markt geben, die »Temperatur der Gier« fühlen, wie sie es ihren Partnern in Übersee erklärt hatte. Keine Stiftung? Bitte. Dann gingen der Wirkstoff, die Margen, der Ruhm eben ins Ausland. Wenn der Ministerpräsident diese Chance verstreichen lassen wolle, müsse er das in seiner Konsequenz auch tragen, hatte sie dem Referenten kühl geantwortet.

Am Morgen, noch vor dem Frühstück und dem Workout am Golfplatz mit diesem alten Mann, hatte sie potenziellen Geldgebern aus dem asiatischen Raum die Situation ihres Unternehmens geschildert. Sie war jetzt völlig allein. Am frühen Nachmittag waren die Amerikaner gekommen. Zunächst die Ostküste.

»Sind Sie jetzt komplett allein zeichnungsberechtigt?«, fragte die andere Seite.

Sie lächelte nachsichtig. Nur keinen Triumph zeigen, dachte sie.

In der Nacht hatte sich die vierte Gesellschafterin mit einer vertraglichen Erklärung aus dem Kreis der einstigen Lenker von *Relaxando* verabschiedet. Sieben Millionen Euro waren für sie gute Gründe, »sich neuen beruflichen Herausforderungen zu widmen« und ihr, Laura, »nur das Beste für die Zukunft zu wünschen«.

»Ja, das bin ich. Nur für unsere nächsten Schritte ist das nicht relevant, sie waren schon im Vorfeld entschieden, wurden von den anderen Gesellschaftern immer mitgetragen. Ah, da kommt mein Medienberater, einen Augenblick …«

Laura hatte sich eine Kommunikationsagentur ins Boot geholt, zwei ehemalige Chefs von Fernsehsendern und Zeitungen, älter, erfahren, aber eitel. Normalerweise hätte es ihre Gier nach Publicity nicht erlaubt, nur im Hintergrund zu agieren. Einer von ihnen, ein Emporkömmling aus Franken, in München als arroganter bunter Vogel bekannt, stieß Laura erst

ab, kam dann allerdings mit sehr guten Strate
Seit sie ihm seine intellektuellen Grenzen in e
aufgezeigt hatte, fraß er ihr aus der Hand. Sic
eine Rolle, dass ›Winnerwolfi‹, wie er sich nan
zu jungen Frauen besaß. Jetzt war er ins Zimm
hatte seine Airpod Pros aus den Ohren genommen, sich auf einen Stuhl, der nur einen Hauch niedriger war, neben Laura gesetzt und mit einem Nicken die andere Seite begrüßt.

Er begann, Englisch zu sprechen, mit dem peinlichen Versuch eines amerikanischen Akzents, wurde aber von Laura mit einer mütterlich verständnisvollen Handbewegung unterbrochen.

»Man versteht dich auch so!«, flüsterte sie.

Die andere Seite waren Vertreter der größten Investmentbank in den Vereinigten Staaten, die Klienten aus dem amerikanischen Pharmabereich berieten. Der Chef sprach fließend Deutsch.

Winnerwolfi nickte devot und begann erneut. »Okay, dann mal los. Wir haben einen sehr engen Zeitrahmen. Wir dürfen nicht alle Infos zu schnell auf den Markt werfen, müssen immer Herr des Geschehens bleiben. Insofern war es ein kluger Zug der Vorsitzenden, den Inner Circle der Eingeweihten zu verkleinern. Jeder, der was weiß, ist potenziell ein Informationsleck. Da helfen auch keine Verbote, keine Verträge.«

Wieder eine Handbewegung von Laura, diesmal unmissverständlich.

»Gut, ich gehe mit Ihnen den Zeitplan durch: Gestern Nacht wurde das Video aus dem Münchner Seniorenheim geleakt. Wir vermuten einen Blogger aus der alternativen Pharmaszene. Vorsorglich haben wir uns davon distanziert. Doch der Effekt war unglaublich. Binnen zwei Stunden ging das Video in den USA von der Ost- zur Westküste, kam noch dort in die Abendnachrichten der großen Networks. Medien

pan, China und Indien haben es heute Morgen aufgegrif-
en. Unser Statement dazu haben wir um vier Uhr heute früh dazu abgegeben. Es gibt jetzt also eine Verbindung zwischen unserem Wirkstoff *Antrum Coeli* und dem Video, ohne dass wir der Verbreiter oder gar Produzent des Bildmaterials wären. Das war uns aus Gründen der Integrität wichtig.«

Der Banker nickte.

»Aber diese Grauzone schadet uns nicht, macht das Produkt nur noch geheimnisvoller und sensationeller. Ein Naturpräparat aus einer Höhle irgendwo in Bayern, mit einer Wirkung wie dieser, das ist Stoff für Tage in den News. Heute werden in internationalen Zeitungen erste Beiträge zum Durchbruch bei der Demenzbekämpfung erscheinen. Anfragen von Dutzenden Sendern und anderen Medien. Wir werden am Montag in einer Pressekonferenz den rein wissenschaftlichen Aspekt erklären, werden völlig transparent sein …«

»Was ist mit dem Unfall Ihres Gesellschafters auf der Brücke? Uns ist das schon zu Ohren gekommen«, unterbrach ihn der Banker.

Laura war gewarnt, die andere Seite war gründlich in ihrer Due Diligence, checkte alles, auch jenseits der üblichen betriebswirtschaftlichen Aspekte.

Sie hob die Hand, um es selbst zu erklären. »Natürlich werden wir den Tod eines Gesellschafters erwähnen und erklären, dass wir seiner gedenken werden. Es war ein tragischer Unfall kurz vor dem Erfolg der Firma *Relaxando*, den ich als Zeugin selbst miterleben musste. Und wenn wir schon dabei sind: Wir gehen ebenso auf die ethisch schwierigen Studien von Frau Klockenhoff in München ein, die wir mit unseren legalen Studien in anderen Teilen der Welt in Verbindung bringen, ohne dass wir uns auf sie stützen. Das werden die Medien selbst tun. Tenor: Es mag fragwürdig gewesen sein, die Menschen taten es jedoch freiwillig. Die tote Forschungsleiterin hat das auch zu ihren eigenen Gunsten benutzt. Hier verweisen wir auf laufende Ermittlungen der lokalen Polizeibehörden, die wir vollumfänglich unterstützen. Das alles wird den Erfolg von *Antrum Coeli* in den Studien nicht in Zweifel ziehen.«

Sie lächelte, weil sie im Gesicht ihres Gegenübers auf der anderen Seite des Atlantiks Entspannung wahrnahm. Der Mann schätzte offenbar Professionalität und gute Vorbereitung.

Der Presseheini übernahm wieder. »Am Abend geht Frau Dr. Binsinger in eine Talkshow des Bayerischen Rundfunks. Ab dreiundzwanzig Uhr wird sie amerikanischen Medien im Netz für Fragen zur Verfügung stehen. Sie wird sich darüber hinaus den Fragen von Experten stellen, denen wir vorab erste Einsicht in Studien geben werden. Am Wochenende werden mit an Sicherheit grenzender Wahrscheinlichkeit die ersten Kritiker und Zweifler kommen. Es werden Lügen und Halbwahrheiten von der Pharmakonkurrenz gestreut werden. Wir werden dann andeuten, dass wir noch im Entscheidungsprozess sind, mit welchem Konzern wir in Fragen der Zulassung, Produktion und des Vertriebs zusammenarbeiten werden. Wir sind überzeugt, dass wir von da an mehr Ruhe am Markt haben werden. Keiner will das Produkt kaputtreden.«

Laura nickte. »Gut, das ist jetzt erst einmal der Fahrplan für die nächsten Tage. Neben der medialen Begleitung sind die Termine bei den Zulassungsbehörden, sowohl den nationalen wie auch internationalen, von größter Wichtigkeit.« Sie beugte sich zu Winnerwolfi. »Ob du mir einen Soy Latte besorgen könntest?«

Sofort erhob sich der PR-Profi. Nun konnte sie deutlicher werden.

»Wann rechnen Sie mit einer endgültigen Marktreife?«, fragte die andere Seite.

»Ende des Jahres. Der Druck aus der Bevölkerung wird gigantisch sein. Keine Behörde wird sich dem lange entziehen können. Fast jeder in der westlichen Welt hat mit diesem Thema direkt oder indirekt zu tun. Das ist der Hebel.«

»Dennoch werden wir den Wirkstoff schon in diesem Quartal mit stichhaltigen Studien und Tests auf ein besseres Fundament stellen müssen«, gab der Mann auf der anderen Seite zu bedenken.

»Absolut. Das Patent ist angemeldet. Wir gehen jetzt in den Sturm. Das wird nicht leicht werden. Ihre Aufsichtsbehörde wird in den USA alles tun, unser Produkt abzuschießen. Es ist eben nicht aus Trump-Land.«

Die Amerikaner nahmen diese Breitseite gegen ihren Präsidentenclown mit Grandezza und verzogen keine Miene.

»Dazu kommen Kritiker, die die Studien auseinandernehmen wollen, die Konkurrenz, die nicht den Zuschlag erhalten wird«, fuhr Laura fort. »Aber wir haben Sie als Investmentbank auf unserer Seite. Wenn Sie also in den USA an den richtigen Positionen für unser Produkt werben, wird es der größte Marktstart eines Pharmaprodukts in den letzten Jahrzehnten werden. Fünfzig Millionen Menschen weltweit sind erkrankt, jedes Jahr kommen acht Millionen hinzu.«

»Was können Sie uns zur Preisgestaltung sagen?«, fragte auf der US-Seite ein Inder.

»Der Marktpreis soll in Europa bei dreihundertzwanzig Euro für eine Wocheneinheit liegen, in den USA sicher höher. Später wird dieser Preis sinken, allein in Deutschland werden wir mit Rabattverträgen rechnen müssen. Doch seien Sie versichert, dass wir nicht unter hundert Euro gehen werden. Das ist eine ungefähre Einschätzung.«

Der Banker nickte wohlwollend.

Der nächste Termin stand an. Am Flughafen draußen wartete eine Delegation eines chinesischen Pharmakonzerns, der von den Entwicklungen gehört hatte und sich über eine Zusammenarbeit unterhalten wollte. Noch heute. Laura hätte dem Termin nicht zugestimmt, aber da sie sowieso in fünf Stunden nach London fliegen musste, hatte sie sich mit den Herren in einer Flughafenlounge verabredet.

Sie eilte aus dem Konferenzraum, stieß fast mit Winnerwolfi zusammen, der brav mit dem Soy Latte in der Hand draußen gewartet hatte und nun von ihr ein Lob für seine Performance haben wollte.

»Wolfi, wenn ich dich nicht hätte. Das hat gut geklappt. Nur weniger ist bei Bankern oft mehr. Das sind keine Journalisten, die wollen keine Girlanden, sondern One-Liner. Gib denen Infos, das reicht. Was müssen wir noch machen?«

Wolfi zog ein betretenes Gesicht. Ihm schien es fremd zu sein, von einer zwanzig Jahre jüngeren Frau so zurechtgewiesen zu werden. Allerdings hatte sie ihn ja gelobt.

»Na ja, wir hätten gern für den digitalen Bereich eine Art Tagebuch von dir. Das ist ja eine sehr intensive Story. Du hast den Unfall deines Kompagnons zu verkraften, gestern noch die Sache mit der Staatssekretärin. Da habe ich dich übrigens aus der Presse rausgehalten. Diese Wahnsinnstat wird als Eifersuchtsdrama einer Transe laufen.«

Wieder der offene Wunsch, gelobt zu werden.

Sie strich ihm über die Wange. »Gut, dass du für mich da bist, Wolfi. Wenn ich dich nicht hätte … Wir sind beide auf einer großen Reise. Wenn ich jetzt in den Investorengesprächen bin, musst du den Laden medial schmeißen. Deine Firma *Storyfarm*, die muss sich jetzt an den ganz großen Agenturen messen lassen. Das ist auch für euch eine Belastungsprobe. Das ist nicht mehr Boulevardzeitung oder Bezahlfernsehen. Wir machen Geschichte! Kann ich mich auf euch verlassen?«

Er nickte ernst. »Absolut, Laura, wir werden Tag und

Nacht für *Relaxando* da sein. Ich habe Krieger im Team, äh, und Kriegerinnen, die für uns alles machen.«

Sie nickte und stolzierte aus der Bank. Draußen wollte sie noch einmal tief durchatmen, schloss die Augen und suchte nach positiven Gedanken. Sie entdeckte die Limousine nicht, die auf sie warten sollte. Der Fahrer schien sich zu verspäten. Etwas, was sie gar nicht schätzte. Sie suchte nach ihrem Handy in der Handtasche.

Ein Tesla fuhr vor, aus dem Hauseingang trat eine dunkelhaarige Frau, riss ihr das Telefon aus der Hand, die Beifahrertür wurde geöffnet und mit einem Tritt in ihren Hintern flog sie fast auf den Sitz. Sie war so perplex, dass sie nicht einen Funken Widerstand leistete.

»Ich bin Regina, diejenige, die Ihnen den Pferdekuss gegeben hat. Das ist Arzu, meine Partnerin. Wo ist Max Quercher?«

Kapitel 17

Ostin am Tegernsee

Ruhig lag der See da unten. Einige Mücken tanzten im Licht der untergehenden Sonne, irgendwo läuteten die Glocken weidender Kühe. Vor ihm stand ein Weißbier. Aber Quercher nahm die Idylle nicht wahr. Er war in einer anderen Welt. Er lag in einer Holztränke!

Wieder und wieder tauchte Petras entsetzter Gesichtsausdruck vor seinen Augen auf. Ihr Schreien, das Geräusch des Aufpralls. Er hatte zu spät die Polizei, die Rettungskräfte alarmiert. Hätte er anders entschieden, wäre Petra Kinkeldey noch am Leben.

Schuld, übermächtig und endlos, ist wieder in mein Leben gekommen, dachte er, als er einmal kräftig untertauchte und sich danach schüttelte.

Arzu ließ ihn in Ruhe. Sie kannte diese Momente nach einem schiefgelaufenen Einsatz. Das wusste er. Er wollte erst einmal allein sein, keinen Menschen sehen. Seine eigene Sicht auf die Ereignisse bekommen.

Quercher ging in Gedanken immer wieder die Minuten vor dem Fall durch. Petra hatte mit ihm mitgehen wollen. Noch eine Frage stand jedoch wie ein Gigant vor seiner Nase. Wollte er weitermachen? Was trieb ihn?

Sein Smartphone klingelte auf dem Tisch.

Arzu, die mit ihrem Sohn auf der Wiese spielte, blieb stehen und lief zwei Schritte darauf zu. »Das ist deine Freundin Gerass. Willst du sie sprechen?«, rief sie nach einem kurzen Blick auf das Display.

Er nickte. Arzu reichte ihm das Telefon.

»Max, es tut mir leid, ich bin …«

»Frau Gerass, Sie bewegen Ihren Hintern hierher. Jetzt.

Wenn nicht, bereite ich Ihnen ein Riesenproblem. Sie wissen, das ist bei mir kein leeres Versprechen. Jetzt.«

Er legte auf, warf das Handy auf den Rasen und tauchte noch einmal unter. Es war so unfassbar kalt, dass er zu zittern begann. Als er wieder auftauchte, stand Arzu vor ihm.

»Was hast du ihr gesagt?«, fragte sie.

»Ob sie einen kleinen Augenblick Zeit für uns hätte, du würdest uns auch eine Knoblauchsuppe mit Petersilie kochen.«

Sie drückte seinen Kopf erneut unter Wasser.

Der Abend war hereingebrochen, als ihre Limousine den Berg heraufkam. Constanze Gerass sprach leise mit dem Fahrer, der in der Einfahrt wendete, und ging auf Arzu und Quercher zu, die an einem Tisch saßen, auf dem mehrere Kerzen brannten.

»So, ich will keinen Scheiß hören. Womit fing es an?«, forderte Quercher seine ehemalige Chefin auf.

Constanze Gerass atmete durch. »Vor zwei Jahren tauchte das Video auf. Schreiende Menschen, gewalttätige Menschen – und sterbende Menschen. Nur weil sie den Wirkstoff *Antrum Coeli* verabreicht bekamen. Unter Mitwissen deutscher Forscher und Mediziner.« Sie streckte die Hand nach der Flasche Weißwein aus und ließ sie wieder sinken.

»Sie schlafen hier. Ihr Fahrer soll Feierabend machen«, erklärte Quercher herrisch, aber fürsorglich.

Sie schrieb tatsächlich eine Nachricht an ihren Chauffeur, schenkte sich ein und fuhr nach einem tiefen Schluck aus dem Glas fort: »Ein chinesischer Blogger hatte es aufgetan und online gestellt. Unsere Leute in China wurden darauf aufmerksam, was schon außergewöhnlich war. Nach drei Stunden war es wieder aus dem Netz verschwunden. Es zeigte eine Versuchsreihe mit dem Wirkstoff, hinter dem jetzt alle her sind. Wir nahmen Kontakt mit dem Jungen auf, aber kurz bevor wir ihn trafen, war er von den chinesischen Sicherheitsbehörden einkassiert worden. Bis heute ist er verschwunden. Seine Freundin hat uns erzählt, dass sein Bruder, der als Pfleger im Norden Chinas tätig war, das Video mitgebracht habe. Auch der Bruder war nicht aufzufinden. Wir haben dieses Video über Wochen analysiert.«

»Kurze Zwischenfrage, Frau Gerass. Wer ist ›wir‹? Sie und der Innenminister?«, fragte Quercher spöttisch.

»Nein, unsere Dienste, die in China seit Längerem die Tendenz beobachten, dass die dortigen Firmen im pharmazeutischen Graubereich mit deutschen Forschern zusammenarbeiten.«

»Aha, also Geheimdienste.«

Sie kommentierte seine Einschätzung nicht. »Es ist eine Studie, die scheinbar unter Begleitung von Professor Klockenhoff in einem Straflager der Chinesen, in einer Stadt irgendwo im Norden des Landes, durchgeführt wurde. Es handelte sich bei den Versuchspersonen um Uiguren, die dortige muslimische Minderheit. Wir wussten, dass sie *Antrum Coeli* verabreicht bekamen. Unsere medizinischen Berater konnten bestätigen, dass die Patienten allesamt Demenzerscheinungen hatten, dass sie wenige Sekunden nach Verabreichung tatsächlich aktive neurologische Erlebnisse zeigten, die jedoch schnell in Wahnvorstellungen endeten. Ob Klockenhoff vor Ort war oder ob er es nachträglich kommentierte, konnten unsere Techniker nicht mehr klären. Das Material wurde zwei Tage nachdem wir es in China haben prüfen lassen, nun ja, vermutlich von staatlich gesteuerten Kräften entwendet. Es war außerdem nur von einem Video abgefilmt. Wir wussten also, dass sich Klockenhoff mit unethischen, vermutlich sogar illegalen Forschungsreihen in China strafbar gemacht haben könnte.«

»Hat er sich deswegen getötet?«, fragte Quercher

Sie schüttelte den Kopf. »Nein, wir haben mit den Ermittlungen in Deutschland begonnen, aber da fanden wir nichts. Es verlief alles im Sande. Die Chinesen blockten, weil ihnen klar war, was wir gesehen hatten. Stattdessen wurde auf höchster Ebene interveniert. Das Kanzleramt wollte Belege, wollte Gründe für eine weitere sicherheitsdienstliche Ermittlung. Wir konnten uns nur auf das Video und Klockenhoffs Tierversuche berufen. Das reichte nicht.«

Quercher schüttelte den Kopf. »Und dann hat Frau Aktenfresser Gerass einfach so die Ermittlungen auf privater Basis fortgesetzt? Glaube ich Ihnen nicht.«

Sie lächelte böse. »Sie haben ein schlimmes Bild von mir. Ich kannte Klockenhoff und über Umwege seine Frau. Sie tauchte auf, als ich meine Eltern in einem Münchner Seniorenheim besucht habe.«

Quercher hob die Hand. »Frau Gerass, erzählen Sie uns keinen Scheiß.«

Sie machte eine Pause und zog die Brauen hoch. »Wie kommen Sie darauf?«

Arzu schaltete sich ein. »Während Quercher noch bei seiner … Freundin … gefrühstückt hat, habe ich mich um die Detailarbeit gekümmert.«

Er stieg nicht auf ihre Andeutung ein, was Arzu ein wenig zu ärgern schien.

»Also habe ich mich in dem Seniorenheim umgeschaut, wo Petra Kinkeldeys Mann als Arzt tätig gewesen ist«, fuhr Arzu fort. »Der Zufall wollte es, dass dort mein Cousin als Pflegekraft arbeitet. Er hat was mit einer Ärztin, ausgerechnet einer Griechin. Egal. So, und mit den beiden trete ich gestern in Kontakt, höre von deinen Eltern, Constanze, höre davon, dass sie gegen deinen Rat an der Studie von Klockenhoffs Witwe teilgenommen haben. Du hast es selbst gesehen, es muss gewirkt haben. Denn zwischen dir und deinen Eltern gab es wohl einiges zu besprechen. Ihr hattet ja über Jahre Funkstille. Gut, gehört nicht hierher.«

Constanze Gerass schwieg.

»Also deine Eltern sprechen. Und kurz darauf überschreiben sie ihr Erbe, das scheinbar nicht unerheblich ist, der Witwe Klockenhoff. Du jedoch, statt tatkräftig dazwischenzugehen, suchst den Draht zur Witwe, heuchelst Hilfe und vermittelst uns. Smarter Zug.«

»Ja? Warum?«, fragte die Gerass leise.

»Wir finden heraus, dass Madame Klockenhoff Dreck am Stecken hat, die Versuchsreihe illegal war, deine Eltern von ihr übers Ohr gehauen worden sind, und du kriegst das Erbe und die Genugtuung, Justine in den Ruin getrieben zu haben.«

Sie schüttelte den Kopf. »Das Erbe ist mir egal. Aber ich wollte nicht, dass meine Eltern am Ende ihrer Tage zu Versuchskaninchen werden, damit Justine Klockenhoff ein sorgenloses Leben hat. Das stimmt. Und ja, ich hatte kaum Chancen auf eine neue Aufnahme eines Ermittlungsverfahrens gegen sie und gegen die Kollegin im Gesundheitsministerium.«

»Und jetzt?«, fragte Quercher.

»Wie? Und jetzt?« Constanze Gerass verstand ihn offenbar nicht. »Der Fall ist gelöst. Ihr habt mit euren Fragen und euren Ermittlungen erheblich dazu beigetragen, weil wir staatlicherseits wenig Handhabe hatten. Das Ergebnis ist einzigartig: Den Chinesen konnten wichtige Materialien und Erkenntnisse vorenthalten werden, die systemrelevant sind, weil der Anwalt Trittbett festgenommen wurde. Warum? Ihr habt die drei Frauen aufgescheucht, zum Handeln gezwungen. Nur deswegen ist Laura Binsinger in die Staatskanzlei gelaufen. Der Ministerpräsident hat sich danach persönlich beim LKA für neue Ermittlungen eingesetzt.«

»Klar, er ist eben ein herzensguter Macher, der Ministerpräsident«, spottete Quercher.

»Nicht wahr? Und tolle Haare hat er auch«, ergänzte Arzu.

Die Gerass blieb cool. »Dazu kam der seltsame Tod des Partners von Petra Kinkeldey. Alle Beteiligten sind entweder in Haft oder kommen bald dorthin, so sie den Schuss am Irschenberg überleben. Über was reden wir hier?«

Quercher war fassungslos. Er war wieder einmal nur ein Werkzeug dieser Frau gewesen, hatte seine Schuldigkeit getan, erhielt seinen Lohn und sollte den Mund halten. Aber die Gerass wusste nichts von Pauls nächtlichem ›Besuch‹. Sie wusste nichts von seinen Drohungen. Und das Letzte, was er tun würde, wäre, dieser Frau irgendetwas davon zu erzählen. Denn das war klar: Constanze Gerass handelte immer im Eigeninteresse. Sie hatte dem Ministerpräsidenten mit nur einer WhatsApp einen peinlichen Skandal erspart. Auch das würde sie in ihrer Position absichern. Und dann hatte sie wieder eine Verfügungsgewalt über das eigene Erbe. Sie hatte alles bekommen, was sie wollte. Sie war fertig. Doch Quercher war es nicht.

Noch in der Nacht brach er auf, holte sich aus seinem Schuppen Seile und Karabiner und ließ Trudl, die Schweißhündin, neben sich auf den Beifahrersitz springen. Er würde Paul besuchen.

Kapitel 18

Kreuth-Bayerwald

Schon immer nutzten Menschen die Natur im Tal. Sie nahmen das Wasser für München, die Bäume kamen nach Rosenheim in eine Saline oder zum Bau in andere Städte. Steine aus Kreuth wurden in Kirchen und Palästen verbaut. Seit sich der Mensch dieses Tal untertan gemacht hatte, riss er die Erde auf, fällte und leitete um, ließ nichts mehr, wie es über Jahrtausende ohne ihn gewesen war.

Ein völlig abseits gelegener Streifen war davon kaum betroffen. Ein Hang an der Nordseite einer Bergkette. Alles war zu steil, zu unwegsam, als dass die Holzfäller oder Touristen hierhergekommen wären und sich in den Lauf der Natur gestellt hätten. Das Gelände, wenige Hektar groß, lag zwischen Wildbad und Glashütte. Quercher musste mit seinem BMW durch die Nacht hinauf zur Königsalm fahren, um von dort aus Richtung Westen durch den Hang zu klettern. Allein hätte er Paul Trankls Hütte niemals gefunden, schon gar nicht im Dämmerlicht des angehenden Tages. Aber Trudl war schon mehrfach dort gewesen und die Langnase führte ihn wie selbstverständlich über umgestürzte, vor sich hin modernde Baumstämme, durch Gestrüpp und an glatten Felsen vorbei und über einen Bachlauf. Quercher wäre fast in das hinabrauschende Wasser gefallen, ehe er unter sich das Moosdach der Hütte erkannte.

Sie war weder von der Staatsstraße, die von Kreuth hoch zum Achenpass führte, einzusehen noch von einem Gipfel, wenn man es nicht wusste. Paul hatte eine perfekte Tarnung erreicht. Jäger und Forstarbeiter mieden das Gelände, weil Paul mit diversen Aktionen unmissverständlich klargemacht hatte, dass er allein sein wollte. Nur die üblichen Schweinchen-schlau-Wanderer aus der Stadt kamen vorbei, glotzten in die Fenster und setzten sich zuweilen auf seine Bank. Dann stürmte der Selbstversorger hinaus, meist mit seinem Toskana-Schutzhund, und vertrieb die Wanderer, begleitet von Flüchen und Drohungen. Einer älteren Gruppe hatte er sich vor zwei Jahren als übergroßer Krampus mit ausgefahrenem Gemächt gezeigt, die Frauen waren schreiend davongelaufen. Die Polizei in Wiessee hatte nicht reagiert.

Quercher war also gewarnt. Er hatte hier nur einmal mit Paul eine Cannabisnacht verbracht, in die strahlend hellen Sterne geblickt und Musik gehört. Die Hütte war auf der einen Seite in den Hangfelsen hineingebaut worden. Der hintere Teil lag komplett in einer großen Felsnische, die Pauls Vater einst ausgehauen und mit Brettern verschalt hatte. Der weitaus kleinere Teil stand auf Stelzen, die fest unter dem Boden im Fels verankert waren. Die ganze Hütte maß vielleicht zwanzig Quadratmeter. Auf der Veranda, die zwar lang, aber sehr schmal war, saß man über einem Abgrund und konnte nach Osten zum Wallberg am See sehen. Linker Hand lagen Buch- und Roßstein, wo jetzt schon die ersten Wanderer hinaufkrabbelten und es am späten Vormittag wie am Mount Everest zuging. Sie hatten sich über die Tageswanderer lustig gemacht, wie sie stolz wenige Meter vor der Tegernseer Hütte ihre Handys zückten, um der Welt ungefragt über das eigene Klettern Kenntnis zu geben. Sie spielten die typischen Dialoge dort oben durch.

»Mei, was für eine Aussicht, die Ruhe. Ganz anders als die Stadt. Ich bin ja eigentlich höhenängstlich.«

Wie alberne Jungs hatten sie sich dabei fotografiert. Das war für Paul noch okay gewesen. Dann wurde es schlimmer. Anfangs hatte Paul auch Trudl mal mitgenommen, damit sie ein wenig ans Klettern kam. Doch über die Monate wurde er verschlossener und radikaler. Quercher verlor den Zugang zu ihm.

Jetzt betrat er Pauls Refugium. Den Schlüssel zur Tür hatte er in einer Holzfigur gefunden.

»Paul?«

Nichts. Er schnupperte. Hier war noch vor einigen Herzschlägen jemand gewesen, bildete er sich ein. Trudl winselte. Noch einmal rief er, es kam jedoch keine Antwort. Er durchquerte den Eingangsraum und blieb überrascht stehen.

Vor einem halben Jahr hatte es hier wie in einer Junggesellenbude ausgesehen. Wanderkleidung zum Trocknen über Stühle gehängt, der leicht müffelnde Duft, den Räume aussandten, wenn eine weibliche Gegenkraft fehlte. Jetzt war es anders. Nichts stand herum. Im Gegenteil. Ein Schreibtisch, ein Laptop, ein Bildschirmschoner, der müde blinkte.

An den Wänden technische Zeichnungen, die er nicht sofort verstand. Paul war Ingenieur, es hatte etwas mit Wasser zu tun. Aber was war das? Alles fein säuberlich geordnet, als hätte jemand kurz zuvor aufgeräumt und sortiert. An der Wand, die zur kleinen Anrichte führte, waren Dutzende Bilder angeklebt, wie ein großes Wimmelbild. Quercher, dessen Augen sich langsam an das Halbdunkel gewöhnten, dem allerdings wieder einmal die Lesebrille fehlte, trat ganz nah vor die Fotos. Es war Laura Binsinger zu sehen. Mal allein, mal mit Paul im Bett. Mal mit Klockenhoff, verschwommen und aus der Ferne aufgenommen, Händchen haltend. Mal an der Mangfallbrücke beim Abseilen. Mal nackt, mal im Businessanzug. Das ist ein Schrein, dachte Quercher.

»Trudl?« Er pfiff, weil seine Hundedame nach draußen gelaufen war und dort vor sich hin bellte.

Das Bellen erstarb. Sie schien nur auf sich aufmerksam machen zu wollen.

»Frau eben«, murmelte er, noch immer abgelenkt von den Bildern.

Auf der anderen Seite des Raums stand ein Tisch mit Karten, auf denen Punkte eingezeichnet waren. *Wasserversorgung im Tegernseer Tal*, hatte jemand darübergeschrieben. Und dann waren da Fotos aus einer Höhle. Scharf und anscheinend mit einem Blitz ausgeleuchtet, doch Quercher verstand nicht genau, was er da vor sich hatte. Einen Tümpel oder einen Bach, etwas leuchtete darin. Waren das Reflexionen? Für einen Moment erschien es ihm, als sähe er etwas mit Konturen, etwas Lebendiges.

»Setz dich, Max.« Eine Stimme klang aus dem Laptop auf dem Tisch.

»Paul, hör auf mit dem Mist. Komm her. Lass uns reden. Ich habe ...«

»Setz dich, Max. Trudl ist bei mir. Mach es!«

Quercher setzte sich. Der Bildschirm vor ihm erwachte zum Leben. Paul schien ihn fernzusteuern.

»C-zwanzig-H-fünfundzwanzig-N-drei-O.«

»Ist das ein Code zu deinem Verstand?«, versuchte Quercher einen schalen Witz.

»Nicht schlecht, Max. Wenn du wüsstest, wie nah du an der Wahrheit bist. Das ist eine chemische Formel. Das Kürzel für Lysergsäurediethylamid, kurz LSD. Ich erspare dir die Details. Du würdest sowieso nichts verstehen. Aber der Grundstoff ist ein Pilz. Schon seit der Antike bekannt. Kommt in einem Korn vor. Hier, sieh selbst. Auf Wikipedia.«

Quercher las: *Die wichtigsten Produzenten von Mutterkornalkaloiden sind die Mutterkornpilze aus der Familie der Clavicipitaceae. Diese Pilze leben als Epibioniten und Endophyten auf Pflanzenarten. Viele Vertreter der Gattung Balansia produzieren selektiv Clavinalkaloide. Weitere Produzenten von Alkaloiden sind Schlauchpilze der Gattungen Penicillum und Aspergillus.*

»Kurz, wir haben es mit psychotropen Pilzen zu tun. Bei LSD wusste man schon lange, dass es für neurologische

Probleme hilfreich sein könnte. Jetzt kommt meine kleine Freundin, die ›Himmelshöhle‹, dazu. Du kennst es unter dem Namen *Antrum Coeli*, *Antrum* oder *Antrum Antrum Coeli*. Mein Latein war eher schlecht. Ich fand es beim Klettern, genauer: Es fand mich. Es lockte mich in eine Höhle, nicht weit entfernt. Es lebt, atmet. Es denkt.«

»Klar, und es spricht mit bayerischem Dialekt zu dir.«

Paul lachte. »Gut, ich dachte mir schon, dass du es nicht verstehen willst. Dann schau mal hier.«

Ein Video mit Zeitleiste oben links war zu sehen. Alte chinesische Männer und Frauen, die Infusionen erhielten. Eine deutsche Stimme. Zuckende Leiber, schreiende Münder kurz darauf. Fake?

»Das sind Aufnahmen, die auch das deutsche Innenministerium besitzt. Sie stammen aus China. *Antrum Coeli* in zehntausendfacher Verringerung wurde verabreicht. Es ist mit herkömmlichen Testverfahren im Wasser nicht nachzuweisen. Die Aufschlüsselung funktioniert nur bis zu einem gewissen Grad. Es zerfällt sehr schnell. Wenn es auf organische Stoffe wie zum Beispiel einen Körper trifft, benimmt es sich jedoch wie ein Raubtier. Es hat lange dort oben im Berg gewartet, ab und an verirrte sich ein Wirtstier in die Höhle. Das reichte wohl für Jahrzehnte. Es schlief. Und jetzt ist es wach. Das da vor dir ist das Ergebnis, wenn es nach draußen kommt. Verstehst du das, Max?«

Jemand hatte Quercher von dem Video erzählt. Er hatte es vergessen. »Was willst du mir jetzt damit sagen? Woher hast du das?«, fragte er.

Paul lachte. »Ich habe ein wenig recherchiert.«

»Blödsinn. Du weißt gar nicht, wie das geht. Wer hat dir das Material gegeben?«

»Ist doch egal. Das ist authentisch. Was ich gefunden habe, ist eine Weltsensation. Und ich werde nicht zulassen, dass diese ehrgeizige Schlampe Laura damit Reibach macht. Nicht mit meiner Entdeckung.«

»Aha, also willst du berühmt werden.«

Paul lachte erneut. »Nein, ich will das nicht. Ich will Menschen ihre Erinnerungen zurückbringen. Mit all den Dämonen, mit den Schmerzen, die damit verbunden sind.«

Querchers Nackenhaare stellten sich auf. Es war Paul, der da sprach, es war allerdings ein anderer Paul, einer, der wirklich eine Rechnung begleichen wollte. Ihm fiel siedend heiß die Karte nebenan auf dem Tisch ein, die Trinkwasserversorgung des Tals. Wenn Paul Zugriff auf solch eine hochpotente biologische ›Waffe‹ hatte und gleichzeitig wusste, wie man sie ins Trinkwasser leiten konnte, war das gerade kein Kinderspiel von verwöhnten reichen Akademikern mehr. Dann wäre das Terror.

Kapitel 19

München, Staatskanzlei

»Also diese Frau will ganz allein das Jahrhundertmittel *Antrum Coeli* auf den Markt bringen.«

Der Ministerpräsident sah zu seiner Gesundheitsministerin Klotz, die seit wenigen Stunden wusste, dass sie kurz vor einer Demission stand. Sie hatte so ziemlich alles falsch eingeschätzt, die Umtriebe ihrer im Koma liegenden Staatssekretärin nicht bemerkt und das Mittel der Firma *Relaxando* schnell als »a Kas« abgetan. Er mochte junge blonde Frauen. Aber sie mussten funktionieren. Er sah zu seinem stillen Missfallen die roten Flecken an ihrem Hals. Sie stand unter Druck. Das war normal in ihrer Position. Doch sie würde ihm nicht standhalten. Er müsste es also zur Chefsache machen.

»Gut, dann übernehmen wir an dieser Stelle!« Er sah zu seinem Leiter der Staatskanzlei.

»Wir würden da gern federführend bleiben«, wandte die Ministerin bockig ein.

Ein Blick von ihm reichte nicht, um sie verstummen zu lassen. Also lehnte er sich zurück und breitete die Arme hinter dem Kopf aus. »Da draußen ist eine junge Frau, die auf unschöne Art und Weise möglicherweise gerade das Patent für ein weltveränderndes Medikament an einen internationalen Pharmakonzern weiterreicht. Sie hat hier gesessen, uns einen Kuhhandel vorgeschlagen, der für uns schlecht ausgegangen wäre, wenn wir nicht rechtzeitig von unethischen Studien erfahren hätten. Wir fielen also als Stiftung aus. Einem internationalen Konzern sind solche Dinge aus der Vergangenheit wurscht. Die sehen die Profite, die sie auf Jahre haben werden. Die können anders als wir ein PR-Getöse à la ›endlich ein Mittel gegen das Vergessen‹ auf den

Weg bringen und alle klatschen Beifall. So, und wenn es ganz dumm läuft, geht das Medikament nach China oder in die USA und es wird für deutsche Patienten sehr teuer. Irgendein Schreiberling kriegt von der Frau gesteckt, dass wir als Freistaat die Möglichkeit hatten, es für unsere Bevölkerung günstig zu erhalten, es jedoch aus Gründen der Moral nicht für opportun hielten. Kannst du dir vorstellen, was dann los ist?«

Er sah in ihr trostloses Gesicht und konnte seine Wut über ihre Ahnungslosigkeit nicht unterdrücken. Warum war die Klotz nicht in der Lage, strategisch zu denken?

»Ich will das Mittel. Verstehst du? Wenn es stimmt, dass es aus dem Tegernseer Tal stammt, wie uns eine Vertraute mitteilte, dann will ich das wissen, denn der Grundstoff ist nicht patentierbar und noch ist nichts verkauft. Daher fahren wir zweigleisig. Ich will, dass die Ermittlungsbehörden Frau Binsinger rund um die Uhr beobachten. Sie ist systemrelevant. Wenn Patente unter Umständen an chinesische Unternehmen gegeben werden, ist das für unser Verständnis ein Straftatbestand.«

Er bluffte. Nichts davon hätte Bestand. Das hatte ihm der Innenminister mitgeteilt, mit dem er in tiefer Ablehnung verbunden war. Die Justizministerin, eine Sozialdemokratin, habe es genauso gesehen, hatte ihm der Alte am Telefon genüsslich unter die Nase gerieben. Doch das war immer so. Bei heiklen Angelegenheiten war er in Bayern auf die eigenen Leute angewiesen. Das LKA zog mit. Dafür sorgte seine Vertraute, die Berliner Staatssekretärin Constanze Gerass. Die gute Frau würde, wenn der Alte ging, mit Sicherheit seine Position bekommen. Fraglich war nur, ob das Innenministerium in Bayern oder in Berlin für sie reserviert wurde. Sie wäre die erste Frau auf solch einem Posten.

Am Morgen hatte sie ihn angerufen, ihm erklärt, dass sich

einer ihrer besten Männer diskret auf der Suche nach dem Entdecker und dem Fundort des Medikaments befand. Hoffentlich war das nicht dieser Quercher. Von dem hörte er selten etwas Gutes.

Kapitel 20

Ostin am Tegernsee

»Max Ali, hier ist deine Wasserpumpgun. Damit weckst du jetzt den Onkel Max, die alte Schlafmütze.«

»Aber die Pumpgun ist doch schlecht. Du hast sie mir verboten.«

»Ja, jetzt ist sie allerdings hilfreich.«

»Waffen sind immer schlecht, hast du selbst gesagt.«

»Sei ein türkischer Junge. Die finden Waffen toll. Die Almans nicht immer, wir schon, mindestens meine Brüder, also deine Onkel, die finden Waffen toll. Los jetzt, nimm sie in die Hand.«

Arzus Dialog mit dem Sohn brachte Regina zum Lachen. Sie war am späten Morgen mit ihrem Tesla von der anderen Seeseite hinüber nach Ostin gefahren, weil sie Quercher von ihren Telefonaten mit ihren Investmentprofis berichten wollte.

Sie hatte über die Jahre eine tiefe Sympathie für die deutsch-türkische Ermittlerin entwickelt, war sich jedoch bewusst, dass das nicht auf Gegenseitigkeit beruhte. Arzu traute ihr nur bis zu einem gewissen Punkt. Es war ein unausgesprochenes Thema zwischen ihnen. Regina wusste, dass Querchers Partnerin für sich eine Position irgendwo zwischen Freundin, Mutter und emotionaler Hilfe eingerichtet hatte. Umso mehr traf es Arzu, wenn Quercher sie nicht sehen wollte und, so wie gestern, mit Regina schlief. Als sie darüber nachdachte, wurde Regina klar, wie manipulativ das eigentlich von Quercher war. Er holte sich immer das, was er gerade brauchte, von den Frauen, die er in seinem Umfeld zuließ. Und die fanden das auch noch dufte.

Sie sah zu Max Ali. »Gib mir mal die Pumpgun.«

Sie nahm die Plastikwaffe, stürmte an Arzu vorbei in die

erste Etage des Bauernhauses und riss die Tür zu Querchers Zimmer auf.

Das Bett war leer, die Hunde nicht da. Der feine Herr hatte sich aus dem Staub gemacht. Hinter ihr stand Arzu, als wäre sie die Gralshüterin des Quercher'schen Schlafgemachs.

»Die Gerass war da, ist aber auch schon weg. Sie haben gestern noch lange unten am Feuer zusammengesessen. Ich bin mit Max Ali ins Bett und dort eingeschlafen. Heute Morgen wurde ich kurz wach, als er irgendwo im Haus oder in der Scheune Krach gemacht hat, und bin dann gleich wieder eingeschlafen.«

Sie standen ratlos im Flur, bis Arzu fragte, ob Regina nicht zum Frühstück bleiben wolle.

»Warum bist du hier?«, fragte Arzu recht schroff, als sie den Kaffee einschenkte.

»Diese Binsinger ist ein Tier. Die hat es geschafft, binnen weniger Tage die komplette Investorenlandschaft im Pharmasektor anzuheizen. Mein Vermögensverwalter in den USA hat mich völlig aufgeregt in der Nacht angerufen, erzählte von Hintergrundgesprächen diverser Konzerne, die gemeinsam für den Wirkstoff bieten wollen. Auch Chinesen, Fondsmanager aus Saudi-Arabien und Südamerika werden dieser Frau die Tür einrennen. Sie oder einer ihrer Leute haben mal eben viral Videosequenzen von Therapien in einem deutschen Altersheim in München ins Netz gestellt.«

»Woher weißt du, dass sie es waren?«, fragte Arzu, die als IT-Expertin nicht von Reginas Netzkenntnissen überzeugt schien.

»Denke ich mir. Cui bono? Wem nützt es?«

»Hm. Gut, Laura Binsinger will schnell Geld machen, viel Geld machen. Also schauen wir mal …«

Arzu klappte ihren Laptop auf und tippte auf der Tastatur, während Regina dem Nachwuchs eine Semmel schmierte.

»Nutella? Das ist ungesund, Max. Das ist Palmöl und anderer Dreck. Nimm Honig«, erklärte sie mit leiser, aber nachdrücklicher Stimme.

Max Ali griff beherzt zum Glas mit der braunen Nusscreme, nahm sich einen Löffel und steckte ihn genüsslich in den Mund.

»Er wird keine Zähne haben, niemals, der Zucker wird ihn zahnlos werden lassen.«

Arzu lächelte, murmelte nur »Sind die Zähne raus, hat die Zunge freies Spiel« und riss plötzlich die Augen auf.

»Was ist?«, fragte Regina.

»*Antrum Coeli* und *Relaxando* sind die zwei trendigsten Hashtags bei Twitter. Fast alle Medien haben das Wundermittel gegen Demenz auf ihren Seiten. Das Netz explodiert förmlich. Ich sehe das Thema bei der *New York Times*. Die fahren das ganz breit. Alle immer mit dem Video und mehreren Grafiken. Wow, das ist groß!«

Regina runzelte die Stirn. »Die Binsinger segelt hart am Wind. Kein Großkonzern im Rücken, keine PR- und Marketingabteilung. Nur ihre Klitsche in Weyarn. Das wird eine Sensation.«

»Eine Frau bringt es nicht?«, fragte Arzu spöttisch.

»Doch. Aber es ist sehr riskant, weil …«, antwortete Regina und brach ab, da sie keine Feminismusdebatte mit Arzu beginnen wollte.

»Mich interessiert eigentlich dieser Paul«, erklärte die Türkin.

»Warum?«

»Max hatte mich gebeten, seinem alten Kumpel ein wenig auf die Finger zu schauen. Mit wem telefoniert er? Was schreibt er so? Die üblichen Dinge eben.«

Regina hatte sich längst abgewöhnt, Arzus Neigung, die digitale Privatsphäre anderer zu missachten, kritisch zu kommentieren. Sie war Ermittlerin gewesen, jetzt frei von Zwängen des deutschen Beamtenrechts. Bot sich eine Gelegenheit, Menschen zu überprüfen, die nicht ahnten, wie gläsern sie waren, nahm sie die gerne wahr.

»Dummheit schützt vor Strafe nicht«, hatte sie Regina einst auf eine zarte Anklage hin lapidar geantwortet.

»Unser Paulchen scheint die Freuden des Darknets zu erkunden. Das war das Erste. Frag mich nicht, wieso ich das weiß. Er ist männlich, weiß, fast vierzig und hat keine Freundin. Da machen Männer so etwas. Früher gingen sie in den Puff und rochen an Stiefeln, heute ins Netz und kaufen Waffen oder so.«

»Ah«, erwiderte Regina, nicht wissend, was Arzu eigentlich damit sagen wollte.

»Der gute Paul hat dort einen Kontakt mit einem Pharmakologen gemacht. Der Typ besorgt für jeden, der gut zahlt, Chemiekram. Und er checkt Stoffe. Das wird also unser Paul gemacht haben. Jedenfalls habe ich hier ein Chatprotokoll. Der Pharmaonkel aus dem Netz nennt sich ›Timothy L.‹. Wie witzig. Er schreibt: *Habe den Wirkstoff überprüft, in kleinsten Dosen hochtoxisch. Ignoretur …* Hab das Wort nachgeschlagen. Wir Orientalen sind ja nicht so belesen wie ihr Kartoffeln. Heißt: nicht nachweisbar.«

»Und?«, fragte Regina, der jeglicher kriminalistischer Instinkt fehlte.

»Mensch, der hat ein Mittel, das eine Chemiebombe sein kann. Nicht nachweisbar? Das ist der Horror für jeden Antiterrorspezialisten …«

»Ja, aber wenn dieser Stoff, den der Typ aus dem Netz überprüft, nicht der ist, mit dem die Binsinger das Geld machen will? Wenn es irgendetwas anderes ist?«

»Ja, wenn …«, murmelte Arzu.

Reginas Handy klingelte.

Sie sah aufs Display. »Der feine Herr Quercher meldet sich einmal … Max? Wo steckst du?«

»Hör zu, nicht unterbrechen! Tut, was ich euch sage. Fahrt vom Hof, rüber nach Tölz oder Rosenheim oder Österreich. Auf jeden Fall weg. Kein Wasser wird aus dem Hahn getrunken, nehmt keine Dusche. Holt euch Wasser aus dem Schuppen. Da ist noch ein Kasten. Fahrt! Jetzt! Los!«

Im Hintergrund hörte sie ein Knirschen und Bersten, einen Schrei. Bellen. Dann war die Leitung tot.

Kapitel 21

Kreuth-Bayerwald

»Nimm das Seil. Trudl ist bei mir. Nimmst du das Seil nicht, stürzt du in die Tiefe. Nimm also das Seil!« Paul Trankls Stimme war beschwörend.

Er hatte Quercher die Möglichkeit gegeben, seine Lieben anzurufen und zu warnen. Jetzt wurde es Zeit. In wenigen Augenblicken würde die Hütte, die sein Großvater noch vor dem Krieg hier oben selbst gebaut hatte, in der Nazis nach dem Krieg gewartet hatten, um über die Rattenlinie nach Südamerika zu kommen, sie würde zerborsten im Tal liegen. Ein neues Kapitel würde aufgeschlagen werden. Mit oder ohne Quercher. Aber er mochte ihn, wollte ihn nicht töten, hatte Paul ihm erklärt.

Der erste Stützbalken knickte ein. Die linke Seite der Hütte erzitterte, um kurz darauf nachzugeben und einen Meter tiefer in einer Felsspalte hängen zu bleiben. Der Fußboden barst, der Tisch mit den Zeichnungen rutschte quietschend über die rohen Holzbohlen, blieb kurz stehen, ehe er mit einem Ruck nach vorn kippte und durch das sich nun im Boden befindliche Loch polternd in die Tiefe rauschte. Paul hatte es wohl anders kalkuliert, doch der rechte Teil der Stützkonstruktion für die Hütte hielt dem Zug des an ihr befestigten Seils stand.

Drei Balken stützten die Hütte am Hang. Paul hatte Seile an den richtigen Stellen befestigt, die wiederum an großen Felsen befestigt waren. Als er sie löste, zogen sie mit ihrem Gewicht am Holz, rissen den linken Teil der Hütte hinab. Quercher stieg in den Klettergurt, den Paul von oben in die Reste seiner Behausung hinabgelassen hatte, und eine Sekunde später rutschte knirschend und stöhnend, wie ein verletztes Tier aufjaulend, die Ruine in die Tiefe. Staub wirbelte auf,

Bäume wurden mitgerissen, Steinplatten polterten über Felsrinnen, verhakten sich an Ästen und Wurzeln, wurden von nachkommenden Balken getroffen, zersplitterten und fielen in mehreren Teilen wieder tiefer, während Quercher brutal nach oben gezogen wurde. Unter einem Felsvorsprung blieb er hängen, baumelte über der Tiefe, schwenkte hin und her, auf Gedeih und Verderb von Pauls Wohlwollen abhängig.

Er hörte Trudls Bellen. Sie war gerettet, was ihn seltsamerweise so sehr erleichterte, dass seine Todesangst für kurze Zeit verschwand. Er drehte den Kopf nach oben und erkannte eine Hand. Eine Hand mit einem Tuch. Es wurde ihm ins Gesicht gedrückt, keine Chance auf Gegenwehr, seine Hände waren damit beschäftigt, sich von der Felswand abzustützen. Alles schwankte, alles entglitt ihm. Er sah in den Himmel. In das Blau. Weg.

Der Schmerz in seinem Rücken war das erste Gefühl, dessen er sich bewusst wurde. Quercher lag. Atmete. Vorsichtig bewegte er die Zehen, die Hände. Er war nicht gefesselt. Es war feucht. Dunkel. Etwas plätscherte. Vorsichtig öffnete er die Augen. Jetzt stach der Schmerz in seinen Kopf. Mühsam kehrte die Erinnerung zurück. Er ächzte und suchte in der Finsternis nach einem Anhaltspunkt, einem Licht. Doch es waren nur schemenhafte Konturen auszumachen.

»Du bist in einer anderen Welt, mein Freund.«

»Mach mal Licht an, du Idiot!«, krächzte Quercher. Paul musste ihn mit Chloroform oder Ähnlichem betäubt haben. Der Hals war verschleimt, er konnte schlecht schlucken.

»Links neben dir liegt eine Wasserflasche. Du musst trinken. Das Narkotikum trocknet dich ein wenig aus. Wird aber gleich vorbei sein.«

Quercher Durst war groß. Er tastete nach der Flasche und trank gierig. Das Wasser schmeckte nicht neutral, sondern nach Eisen, es war ihm egal. Er brauchte Kraft, um sich gegen Paul zu behaupten und aus diesem Dunkel zu entkommen. Er fühlte keinerlei Beklemmung. Der Ort war nicht angsteinflößend.

»Du bist nicht in Gefahr. Das ist ein Höhlensystem, das Menschen schon vor vielen Jahrtausenden für sich genutzt haben. Ich bin durch Zufall vor Jahren darauf gestoßen, als ich in der Gegend nach einer Wasserquelle gesucht habe. Du bist jetzt in der ›Großen Halle‹. So habe ich den Ort genannt. Mir fiel nichts Besseres ein. Ich bin Ingenieur, kein Poet. Nie habe ich etwas Schöneres gesehen. Ich zeige es dir. Vorher solltest du wissen, was uns trennt!«

Querchers Augen brauchten lange, um sich an das Licht zu gewöhnen, das Pauls Lampe erzeugte.

»Das ist eine Art See, an einigen Stellen bis zu drei Meter tief. Wo das Wasser herkommt, weiß ich noch nicht. Man müsste tauchen. Hier befinden sich die meisten Wirkstoffe. Er trennt uns. Schau!«

Er leuchtete über die Wasserfläche zu sich und dann auf Querchers Füße. Die Distanz war groß genug, um sie nicht mit einem Sprung zu überwinden. Er war eine, wenn er Pauls Ausführungen glaubte, natürliche Barriere. Jetzt leuchtete er weiter in die Höhe.

Jeder Blick war ein gigantischer neuer Eindruck. Die Halle maß in der Länge, schätzte Quercher, dreißig bis fünfzig Meter, an einigen Stellen war sie wohl auch so hoch. Die Wände waren bearbeitet worden.

Hier waren also Menschen gewesen. Handabdrücke, kleine und große, mal in Gruppen, mal nur eine. Daneben Malereien und Symbole, die Menschen aufgetragen und in den Stein hineingeschlagen hatten. Einen Ausgang konnte er nicht entdecken. Wie waren sie hineingekommen?

Der Lichtstrahl wanderte hinunter Richtung Boden, ans

hintere Ende der Höhle. Er erkannte etwas, was ihn entfernt an Sitze erinnerte. Sein Hirn konnte längst nicht alles aufnehmen. Es schien förmlich zu explodieren. Der Schmerz im Kopf war verschwunden, keinerlei Stechen oder Brennen am Rücken. Stattdessen durchströmte ihn eine Form der Leichtigkeit, ganz langsam aus dem Inneren in jede Faser seines Körpers dringend.

»Ich habe es lange studiert. Das war für die Menschen so etwas wie ein prähistorisches Hospital. Du weißt sicher von der Höhle am Schneidjoch?«

Sie hatten vor einigen Monaten darüber gesprochen. Quercher kannte die Höhle, weil sie als Kinder ahnungslose Touristen für ein feines Taschengeld dort hingeführt hatten.

»Es ist eine nach Norden hin offene Höhle mit verschiedenen Quellen. Im Eingangsbereich sind Inschriften eingeritzt worden, angeblich Rätisch. Aber das ist nicht richtig. Es ist Indogermanisch und deutet auf diese und zwei andere Höhlen- und Quellensysteme hin. Dort wurde gebetet und von dort gingen wohl Kranke und die Heiler hierher in diese Halle. Das Wasser heilte die Menschen. Das ist in den Bildern dokumentiert, die da oben eingeritzt wurden. Man muss dafür kein Archäologe sein. Wenn man sich darauf einlässt, erklärt es sich von selbst«, sagte Paul in ruhigem, für Quercher angenehmen Ton.

»Wann war das?«, fragte er leise.

»Weit vor unserer Zeit, Max. Die Tiere, die hier abgebildet sind, gibt es nicht mehr. Es war eine Warmzeit. Da oben«, er leuchtete an die Decke, »siehst du einen Waldelefanten oder ein Mammut. Jedenfalls ein Tier mit einem Rüssel. Das ist wohl unten im Tal gewesen, bevor die letzte Eiszeit, das Würm-Glazial, es wieder mit Schnee und Eis bedeckt und damit die Grundlage für den See geschaffen hat.«

»Warum ist das ein Hospital?«

Paul leuchtete eine Bilderkette an. »Schau, es sind Menschen, einige haben Gliedmaßen verloren. Sie gehen gebeugt in ein Tal, klettern hinauf und verschwinden in einem Loch.« Er leuchtete weiter nach rechts. »Da kommen sie wieder zum Vorschein. Stehen vor etwas, was wie ein großer Mann, vermutlich ein Schamane, ausschaut. Da tauchen sie in etwas ein. Da kommen sie wieder heraus. Sie gehen und haben wieder ihre Gliedmaßen. Sie tragen wieder ihre Jagdwerkzeuge, einige springen. Für mich ist das klar.«

Quercher wollte widersprechen. Doch auch für ihn gab es keine Zweifel. Es war, als hätte er etwas verstanden, das nur lange darauf gewartet hatte, von ihm erkannt zu werden.

»Ich bin kein Esoteriker, Max. In der Höhle gibt es durch zufällige Konstellationen entstandene Mikroorganismen. Die wirken sich auf unsere Körper aus. Es sind Pilze, die auch an anderen Stellen auf der Welt vorkommen könnten. Nur hier sind sie sehr geballt. Die frühen Menschen haben das für sich entdeckt. Es gibt Bassins, die sie für die Mikroorganismen in den Fels gehauen haben. In jedem wirkt, so glaube ich, ein anderes – Wesen. Mir fällt kein besserer Begriff ein. Wenn wir mit unseren Körpern und unserer Temperatur diese sehr feine Balance verändern, schlägt sich das in diesen Bassins nieder. Du kannst sie sehen.«

»Wen?«

»Jene, die schon immer da gewesen sind.«

Er leuchtete in eine der Lachen, die sich nicht weit vor Quercher Füßen befand, vielleicht zwei Meter breit und drei Meter lang, und die, als das Licht auf die Oberfläche traf, zu leuchten begann. Er konnte hineinsehen wie in ein Silo, tief mäanderten Partikel einer Spirale gleich in das Dunkel hinab, wo sich das Licht verlor, das diese Stoffe entwickelten. Diese Partikel pulsierten und wogten nicht nur im Gewässer, sie schienen wieder und wieder neue geometrische Formen zu bilden. Quercher konnte den Blick kaum davon losreißen, so faszinierend war das, was er sah.

»Ich glaube, sie schauen uns an. Sie wissen von uns.«

»Was soll ich hier? Warum hast du mich hergeschleppt?«

Paul schaltete das Licht aus. Schritte waren zu hören, entfernten sich.

»He, jetzt hör doch mal, Paul! Was ist los? Was willst du von mir?«, rief Quercher.

Stille.

»Was ist mit Essen? Du Arschloch!«

Keine Antwort.

»Ich habe nicht einmal gefrühstückt«, murmelte Quercher. »Und überhaupt, wo ist Trudl, du blöder Gratler?«

Irgendwo hörte er ein Bellen, das immer schwächer wurde und langsam verhallte.

Er fiel nach hinten auf den Rücken, atmete tief ein und aus und schlief ein.

Quercher wurde von Stimmen wach, die sich in sein Bewusstsein schlichen. Er kannte sie, sah jedoch nur Umrisse. Er war nicht überrascht, dass die erste Person seine Mutter war. Sie tapste vor ihm an der gegenüberliegenden Wand, die glitzerte und ein wenig Licht in die Höhle brachte.

»Was machst du hier?«

Sie lächelte und öffnete den Mund, aber er verstand sie kaum, musste sich nach vorn beugen.

»Du wirst wieder scheitern, Maximilian. Du bist wie dein Vater. Ihr fangt etwas an, alles mit großem Trara, und dann scheitert ihr, bekommt nichts hin. Enttäuscht diejenigen, die euch lieben, die sich auf euch verlassen.«

Jetzt hörte er sie deutlich und klar. Er erblickte sie. Dort drüben, in ihrem Sommerkleid, wie sie sich in ihrer unnachahmlichen Art nach hinten beugte, die Hände in den Rücken drückte und dabei böse auf ihn einredete. Eine männliche Gestalt näherte sich. Es war sein Vater. Der nur zusah, kein Wort sprach. Der es zuließ, wie seine Frau Quercher und ihn selbst herunterputzte, ihnen jeden Fehler anlastete. Und der damals in den Tegernsee sprang, mit einem Stein an seinen Beinen, dessen Leichnam niemand fand. Der im Schlamm des Grunds lag, von Hechten zerfressen, ihn niemals mehr beschützte vor dieser Frau.

»Es ist gut«, hörte er seinen Vater sagen, der seine große, vom Schustern zerfurchte Hand auf ihre Schulter legte.

Und da, wo seine Wut und sein Hass auf die Mutter im Kopf waberten, leerte sich alles. Blieb leer. Als wäre ein Fehler gefunden worden.

Es setzte sich fort, andere Personen aus seinem Leben erschienen, berührten Quercher, kamen und gingen. Er sah sie plastisch vor sich, sprach mit ihnen, konnte sich entschuldigen, alten Ärger klären, freute sich über längst vergessene Gesichter und konnte gar nicht genug bekommen.

Alles zerfloss, Quercher hatte keine Ahnung, wie lange er hier unten saß, aber noch immer glitzerten die kleinen Teiche vor ihm, schauten ihn an, beschworen Episoden, wie Geschichtenerzähler auf einem Marktplatz in Marokko. Ein Luftzug wehte durch die Höhle. Sofort erloschen die Lichter, das Glitzern verschwand. Er rutschte nach vorn, um näher an den See zu gelangen, ein tiefes Verlangen nach mehr hatte von ihm Besitz ergriffen. Quercher tastete vorsichtig in eine Stelle, die gerade besonders viele Lichtelemente hatte, und zog die Hand sofort zurück. Das Wasser war warm, ungewöhnlich warm, und die Konsistenz schwammig.

Etwas zog ihn hinein. Quercher konnte es kaum aushalten, wollte hineingreifen, drehte sich jedoch, um mit dem Fuß wenigstens die Konsistenz erneut zu erforschen.

»Tu es nicht!«, rief Paul.

Quercher zuckte zusammen. »Warum nicht?«

»Es ist tödlich! Es löscht dein Bewusstsein aus.«

Er fiel nach hinten auf die Seite. Sofort durchzuckte ihn der Schmerz. Seine künstliche Hüfte meldete sich heftig. Dieser Schmerz sorgte jedoch auch dafür, dass er wieder zu klaren Gedanken kam.

»Ja, schön, dass du mir das so zeitnah mitteilst«, rief Quercher und rutschte weiter nach hinten.

Das war der Trick. Schmerz trennte ihn von der Sucht, sich den Wasserbassins zu nähern, sich den Halluzinationen hinzugeben. Kein schöner Schutz, hatte aber was von kalten Duschen bei unnötigen Erektionen.

Paul drehte an einer Zeltleuchte, der Lichtkegel beschien sein Gesicht und kurz darauf das leuchtende Bassin vor ihm. »Das da drin ist *Antrum Coeli*, das ist der Himmel oder die Hölle.«

»Geht's auch weniger lyrisch? Du bist ein deutscher Ingenieur«, provozierte ihn Quercher.

Paul lachte. »Gut, dann bekommst du eine kleine Lehrstunde.« Er leuchtete mit der Taschenlampe erneut an die Wände. »Ich bin vor vier Jahren das erste Mal hinuntergekommen. Die Wirkung des Wassers habe ich zufällig entdeckt. Mich haben die Höhle, die Malereien, die Menschen und ihre Hinterlassenschaften interessiert. Und immer wenn ich hier war, veränderte sich kurz darauf etwas in mir. Meine Erinnerungen wurden plastischer, ganze Episoden meines Lebens kehrten zurück, Zusammenhänge wurden klarer. Es war nicht so wie bei einem Trip, wo man mittendrin die großen Erkenntnisse hat und hinterher bleiben nur vage Eindrücke. Ich durchlebte Situationen meiner Kindheit, selbst meiner Geburt, wenn ich es wollte, Stunden, gar Tage später.«

Quercher hatte Ähnliches nach einer deutlich niedrigeren Dosis vor wenigen Tagen in Nymphenburg dank der Witwe

Klockenhoff erlebt. Doch er wollte Paul nicht in seinem Irrsinn bestärken.

»Irgendwann nahm ich das *Antrum Coeli* mit aus der Höhle, wollte wissen, was es ist. Ein Fehler.«

»Moment, ich nehme an, du wolltest nicht wissen, was es ist. Du wolltest damit deine Freundin Laura beeindrucken. Die war da schon im Institut beim Klockenhoff tätig.«

Paul lachte höhnisch auf. »Schau an, sie hat mit dir gesprochen. Natürlich. Die schlaue Laura. Hat mir eine Software aufs Handy gespielt, damit sie immer weiß, wo ich bin. Nur dumm, dass ich es bemerkt habe. Ja, es war für Laura.«

»Die Ex denkt nicht daran, mit dir gemeinsame Sache zu machen. Du bist nur der Depp, der ihr das Mittel für Wohlstand und Reichtum besorgt, nicht wahr?«

»Ach, Max, du denkst zu schlecht von den Menschen. Laura hat einen Vater, der schwer an Demenz erkrankt ist. Das war ihr Ansporn. Der Reichtum ist ihr wurscht. Dieses Mädchen will Macht. Um jeden Preis. Und ich weiß, warum das passiert ist. Ich brachte *Antrum Coeli* ans Tageslicht. Sie nahm den Wirkstoff, testete ihn, bevor Klockenhoff es erhielt, und es veränderte sie massiv. Ich erlebte eine andere Laura. *Antrum Coeli*, einmal dem Tageslicht ausgesetzt, reagiert komplett radikal. Klockenhoff ahnte das, spürte das schon an sich selbst, ließ es verdünnen in nahezu homöopathische Dosen. Aber beide hatten sich dem reinen Stoff bei Tageslicht ausgesetzt. Es macht etwas mit uns Menschen, wenn wir außerhalb der Höhle damit in Kontakt kommen. Das verstand Klockenhoff und das verstand auch Laura. Jeder zog nur andere Schlüsse daraus. Klockenhoff wollte weiterforschen. ›Etwas so Energetisches muss das Potenzial zu etwas Großem haben‹, sagte er. Laura wollte dagegen damit handeln, eine Blase aufbauen. Das berühmte Einhorn im Start-up-Geschäft. Der heiße Scheiß, der in einem Augenblick eine schnöde Inter netbude zu einem milliardenschwer bewerteten Unternehmen werden lässt. Ruhm und Ehre. Das gefiel ihr. Der Hausmeistertochter aus Hausham. Denn das war sie in Wirklichkeit. Gymnasium Tegernsee, aber eben doch nur Hausham, der ehemalige Bergbauort inmitten der Schönheit.«

»Hast du sie hierhergebracht?«, fragte Quercher leise.

»Nein, sie hat massive Platzangst in engen Räumen. Außerdem war das meine einzige Möglichkeit, mein Trumpf sozusagen. Es sind Kleinstlebewesen. Sie kann sie nicht mal eben so reproduzieren. Dazu müsste sie den Fundort kennen. Sie hielt sich lange an mich. Mir wurde jedoch klar, als ich sah, wen sie alles ins Boot holte, dass sie nur Erfolg und Macht haben wollte. Ich war nur ein Werkzeug für sie. Ein Kasper, der ihr ein potentes Heilmittel aus den Bergen besorgen konnte.«

Quercher hörte ein kaum merkliches Wimmern. Paul schien sich an die Zeiten mit Laura erinnern zu wollen. Er ließ den Schmerz zu.

»Und jetzt bringst du dieses Monsterzeug nach draußen?«, fragte Quercher.

Schweigen.

»Ans Licht?«

Paul räusperte sich.

»Das ist das, was in wenigen Stunden zu den Menschen über ihre Wasserhähne in den Küchen, unter der Dusche und in den Schwimmbädern, in der Isar und im Eisbach gelangen wird. Sie werden es achtlos trinken, es wird in ihre Körper dringen. Weil sie unser Wasser haben wollen. Weil sie es seit Jahren achtlos und billig von uns kriegen. Von unseren Erden und Höhlen, Tälern und Seen. Unser Wasser. Sie glauben, es gehört ihnen. Sie glauben, es ist nur für sie da. Dann sollen sie es auch haben.« Wieder verfiel er in Schweigen.

Querchers Bewusstsein reagierte völlig verlangsamt und unkontrolliert. Mal hatte er Phasen völliger Klarheit, die dann von Erinnerungsfetzen wieder weggewischt wurden. Er hatte große Mühe, Pauls Worten zu folgen. Aber er verstand, dass es eine große Gefahr gab. Etwas, das er verhindern musste. Er schlug sich auf die Hüfte und versuchte, nicht zu schreien. Das Ding war seine einzige Hilfe. Zu irgendetwas war altersbedingter Zerfall doch gut.

»Was bist du, der Wassertaliban vom Tegernsee?«, spottete er, um Zeit zu gewinnen, den Pathos beim Gegenüber auszutauschen gegen Wut. Denn Wut, das wusste er noch, brachte Menschen dazu, Unsinniges zu tun. Das war alles ein lang geplanter Coup. Paul Trankl war irre, er war allerdings auch sehr klug. Er hatte seit Monaten auf diesen Moment hingearbeitet. Nur Wut konnte ihn aus der Bahn werfen.

»Max Quercher, seit über einem Jahrhundert stiehlt uns die Stadt München unser Wasser. Sie kauft unser Land, sie gängelt unsere Bauern, sie bestimmt unser Leben. Und ausgerechnet jetzt kommt Laura Binsinger und will uns auch noch das heilige Wasser nehmen. Sie will ihren Reibach damit machen. Sie sorgt dafür, dass Tausende ins Tal strömen und nach dem *Antrum Coeli* suchen werden. Wir werden noch mehr überrannt und ausgebeutet. Sie stehlen unsere Seele.«

Schweigen.

»Na ja, du stiehlst mir den letzten Nerv. Deswegen vergifte ich dich nicht.«

»Max, in vier Stunden kehren viele Menschen am Tegernsee und in München heim, gehen unter die Dusche, trinken ihr Wasser. Sie verlassen sich darauf, dass alles in Ordnung ist. Und jetzt helle ich dich ein wenig auf. Unser Wasser hat diese Stadt groß gemacht. So um 1850 sind dort jedes Jahr Hunderte an schlechtem Wasser, genauer an Cholera und Typhus, verreckt. München hatte wegen der miesen Qualität seines Trinkwassers in ganz Europa einen üblen Ruf. Der gute Max von Pettenkofer beschrieb die Zusammenhänge von

Abwasser, Müll und Trinkwasser. Wenn man keine Tote durch schlechtes Wasser haben wollte, brauchte man sauberes. Die Wahl für die Wassergewinnung fiel auf das Mangfalltal. So wurden ab 1881 die Mühlthaler Hangquellen gefasst. Bereits zwei Jahre später floss Trinkwasser nach München. Und die Stadt wuchs und nahm uns immer mehr Wasser. Der König hatte es ja beschlossen. Gut, der wurde nach dem Ersten Weltkrieg fortgejagt. Das Gesetz galt jedoch immer noch. Bis heute.«

»Soso.«

»Damals lebte eine Viertelmillion in der Stadt, 1958 eine Million und jetzt sind es schon anderthalb Millionen. Achtzig Prozent des Wassers stammen von uns. Günstig und immer sauber. Dreihunderttausend Kubikmeter Wasser saufen die uns weg, dagegen ist unser Tal nichts. Aber auch hier gibt es die Parasiten, die das Tal besetzen und es leer fressen, es verbauen und verschandeln, wie Heuschrecken über dieses Paradies herfallen. Jeder Fleck wird für sie plattgemacht, überall krabbeln sie wie kleine Schädlinge herum, hinterlassen ihren Dreck, fotografieren sich vor Natur, weil die ja nur Staffage für das eigene Ego ist, und locken noch mehr Schädlinge zu uns.«

»Und jetzt kippst du das Gift in die Kanäle und Menschen sterben. Ist es das, was du willst?«

»Ja, Max Quercher. Das will ich. Die Sorglosen, die Gierigen, die Dummen, die das Paradies so selbstverständlich nehmen, die sollen ihre Lektion lernen. Sie werden nicht sterben. Nur wird ihr Gehirn nicht mehr auf Konsum, sondern auf Erinnerung schalten. Niemand will mehr seine Umgebung verlassen. Sie bleiben daheim und sind sich selbst genug, weil sie in sich ruhen – im besten Fall. Andere werden eben wahnsinnig darüber.«

»Und warum bin ich hier?«

»Weil du leben sollst.«

»Und wer nicht?«

»Du wartest. Du trinkst. Du schwelgst in Erinnerungen. Geh nicht in den See. Du wirst es bereuen. Wenn ich da draußen fertig bin, kehrst du zurück. Ich werde dir kein Leid antun. Das verspreche ich dir. Doch das Leid wird über andere kommen. Und als Erstes wird es Laura Binsinger treffen!«

Kapitel 22

Tegernsee, Stadt

»Sie wollen, dass wir für alle Orte im Tal das Wasser abstellen? Und das nur, weil der Quercher angerufen hat?«

Regina von Valepp kannte die meisten Bürgermeister persönlich. Sie kam mit ihnen gut aus. Das lag sicher auch daran, dass sie dank ihrer Familie Ländereien im Tal besaß und ihre Investmentfirma erhebliche Gewerbesteuern in Bad Wiessee zahlte. Jetzt allerdings hockten ihr fünf Kommunalpolitiker gegenüber, die sich nicht vorstellen wollten, in der Hauptsaison bei brüllender Hitze das Wasser für die Bevölkerung abzustellen, bis klar war, wo sich Quercher aufhielt.

»Reicht da nicht ein Reiseruf übers Radio? Ich kenne jemanden bei der Alpenwelle«, schlug der Gmunder Schultheiß vor.

Regina verzweifelte. »Darum geht es nicht. Der Max ruft uns an. Warnt uns. Wir sollten kein Wasser trinken, uns sofort aus dem Tal machen, nicht duschen, nur abgefülltes Mineralwasser zu uns nehmen. Das macht der nicht, um uns in Panik zu versetzen. Er hat uns gewarnt. Wenn ihr das Wasser nicht abstellt, besteht vermutlich ein Vergiftungsrisiko!«

Die fünf Herren schwiegen. Das Tegernseer Tal hatte eine besondere Wasserversorgung. Sogenannte private Wasservereine, denen Quellen an den Hängen der umliegenden Berge gehörten, garantierten den fast sechsundzwanzigtausend Einwohnern und der dreifachen Zahl an Touristen sauberes und permanent zu Verfügung stehendes Wasser. Sie waren für die Qualität verantwortlich, die Kommunen für die Infrastruktur. Knackpunkt: Es gab mehrere Dutzend Vereine, die solch ein Abstellen nicht akzeptierten, wenn keine Probe der Aufsichtsbehörde, also dem Gesundheitsamt, vorlag.

Der Tegernseer Bürgermeister Hans Zachäus versuchte, die Situation so sachlich wie möglich zu erklären. »Die Vereine sind das kleinste Problem. Alle Hotels, Pensionen, die Freibäder und Privathaushalte müssten auf unbestimmte Zeit ohne Wasser auskommen. Wir benötigen Tanklastwagen von außerhalb der Zonen, die das nasse Gut heranbringen müssen. Kurz, wir müssten den Katastrophenfall auslösen. Nur so ginge das. Das kann ausschließlich der Landrat. Und wenn wir dem jetzt mit einem Anruf vom Quercher kommen, lacht der uns aus.«

Regina verstand. Sie saß den falschen Leuten gegenüber und hatte sich sattsam lächerlich gemacht. Das allein war schlimm. Noch schwerwiegender war, dass sie Zeit verloren hatten.

Sie lief die Treppe des Tegernseer Rathauses hinunter, trat hinaus auf den schmalen Bürgersteig, wo sich schon wieder der übliche Stau durch den Ort quälte. Arzu hatte Reginas Tesla geparkt, hupte jetzt und winkte.

Schon beim Einsteigen hob Regina die Hände. »Du hattest recht, Arzu. Ich hatte unrecht. Die Herren wollen nicht kooperieren, die sind …«

»Bürgermeister, ich weiß. So etwas bespricht man mit der Polizei. Die ordnet das mithilfe der Staatsanwaltschaft und der Regierung an. Aber Frau von Valepp muss es ja unbedingt probieren. Wir fahren jetzt nach Valley. Ich will wissen, wo Quercher ist. Das ist mir gerade wichtiger als eine mögliche Vergiftung im Tal.«

Regina sah sie fassungslos an. Sie hatte den kleinen Max Ali auf dem Schoß, weil im Fond ihr Golfgepäck lag, etwas, was Arzu nur mit dem Hochziehen ihrer Brauen kommentiert hatte. Als Strafe musste sie den Jungen nah an sich drücken. Regina hatte gleich mit einem Hygienetuch seine Hände gesäubert.

»Wir könnten mit Constanze Gerass telefonieren«, warf Regina ein.

»Das kannst du vergessen, die erzählt dir das Gleiche wie die Jungs da drinnen.«

»Okay, ich rufe mal in Laura Binsingers Büro an …«

Regina wählte die Nummer, die ihr ihre Assistentin gegeben hatte.

Eine junge Frauenstimme meldete sich. »Hallo, hier ist *Relaxando*, Sie sprechen mit der Joy«, hörten sie über den Lautsprecher des Autos.

»Guten Tag, Joy, mein Name ist Regina von Valepp aus Bad Wiessee und ich bin Investorin. Ich möchte mit Frau Dr. Binsinger sprechen«, erwiderte Regina selbstbewusst.

Arzu verdrehte die Augen und legte den Finger auf den Mund, als Max Ali mitplappern wollte.

»Tja, das wird wohl nichts. Also ich notiere mir mal Ihre Telefonnummer, die Laura, die ist allerdings zurzeit mit anderen Dingen beschäftigt. Da kann ich Ihnen kaum Hoffnungen machen, weil …«

Arzu drückte das Gespräch weg und startete den Wagen. »Da braucht es einen Hausbesuch«, erklärte sie der konsternierten Regina trocken und wendete den Tesla mitten im größten Verkehrschaos, zeigte hupenden Tagestouristen den Mittelfinger aus dem offenen Fenster und brauste Richtung Norden davon.

Kurz darauf parkten sie nahe dem Firmengelände von *Relaxando* in Weyarn, wo sich prompt eine Aufladestation für das Auto befand. Schon jetzt warteten Reporter mitsamt den üblichen Aufnahmetrucks vor dem Haus, wollten dringend Interviews mit der Geschäftsführerin führen. Ein Securitydienst wimmelte alle ab. So standen die Journalisten zusammen und interviewten sich gegenseitig.

»Du kümmerst dich um Strom und den Max, ich um die

Trulla da drin«, erklärte Arzu, sprang aus dem Auto und hinterließ eine staunende Regina.

Arzu ging um das Haus, wo ein Hang das Grundstück begrenzte, kletterte über Sträucher und zum Schluss über einen Zaun, kroch zwischen Müllcontainern hindurch und gelangte zu einer Terrasse.

»Wo is'n die Joy?«, fragte Arzu eine Gruppe junger Menschen, die auf Sitzkissen vor dem Eingang rauchten. »Die hat ihre Schlüssel daheim vergessen.«

Einer mit einem Haardutt und einem Holzfällerbart erklärte es lieb. Kurz darauf lief sie durch ein Großraumbüro, vorbei an mehr jungen Menschen, die vor ihren Laptops saßen, plaudernd vor Kaffeeautomaten standen oder sich beim Tischfußballspiel entspannten. Einige sahen aus dem Fenster zu den wartenden Journalisten und lachten.

Das Büro der Chefin war ein Glaskasten, in dem ›die Joy‹ Kurznachrichten in ihr Telefon tippte. Ihr Mund stand ein wenig offen.

Arzu trat ein, drehte von innen den Schlüssel um und ließ die Jalousien herunter. Es kümmerte keinen da draußen. Die Assistentin sah hoch, wollte sich beschweren und bekam eine Ohrfeige.

»Ich sag dir, wie es läuft. Du erzählst mir, wo deine Chefin ist. Dafür gibt's auch nichts mehr an die Backen.«

»D-das d-dürfen Sie nicht«, stotterte die Frau und rieb sich die glühende Wange.

»Klar, ich darf dir auch nicht den Tacker über den Kopf ziehen, den Brieföffner auf die Finger dengeln. Alles nicht erlaubt. Hilft dir aber nicht. Rufst du, stopf ich dir dein Smartphone in den Rachen.«

Arzus Herkunft, ein Scherbenviertel in München, hatte ihr die Möglichkeit verschafft, recht schnell den Sound von seriöser Ermittlerin zur Street Bitch zu wechseln. Das half gerade sehr.

»Sie ist in einem Meeting in München. Was wollen Sie? Wollen Sie die Laura auch schlagen?«

Arzu lachte. »Nein, die ist ja nicht so verblödet wie du. So, jetzt her mit deinem Handy.«

Sie riss der jungen Frau das Telefon aus der Hand, das sie wie einen Schatz an ihrer Brust gehalten hatte, und tippte. Wenig später brummte das Telefon.

Arzu grinste. »So, Schätzelchen, jetzt wissen wir, wo deine Chefin ist, wir wissen, wenn du sie vor uns warnst. Und ich weiß, wo du wohnst. Also keine Selfies für Instagram machen, vielleicht Haare kämmen, die Chefin bleibt die nächste Stunde von dir unbehelligt. Ich stelle das Telefon hierhin. Die Kamera wird dich immer brav beobachten. Verstanden, Liebes?«

Joy schüttelte den Kopf.

»Gut, dann für dich ganz einfach und langsam. Ich rufe dich an, wenn du dich wieder bewegen darfst. Nichtstun dürfte dir nicht allzu schwerfallen.«

Binnen weniger Minuten saß sie wieder in Reginas Tesla und erzählte lachend die Geschichte von Joy.

»Hier, mit meiner Malware kann ich sie beobachten.« Sie reichte ihr Telefon Regina, die das Livebild entsetzt sah.

»Das ist doch illegal«, murmelte sie.

»Ja, bestimmt. Jetzt kommt Regina von Valepp und hält mir einen Vortrag über Moral und Ethik. Ich mache das, um meinen Partner lebendig aufzusammeln. Da ist mir die Gefühlslage einer Hipstertrulla ziemlich egal.«

»Du machst dich mit Kriminellen gleich«, erwiderte Regina, die sich sichtlich unwohl fühlte.

»Max Ali, Ohren!«

Sie sagte es in einem Ton, der selbst bei ihrem bockbeinigen Sohn sofortigen Gehorsam nach sich zog. Er setzte sich pinkfarbene Kopfhörer auf und hörte ein Märchen, das Quercher ihm selbst eingesprochen und aufgenommen hatte. Egal, was um ihn herum passierte, es dauerte nur Augenblicke, da schlief er ein.

»Meine liebe Regina. Es muss raus. Du bist hier die feine Dame mit Geld, die sich nicht die Finger schmutzig machen will. Fährst im Tesla und lässt uns im Smart herumjuckeln. Du ahnst nicht einmal, ob Max Quercher, der auf eine verrückte Weise in dich verknallt ist, in Gefahr ist. Wie auch? Die Welt dreht sich um Regina von Valepp. Ich dagegen bin Querchers Partnerin. Ich habe mit ihm gearbeitet, da hast du noch mit deinen Businessfuzzis im *Schumanns* in München mit Hugos, Austern und Schampus abgehangen. Max ist mein Partner, mein Kollege, mein Freund. Für dich ist er Abwechslung vom Geld. Ich sterbe fast vor Sorge um ihn. Dir ist eine Scheißohrfeige schon zu viel. Soll ich dir was sagen? Um Max lebend zu bekommen, trete ich jedem, selbst der Binsinger, nicht nur die Tür, sondern auch das Gesicht ein. Weißt du, warum? Los, sag schon, warum wohl?«

Regina sah aus dem Seitenfenster.

»Regina, hier.« Arzu schnippte den Finger vor ihrem Gesicht.

»Keine Ahnung.«

»Weil er das auch für mich täte. Das ist der Deal. Ich rette deinen Arsch, du meinen.«

»Arzu, bitte, ich möchte nicht mit dir über Max reden …«

»Doch, Regina, das werden wir tun. Bis München.«

»Ich helfe dir ja. Was willst du denn noch?«, fragte Regina, mit einem leichten Ton der Verzweiflung, wie Arzu überrascht bemerkte.

»Quercher ist weg. Ruft an. Verzweifelt. Wie kann man da über Moral reden?«

Keine Antwort.

»Du liebst ihn«, konstatierte Regina schließlich lakonisch.

Arzu schnaufte. »Ja, das tue ich. Ich weiß, dass das sinnlos ist. Ich habe tausend Gründe im Kopf, warum er sich ausgerechnet bei dir zum Idioten macht. Doch es hilft nichts. Er ist, wie wir alle, beschädigt. Du bist diejenige, die ihm seine Angst nimmt. Warum auch immer. Ich bin nur seine Partnerin. Und wenn du es genau wissen willst, das reicht mir. Und ich will ihn lebend wiederhaben.«

Regina sah sie von der Seite an. Tränen standen in Arzus Augen.

Vorsichtig berührte Regina ihre Schulter, beugte sich zu ihr und flüsterte: »Wir treten jedem in den Arsch.«

Arzu schniefte, wischte sich über die Wangen und lächelte dann verhalten. »Aber echt, oder?«

Regina nickte.

Arzu bildete mit der rechten Hand eine Faust und hielt sie Regina hin, die ihrerseits nur die Hand ausstreckte.

»Gut, das mit der Ghettonummer üben wir noch, Regina«, murmelte Arzu.

Kapitel 23

Kreuth-Bayerwald

Die Drohne des Observationsteams aus München kreiste nun schon seit einer Viertelstunde über den Ruinen, doch auf dem Display des Piloten, der weit unterhalb am Rand der Bundesstraße stand, war immer noch kein Mensch zu sehen. Wanderer hatten die Polizei alarmiert, die Kreuther Feuerwehr war ausgerückt. Die Kollegen vom SEK hatten schnell und nachdrücklich die Sache geklärt, indem sie auf eine Übung verwiesen, die sie hier durchgeführt hätten. Alles sei in Ordnung, kein Mensch verletzt. Die Rettungseinheiten zogen ab, die Drohne kreiste nach wie vor sirrend in knapp fünfzig Metern über den Wipfeln, senkte sich, wenn der Pilot meinte, eine Bewegung erkannt zu haben, und flog wieder hoch, wenn es nur ein Tier, ein Reh oder ein Vogel, gewesen war, das sich über die Trümmer im Grat hinwegbewegt hatte.

Sie hatten Querchers Wagen entdeckt, hatten sich zurückgehalten, als die Hütte mit einem minutenlangen Getöse in die Tiefe gerauscht war. Nachdem sie die Stelle erreicht hatten, war von Quercher oder Paul Trankl nichts zu sehen. Wie vom Erdboden verschluckt.

Der Einsatzleiter war beunruhigt. Sie waren noch in der Nacht angefordert worden, hatten nur weit entfernt an den Observationsort heranfahren können, der Rest war ›Wandertag‹, das alles mit schwerem Gepäck. Die Männer waren erschöpft. Ein Team des SEK Südbayern hatte einen Einsatz am Irschenberg in den Sand gesetzt, ihr Team musste jetzt zeigen, dass es auch solche Gebirgseinsätze mit einem reinen Observationsauftrag diskret und professionell umsetzen konnte. Das war der Befehl des Gruppenführers gewesen. Der Teamleiter sollte nur suchen und begleiten.

Ein Schweißtropfen fiel von der Stirn des Drohnenpiloten auf das Display. Er wollte ihn wegwischen, als eine Funkstörung die Verbindung zur Drohne verhinderte. Er kannte das. Immer wieder war das vorgekommen, weil die Frequenz im Stadtbereich von anderen Geräten beeinflusst wurde. Aber hier? Auch weil er den Funkverkehr über sein Headset verfolgt hatte, vernahm er das näher kommende Surren der Drohne zu spät.

»Ducken!«, rief jemand von hinten.

Er zuckte zusammen, tat, wie ihm geheißen, und das Gerät sauste wenige Zentimeter über seinen Kopf hinweg und krachte in das Geäst einer Fichte.

Es war ein Jäger mit einem Hund, der ihn gewarnt hatte. Große Statur. Er trug sein Gewehr vorschriftsmäßig. Der Hund allerdings war noch nicht gut ausgebildet, zog an der Leine. Der Polizist war versucht, nach den Papieren zu fragen, war jedoch mehr über den Zustand seiner Drohne besorgt und ließ den Mann und seinen Hund ziehen.

Eine Stunde später ging ein Notruf bei der Polizeiinspektion in Bad Wiessee ein. Der Wassermeister Schorsch Haas, zuständig für die Trinkwasserversorgung der Gemeinde Rottach-Egern, meldete einen Einbruch in einen Hochbehälter. Er tippte auf puren Vandalismus von Fußballfans. Ein Bundesligaclub aus Mönchengladbach war derzeit in einem Trainingslager und der Wasserwart hatte ein Baseballcap in den Vereinsfarben im Innenraum des Wasserverteilers gefunden. Dazu klebte auf einer kleinen Turbine ein Sticker.

»Das könnte ja auch von einem Kollegen gewesen sein«, erwiderte die Polizistin, die den Anruf angenommen hatte.

»Nein, wir sind entweder Löwenfans oder halten zu den Roten. Aber Gladbach? Nie!«

Am Nachmittag half ebenjener Wassermeister beim Aufbau von Buden für das Seefest in Tegernsee, wo er lebte. In einer Pause saß er an einem Tisch mit dem örtlichen Bürgermeister, einem vernünftigen und aufmerksamen Ex-Zöllner, und erzählte vom Vorfall am Hochbehälter. Nicht nur er war erstaunt, wie hektisch sich Zachäus erhob und sofort wispernd telefonierte. Wenige Minuten später heulten im ganzen Tal die Sirenen.

Kapitel 24

München

»Sie wissen schon, dass dies den Tatbestand einer Freiheitsberaubung darstellt?«

Laura Binsinger stierte konsterniert auf ihre Apple Watch, erkannte, dass ihr Termin mit den chinesischen Investoren in einer halben Stunde beginnen würde, und spürte Wut in sich aufsteigen. Als Erstes würde sie sich, kaum wäre sie diesen Furien entkommen, ihre völlig verblödete Assistentin Joy vorknöpfen, die ihren Aufenthaltsort verraten hatte. Die zwei Frauen, die sie nie zuvor in ihrem Leben gesehen hatte, wollten wissen, wo die Höhle lag. Eher hätte sie sich die Zunge abschneiden lassen.

»Was wollen Sie von mir? Ich weiß nichts von Pauls heimlichen Hütten oder Höhlen oder sonst was. Wir waren vor Jahren mal ein Paar. Dann hat er angefangen, mir nachzustellen. Seitdem gab es nur Ärger. Ich habe eine Anwältin eingeschaltet. Der Typ ist irre. Keine Ahnung, wo er jetzt ist. Lassen Sie mich also bitte in Ruhe. Danke.« Der Wagen stand im Stau. Laura setzte an, die Tür zu öffnen.

»Hiergeblieben. Ich bin nicht bereit, Sie laufen zu lassen, um den dicken Reibach zu machen, und währenddessen sterben Menschen«, widersprach Arzu und aktivierte die Kindersicherung.

Laura Binsinger lächelte. »Sagen Sie, Frau Ahishali, wie alt sind Sie?«

»Geht Sie einen Scheiß an«, zischte Arzu.

Regina ließ sich auf das Spiel ein. »Sie ist zweiundvierzig und ich bin fünfzig Jahre alt.«

»Stellen Sie sich vor, das wusste ich bereits. Paul hat mir

von Ihnen erzählt. Damals, als er mit Max noch eng befreundet gewesen ist. Mich wollte er außen vor lassen. Er sagte, dass Sie beide jüngere Frauen sofort wegbeißen. Frauen, die jünger und erfolgreicher sind. So sollte ich es formulieren.«

»Mädchen, weißt du, wie viele Millionen die Inhaberin dieses Autos hat?«, echauffierte sich Arzu. »Wovon redest du da, du mit deiner Internetklitsche?«

»Ja, hat sie. Geerbt. Neben reich heiraten das alte Konzept für Frauen, um an Geld zu kommen. Man hat vermögende Eltern, die sterben, und man ist reich. Die einzige Kunst ist es, dieses geschenkte Geld nicht in der eigenen Lebenszeit zu früh auf den Kopf zu hauen. Die Männer, die ebenfalls geerbt haben im Tegernseer Tal, kaufen munter Hotels, bauen Häuser, machen große Wellen, einige werden Gemeinderäte, um dort das große Wort zu führen. Doch Sie, Sie bleiben lieber da oben am Golfplatz in Ihrer Villa und sind stumm. Reich und stumm. Ab und an kommt ein Galan, versucht es mit Ihnen, geht wieder, weil es ihm zu still ist.«

Arzu konnte mit Mühe ein Schmunzeln unterdrücken.

»Dann Sie, Arzu Ahishali. Immer zweite Wahl. Als Migrantin, als Frau. Der große Zampano ist der Quercher, Sie dürfen zuliefern. Und wenn Sie mal was Eigenes schaffen, wie den kleinen Kerl mit den Kopfhörern da hinten neben der Erbin, dann sind Sie schnell wieder allein. Der Zampano mag es gern bequem. So, ich sitze also mit Frauen aus der zweiten Reihe hier, die immer gut für die Staffage sind, für den netten Hintergrund. Jetzt komme ich. Mache eine Welle, will Geld – und Macht! Unerhört. Komme mit einem Mittel, das Menschen heilen kann. Treffe den Ministerpräsidenten, der lehnt zwar ab, aber er hat die Hosen gestrichen voll, dass ich mit weitaus professionelleren Managern zusammenarbeite. Eigentlich ein feministisches, entschuldigen Sie, dass ich dieses für Sie so schreckliche Wort benutze, Erfolgsmodell. Und wer legt mir die meisten Steine in den Weg? Na? Erst die Klockenhoff-Witwe, dann eine Transfrau, eine Staatssekretärin und nun ihr zwei Menopausendamen. Schon komisch. Wenn Jüngere etwas vom Machtkuchen abhaben wollen, wenn sie aufsteigen, wer steht ihnen da im Weg? Männer. Nur wer zieht Frauen am meisten moralisch nach unten? Andere, meist ältere Frauen. Statt dass Sie, Frau von Valepp, mich mit dem Geld Ihrer Vorfahren unterstützen. Jene Vorfahren, die munter Frauen unterdrückt, gequält und verbrannt haben. Nein, Sie suchen nur Ihren Mann!«

Arzu wollte etwas Giftiges erwidern, atmete jedoch nur durch. Auf eine seltsame Weise hatte diese Schnatze einen wunden Punkt getroffen.

Dafür setzte Regina nach. »Das ist schön auswendig gelernt, Frau Binsinger. Ich darf Sie nur daran erinnern, dass eine Betonung von ›ihr‹ und ›wir‹ nicht hilfreich ist, wenn man auf Solidarität setzt. Sie wollen Geld? Warum sind Sie nicht zu mir gekommen, von der Sie wissen, dass sie es hat? Sie werden von Paul Trankl gestalkt? Arzu und Max haben sich vor Jahren auf solche Fälle spezialisiert. Und eines kann ich über Max sagen. Er hat nicht nur ein Gespräch mit Paul geführt. Schon allein, weil Arzu und ich ihm deutliche Worte zu so einem Verhalten gesagt hätten. Am Ende sind Ihre Vorwürfe warme Luft. Sie wollen aus dem Auto, weil am Flughafen chinesische Investoren warten. Hat uns auch Ihre sehr junge, sicher sehr selbstbewusste Assistentin erzählt. Ich frage jetzt nicht, warum Sie keinen Assistenten haben, doch etwas so Wichtiges an eine Quasidiktatur wie China zu veräußern, ist schon zutiefst verwerflich. Einerseits die Frauenkarte spielen, andererseits sich schlimmer als jeder Raubtiermanager verhalten. Wie sagt Ihre Generation das heute so schön prägnant? Kann man machen, ist aber scheiße.«

»Ach, kommen Sie, Frau von Valepp. Sie sind nur sauer,

dass Sie nicht mit mir im Investorenboot sitzen. Was wäre das für Sie als Landadel schön! *Von Valepp rettet vor dem Vergessen.* Das würde Ihnen gut gefallen. Ich will jetzt raus hier. Lassen Sie mich jetzt raus hier!« Ihre bislang so beherrschte Stimmlage kippte. Sie beugte sich über Arzu zum Armaturenbrett.

Arzu fand das nicht witzig. »Einen Scheiß lasse ich Sie. Ich kann auch rechts ranfahren, Ihr Gesicht zu Brei schlagen, dass Ihr nächster Termin Sie nicht wiedererkennen wird. Mir ist es egal, was Sie wollen. Sie sagen mir, wo diese verdammte Hütte ist.«

Sie kreischte, die Binsinger kreischte. Max Ali weinte. Arzu packte Laura Binsingers Kragen und wollte ausholen, aber Regina konnte sie mit Mühe von weiteren Tätlichkeiten abhalten.

»Arzu, fahr da vorn runter«, sagte sie in beschwörendem Ton und kurz darauf summte der Tesla in ein menschenleeres Gewerbegebiet.

Sie ließen Laura Binsinger auf einem Parkplatz aus dem Auto, doch Arzu konnte es nicht lassen, das Handy der jungen Frau mit einem weiten Wurf auf das Dach eines angrenzenden Möbelmarkts zu werfen.

»Und nun?«, fragte Regina.

Arzu hatte den Kopf auf den Lenker gelegt und sah Laura Binsinger dabei zu, wie sie auf Einkaufswagen kletterte, um das Dach des Möbelmarkts zu erklimmen. Wenigstens das war lustig. »Ich weiß es nicht.«

Regina sah nachdenklich aus dem Fenster, ehe sie die Nummer von Constanze Gerass wählte und auf laut stellte.

»Servus, wir suchen den Max …«

Schweigen am anderen Ende.

»Constanze?«

»Ja, Regina, wir haben ihn verloren.«

»Wie bitte? Ihr habt …?«

Arzu schaltete sich ein. »Das ist nicht euer Ernst! Warum? Wir quatschen hier mit dieser Schlampe Binsinger …«

»Moment«, unterbrach Constanze Gerass ihre Ex-Mitarbeiterin. »Ihr wisst, wo Laura Binsinger ist?«

»Ja, die ist …«, setzte Regina an und wurde mit einer Handbewegung von Arzu unterbrochen.

»Warum?«, fragte sie.

»Die ist von einem Observierungsteam eigentlich …«

»Okay, ihr habt sie verloren. Ihr observiert sie. Warum?«, forschte Arzu lauernd nach.

»Darf ich dir nicht sagen«, wich Constanze Gerass aus.

»Constanze, das ist doch alles müßig. Sei so lieb und sprich Klartext mit uns«, bat Regina, wesentlich leutseliger, als Arzu es jemals gekonnt hätte.

»Gut, wir vermuten, dass sich Laura Binsinger mit Investoren trifft, die nicht im Sinne unseres Landes handeln. Nach unserem jetzigen Kenntnisstand hat sie Zugriff auf ein systemrelevantes Medikament, das wir ungern im nichteuropäischen Ausland patentiert sehen möchten, geschweige denn in China. Sie hat den Grundstoff von einem Paul Trankl. Der wiederum ist ebenfalls von der Bildfläche verschwunden. Aber er hatte Kontakt zu Max Quercher.«

»Ach, woher wisst ihr das?«, fragte Regina.

Arzu verdrehte die Augen. »Sie haben das Gespräch zwischen dir und Max abgehört. Es geht um Milliarden, da hört man schon mal von Staatsseite ab.«

»Das ist ja unerhört. Und wo ist Quercher jetzt?«

»Der sollte uns zu Trankl führen, Regina«, antwortete Constanze Gerass. »Wir haben allerdings auch ihn verloren.«

»Wo?«, fragte Arzu.

»Kreuth-Bayerwald. Sein Auto, der BMW, steht noch da. Trankl hatte da nicht weit entfernt eine Hütte. Die ist mutwillig abgerissen worden. Trümmer wurden untersucht, keinerlei Hinweis auf Menschen. Er ist einfach weg. Ich gebe euch die Koordinaten durch. Der Tatort ist weiträumig abgesichert, ich lasse die Kräfte vor Ort wissen, dass ihr kommt. Also, wo ist die Binsinger?«

»Momentan klettert sie«, antwortete Regina.

»Was? Die ist in den Bergen?«, rief Constanze Gerass.

»Eher nicht. Ein Möbelmarkt ist gerade ihr Mount Everest. Adresse schicke ich dir. Wir fahren ins Tal zurück.«

Sie drückte das Gespräch weg, prompt klingelte das Telefon erneut.

»Der Herr Bürgermeister, was verschafft mir die Ehre?«, fragte Regina süffisant und aktivierte die Freisprechanlage.

»Sie hatten recht«, antwortete Zachäus. »Wir rechnen mit einer großflächigen Vergiftung unseres Trinkwassers im Tegernseer Tal. Der Landrat ruft in wenigen Minuten den Katastrophenfall aus!«

Kapitel 25

Kreuth-Bayerwald

Vor ihm war der Wassergraben oder Teich oder See. Er sah nichts, wusste nur durch das kurze Aufflackern von Pauls Taschenlampe, dass sich dieses Gewässer vor ihm befand. Über ihm Tonnen von Gestein, die er im wahrsten Sinne des Wortes als bedrückend empfand. Dazu ständig die Bewusstseinseintrübungen. Er war gefangen in einer Höhle der Erinnerungen. Das Glitzern der drei Bassins auf der rechten Seite im Höhleninneren beruhigte ihn, hielt ihn hier fest. Aber sein Bewusstsein kämpfte dagegen an, wenn er nur auf seine Hüfte schlug. Schmerz machte wach. Quercher wusste, dass Paul Trankl jetzt, in dieser Sekunde, ernst machte mit seiner Drohung. Und je länger er seinen Monolog über Wasserverschwendung Revue passieren ließ, desto mehr war ihm klar, dass er nicht das Tal im Visier hatte. Das war seine Heimat. Es war die Stadt. Es war München. Er musste Paul aufhalten. Was immer es kostete.

Seit seiner Kindheit hatte Quercher die Angewohnheit, in stressigen Situationen leise beruhigende Lieder zu singen. Wenn seine Mutter auf ihn eingeschlagen, er allein in seinem Bett gelegen hatte, ängstlich lauschend, ob sie wieder die Stiege zu ihm hochkam, um weiter ihre Wut auf alles an ihm auszulassen, da hatte er gesummt. Damals war es ABBA, später Bob Marley oder irgendetwas von den Beatles. Als Regina ihn einmal darauf angesprochen hatte, hatte er es mit »ist irgendwie wie peinliches Beten, nur mit schlechter Musik« abgetan. Jetzt summte er *Sound and Vision* von David Bowie.

»Doo, doo, doo, doo, doo, doo.«

Springen oder durchschwimmen? Er musste auf die andere Seite gelangen. Dumm nur, dass er nicht im Entferntesten sehen konnte, was sich dort befand oder wo die Seite überhaupt begann. Sollte er hineintauchen? Paul hatte ihn eindringlich davor gewarnt. Er würde sein Bewusstsein verlieren, sich bis zum Wahnsinn in Erinnerungen vergessen. Oder war das gelogen? Was war mit diesem Video? Mit diesen Studien?

»Don't you wonder sometimes«, krächzte er, *»'bout sound and vision?«*

Waten. Er streckte einen Fuß aus, ließ ihn ins Wasser gleiten und biss sich auf die Unterlippe, dabei weiter summend.

Nichts passierte, aber er konnte keinen Grund fühlen. Er zog das zweite Bein nach vorn und spürte eine Veränderung. Etwas zerrte an ihm, bildete er sich ein. Sollte er aufgeben? Er tauchte das Bein hinein, fand noch immer keinen Boden, auf den er sich hätte stellen können. Doch er sah, wie das Wasser zu leuchten begann. Etwas umwirbelte seine Füße, es wurde fast grell, strahlte in die Höhle, erleuchtete sie. Und es wurde warm. Sehr warm.

Hastig rutschte er nach hinten. Er wollte nach den Beinen greifen, die jetzt merkwürdig prickelten. Stetig wurde aus dem Prickeln ein Brennen. Er stöhnte. Es brannte und juckte, Quercher wollte schreien. Er rieb über seine nasse Hose, biss die Zähne zusammen und fiel nach hinten. Der Schmerz ließ sein Herz rasen. Aufstehen, Quercher, aufstehen!, dachte er und widerstand der Versuchung, weiterzukratzen. Noch schien ein wenig Licht durch das, was im Wasser tanzte. Langsam nahm es ab. Er würde in das Dunkel springen, irgendwo aufkommen oder ins Wasser fallen, seine Haut würde überall brennen. Es war nicht einmal klar, ob er es hinausschaffen würde.

»I will sit right down, waiting for the gift of sound and vision. And I will sing, waiting for the gift of sound and vision.«

Er murmelte mehr, als dass er sang.

»Drifting into my solitude, over my head.«

Er arbeitete sich nach hinten, bis er die Höhlenwand ertasten konnte, atmete ein und aus und lief. Der Sprung glückte, er erreichte das andere Ufer, prallte jedoch mit voller Wucht gegen einen Stalaktiten, der von der Decke wuchs, fiel nach hinten auf den Rücken und drohte rückwärts wieder in den Teich zu schlittern. Verzweifelt suchte er Halt am Boden und nur weil sein rechter Zeigefinger in einer Vertiefung hängen blieb, rutschte er nicht weiter. Ein Knacken und ein stechender Schmerz machten ihm klar, dass der Fingerknochen das nicht unversehrt überstanden hatte. Er schrie aus Erleichterung, aus Schmerz und Wut, dass dieser Trottel Paul ihn in solch eine dämliche Scheißhöhle gebracht hatte. Mühsam erhob er sich und tastete sich fast blind vorwärts. Noch immer juckten die Beine. Aber das Adrenalin, das der Schmerz des gebrochenen Fingers erzeugte, betäubte ihn ein wenig.

Die Wand schien keinerlei Verbindung nach oben zu haben. So dunkel, wie es war, glich sein Tasten nach einem Ausgang der berühmten Suche nach der Nadel im Heuhaufen. Mit einem Mal griff seine Hand ins Leere, er ertastete die Struktur, verstand, dass es eine runde, glatte Öffnung war, die scheinbar leicht nach oben führte. Er schob sich hinein, robbte vorwärts, was erstaunlich gut gelang. Es ging nicht schnell, immer wieder rutschte Quercher zurück, musste neu ansetzen. Außerdem wurde der Schlauch immer schmaler, je höher er kam. Nach wie vor war es stockdunkel, kein Streifen Licht zeugte von einer Welt da draußen.

Er quälte sich durch eine Biegung, bei der er sich mit aller Kraft von einem kleinen Vorsprung im Felsen abstützen musste, um nicht wieder hinunterzugleiten. Einen Augenblick später blieb er hängen, der linke Arm hatte sich in einer Ausbuchtung des Felsens verhakt. Quercher drehte sich, um aus dieser Position zu kommen, machte es allerdings damit nur schlimmer. Seine Hand wurde verdreht, sein Kopf drückte gegen einen Felsstachel und er steckte völlig fest. Hier hatte Paul ihn definitiv nicht in die Höhle gebracht. Es musste einen anderen, einen einfacheren Weg geben. Aber für eine neue Suche war es zu spät. Er musste an dieser Stelle herauskommen. Seine Kraft reichte nur noch dafür aus.

Quercher tat alles, was er in seiner Ausbildung für solche Situationen gelernt hatte. Atmete ein, atmete aus. Prüfte seine Optionen. Versuchte, den Puls zu kontrollieren, doch die Verzweiflung, die Enge und die Angst zu ersticken gewannen die Oberhand. Er schrie, sein Herz raste. Dann erlöste ihn eine Ohnmacht.

Kapitel 26

Rottach-Egern

»Chloren können wir sofort. Reinigen. Testen. Aber die komplette Versorgung abstellen und tagelang nur über Tankwagen versorgen? Vergessen Sie es! Nicht in der Hauptsaison«, erklärte der Rottacher Bürgermeister Christian Herzinger.

Constanze Gerass stand mit den üblichen Führungsfiguren der Staatsmacht auf einer Wiese unterhalb des Wallbergs. Scheinwerfer und Zelte für die Führungsgruppe des Krisenstabs wurden von der örtlichen Feuerwehr aufgebaut. Man rechnete mit einem längeren Einsatz.

Der Chef der Miesbacher Kripo sah nur kurz spöttisch hoch. »Wir haben dank der Videoüberwachung eines Zweitwohnungsanwesens in der Nähe des Hochbehälters das hier beobachtet. Zwei Uhr sechsundvierzig, da, ein weißer Transporter. Ein Mann steigt aus, öffnet die Hecktür, wuchtet ein kleines Fass aus dem Wagen, öffnet mithilfe des Zahlencodes die Tür zum Behälter. Er verbleibt dort bis zwei Uhr neunundfünfzig. Jetzt hier … Da kommt er raus, mit einem leeren Fass. Warum wissen wir, dass es leer ist? Er trägt es mit einer Hand. Unsere Spezialisten versuchen anhand des veränderten Radstands das Gewicht des Fasses festzustellen. Klar ist, er hat etwas im Wasser des Hochbehälters hinterlassen. Wir haben deswegen Experten der Bundeswehr angefordert, für den Fall, dass es sich bei der Substanz um einen biologischen Kampfstoff handelt.«

»Wie bitte?« Der Bürgermeister schwitzte merklich. Er hatte offenbar bis jetzt an einen Dumme-Jungen-Streich geglaubt, jedoch nicht an einen Terroranschlag.

Landrat Ulf von Schaffel, ein älterer, soignierter Herr, der in wenigen Monaten in seinen lang herbeigesehnten Ruhestand gehen wollte, stöhnte. »Wir testen, wir töten ab. Aber, Christian, wir können nicht garantieren, dass das Wasser trinkbar ist. Keiner von uns will riskieren, dass wir das Leben unserer Bürger und Besucher aufs Spiel setzen. Du doch auch nicht.«

Der Tegernseer Bürgermeister Hans Zachäus, pragmatisch, aber auch auf seine Außenwirkung bedacht, hatte seine Hoteliers und die Bürger schnell und unkompliziert über die sozialen Medien sowie über die *Tegernseer Stimme*, eine erfolgreiche Onlinezeitung, informiert. Schon jetzt waren Tanklastwagen aus Nachbarlandkreisen zu ihnen unterwegs. Das war nicht schön, allerdings nicht zu ändern. Dem Ex-Zöllner lagen Dramaauftritte nicht.

Wassermeister Haas erklärte es allen Beteiligten im breitesten Oberbayerisch. »Rottach-Egern und Tegernsee hängen wasserseitig voneinander ab. Das größte Quellenvorkommen liegt unterhalb des Wallbergs, hinter uns. Das Wasser kommt nicht vom Regen oder von den Bächen. Es ist ein tiefes Grundwassernetzwerk, liegt irgendwo zwischen sechzig und siebzig Meter tief. Wir sprechen hier von einer ›Schüttung‹, von der sich mehrere Quellen bedienen. Fallen die aus, hat Tegernsee die Möglichkeit, eine alte Quelle, die Wotanquelle, anzuzapfen. Aber der oder die Täter haben eben nicht die Quellen verunreinigt, beispielsweise durch Öl oder andere Stoffe. Sie waren im, wenn Sie so wollen, menschgemachten Netzwerk, dem Verteilsystem. Das heißt zweierlei. Zum einen müssen wir davon ausgehen, dass die Bürger schon das kontaminierte Wasser im Haushalt haben, weil wir die Manipulation zu spät bemerkt haben. Zum anderen wissen wir nicht, wie lange sich die Verunreinigung im Verteilsystem, sowohl im öffentlichen als auch im privaten, hält. Wir haben für diesen Fall Abläufe der Reinigung. Chlor ist da meist das Mittel der Wahl.«

»Dann machen wir das doch«, erwiderte der Bürgermeister.

Der Wassermeister wies auf den Zelteingang.

Die Wasserexpertin des Landkreises trat ein, die die ersten Proben untersucht hatte. Charlotte Komm war eine der Besten auf diesem Gebiet. Sie hatte in ihren Dienstjahren so ziemlich jede Form von Verunreinigung gesehen und bekämpft. Mal war in Gmund in einem Brunnen ein Ohrenkneifer eingedrungen. Das Insekt hatte Bakterien im Wasser hinterlassen, wochenlanges Chloren war die Folge gewesen. Mal hatte ein Bauer widerrechtlich und zu stark seine Jauche in einer Schutzzone ausgebracht. Wasser war schwierig zu schützen. Auch deswegen hatte sie immer auf tägliche Tests gedrungen. Das war teuer und führte zu höheren Wasserpreisen. Denn nur so konnten Situationen wie diese professionell abgearbeitet werden.

»So, wir haben die ersten Ergebnisse.« Die kleine, aber drahtige und energische dunkelhaarige Frau klappte ihren Laptop auf.

Landrat von Schaffel griff zur Lesebrille.

»Es handelt sich um Mikroorganismen, die wir noch nicht zuordnen können«, sagte die Expertin. »Sie reagieren stark auf Licht und Berührung. Chlorhaltige Stoffe sind irrelevant. Sie ignorieren sie. UV-Licht lässt sie kurzfristig ihre Aktivität verändern, doch sobald das Licht abgestellt wird, werden sie umso aktiver. Im Gegenteil, Stoffe aus unserem Wasser, also die üblichen Spurenelemente, sind für diese Formen ein Fest. Sie scheinen sich zu vermehren. Das ist insofern schwierig, als dass diese geeignet sind, Stoffe, die nicht ins Wasser gehören, zu vernichten. Kurz gesagt, sie sind äußerst resistent. Die entscheidende Frage ist jedoch: Stellen sie eine Gefahr dar? Sind sie für Mensch und Tier bedrohlich?«

Schweigen im Zelt. Das war die Gretchenfrage.

Charlotte Komm holte Luft. »Wir wissen es nicht. Wir haben es den Saiblingen, unseren Testfischen, ins Wasser verabreicht. Keine Wirkung. Das kann eine gute Nachricht sein – vorerst. Wir wissen nicht, ob es in menschlichen Organismen anders, toxisch reagiert. Eines ist klar, es gehört nicht in unser Wasser und so, wie es scheint, bleibt es da länger.«

»Warum? Wir können das kontaminierte Wasser doch einfach über die Abwasserleitungen in den Kläranlagenbereich bringen«, schlug Zachäus vor.

Charlotte Komm schüttelte den Kopf. »Und dann? Wir wissen nicht, ob diese Kleinstlebewesen in unseren Leitungen verbleiben. Wir wissen nicht, was sie mit den biologischen Bestandteilen in einer Kläranlage machen. Wir wissen nichts. Wir stehen da ganz am Anfang.«

Ein Mitarbeiter des Kripochefs kam ins Zelt, flüsterte ihm etwas zu.

Er stöhnte. »Wir haben in vier weiteren Hochbehältern um den See herum Nachweise einer Manipulation festgestellt.«

Constanze Gerass hatte im hinteren Teil des Zelts still zugehört und trat hinaus, um mit dem Ministerpräsidenten zu sprechen. Sie wollte ihm die ›Ehre‹ erweisen, mit dem Innenminister in Berlin zu reden. Hektisch zündete sie sich eine Zigarette an und sog den Rauch tief ein, während sie hinauf zum Wallberg und hinüber zum Hirschberg schaute, wo die Sonne bald der abendlichen Kühle Platz machen würde. Sie war angespannt. Wenn das *Antrum Coeli* das war, was da im Wasser des Tals schwamm, hatte sie ein mächtiges Problem. Zu lange hatte sie sich auf Laura Binsinger und ihre Intrigen konzentriert, statt die Herkunft des Mittels besser zu recherchieren. Sie stieß ein leises »Scheiße« aus und wollte die Zigarette im Gras austreten.

»Geht man so mit der Natur um?«, sagte eine Stimme hinter ihr.

Arzu. Regina. Ein Dackel. Was für ein Trio, dachte Constanze säuerlich. »Schön, dass ihr mir den Aufenthaltsort von Laura Binsinger mitgeteilt habt.«

»Ja, das haben wir nicht aus Freundlichkeit getan«, erwiderte Arzu. »Du hast uns zwar die Koordinaten der Hütte vom Trankl gegeben, aber uns mal vorsichtshalber nicht mitgeteilt, dass wir nur bis Wildbad Kreuth kommen. Ab da hat die Staatsmacht alles abgeriegelt. Schönen Dank, Constanze, du bist eine verdammte …«

»Du wirst uns helfen, da bin ich mir sicher«, unterbrach Regina sie.

»Ihr wollt jetzt nicht im Ernst den Max suchen? Es wird Nacht. Da findet ihr nichts. Eine Hundertschaft hat heute schon drei Stunden gesucht, morgen kommt die Bundeswehr und wird unter den notwendigen Schutzmaßnahmen weitersuchen. Versprochen.«

»Schutzmaßnahmen?«

»Glaubst du, dass der deutsche Beamte ohne Schutzkleidung herumgeschickt wird, Arzu, wenn wir im Wasser einen biologischen Kampfstoff vermuten? Da oben ist eine Quelle, in der schlummert etwas, was vielleicht Tausende von Menschen gefährden kann.«

»Warte, damit ich das richtig verstehe: Erst bist du ganz heiß darauf, dieses *Antrum Coeli* als Medikament zu kriegen, jetzt ist es gemeingefährlich?«, fragte Arzu gereizt. »Wir wollen da hoch und du wirst uns da durchlassen.«

»Ich kann euch keinen Zugang verschaffen. Heute Nacht rückt ein Bundeswehr-ABC-Trupp an. Das ist dann Sperrgebiet.«

»Wann kommen die?«, wollte Arzu wissen.

»In circa zwei Stunden.«

»Das ist die Zeit, die wir brauchen. Mehr nicht, Constanze. Es wird dann sowieso dunkel sein. Du hilfst uns, sonst reden wir mit den Herrschaften da drüben.« Regina zeigte auf einen Pulk Journalisten, die mit ihren Kamerateams hinter einer Absperrung begierig auf Informationen warteten.

Eine halbe Stunde später waren Regina, Arzu und der Zwergdackel Otto auf der Königsalm. Ein Bundespolizist hatte sie zu Querchers Auto geführt und sich dann von ihnen verabschiedet. Jetzt standen sie allein, in der Ferne heulten die Sirenen. Hier oben auf tausend Metern wehte ein angenehm kühler Abendwind. Sie hatten eine Stunde, bis das letzte Licht verschwunden wäre. Der Polizist würde sie an der gleichen Stelle wieder abholen. Andernfalls müssten sie zu Fuß ins Tal gehen.

»Wo hast du Max Ali untergebracht?«, fragte Regina, um die Situation ein wenig aufzulockern.

»Er schläft bei einer Bäuerin in Festenbach. Die hat da eine Kita auf dem Hof eingerichtet.«

»Was machen wir, Arzu?«

»Wir gehen mit meinem Handy zu der Stelle, wo diese verdammte Hütte gewesen ist. Meine App führt uns dahin.«

»Die Gerass hat eine Hundertschaft Polizisten alles durchsuchen lassen, warum glaubst du …?«, begann Regina.

Arzu drehte sich um. »Das glaubst du? Wenn hier eine Hundertschaft Kollegen durchgelaufen ist, sähe das anders aus. Vergiss es. Max ist ihr wurscht. Sie hat da unten gerade ein anderes Problem, und zwar ein mächtiges. Max Quercher, denkt sie, taucht schon wieder auf. Da lässt sie die Damen gern ein wenig suchen, dann sind sie abgelenkt.«

Sie winkte Regina heran und sie stapften, der Dackel voran, durch die Farne und Gräser, die auf dem schmalen Forstweg zur Hütte wucherten. Wenige Minuten später piepste das Telefon und sie konnten im schwachen Abendlicht die Absturzstelle sehen. Beide erschauerten.

Regina schaute den Abhang hinunter. Ihr Blick wanderte von den zerborstenen Balken über die Reste des Mobiliars, die Glassplitter und Kleidungsstücke, die bis weit hinunter verteilt lagen. Für einen Moment überkam sie Verzweiflung, tief und unkontrollierbar. Sie begann zu weinen, erst leise, dann lauter, fiel auf die Knie. Sie, die sich immer unter Kontrolle hatte, verlor vollkommen die Fassung. Regina fühlte sich schuldig, weil sie Quercher wieder und wieder zugeredet hatte, als richtiger Ermittler tätig zu sein, keine Suche nach vermissten Teckeln, sondern etwas, auf das er, jedoch vor allem sie, hätte stolz sein können. In dieser Sekunde war sie überzeugt, dass ihr Max da unten lag. Irgendwo, zerschunden und zerrissen wie das Holz.

Neben ihr winselte Otto, schnüffelte an ihrem Gesicht und schien sie trösten zu wollen.

Arzu schob ihren Arm unter Reginas Achseln und hob sie hoch. »Wenn uns jetzt einer helfen kann, dann ist das der Otto.«

Regina sah verzweifelt zu ihr. »Wirklich? Ein Zwergdackel, der bei Regen im Haus bleibt? Der morgens vom Quercher eine Banane bekommt? Der findet nicht mal die Knochen, die er vergraben hat.«

Arzu schüttelte den Kopf. »Du unterschätzt den Hund. Wenn Quercher nicht da ist, liegt er in tiefer Depression auf dem Teppich im Eingangsbereich. Dieser Dackel wird uns helfen. Auf geht's, Otto!« Sie ließ ihn von der Leine.

Statt zu rennen, sah er die beiden nur mit großen Augen an.

»Los, Otto, wo ist das Böse?«, rief Arzu in hohem Ton.

»Ist das nicht der Befehl, wenn er auf Querchers Wiese Mäuse ausgraben soll?«

»Papperlapapp. Mäuse, alte Männer …«

Der Vierbeiner tat allerdings – nichts. Er saß und wartete.

»Und wenn wir ihm etwas von Quercher zum Schnuppern geben? So machen die das doch beim Mantrailing, oder?«, fragte Regina vorsichtig.

Arzu wollte gerade zu einer Erklärung ansetzen, als sie bemerkte, wie der kleine Dackelherr die lange Schnauze in den Wind drehte und die Ohrenlappen spitzte. Kurz darauf rannte er davon, gefolgt von Regina und Arzu, die kaum hinterherkamen, hinein in die Dunkelheit des Waldes, hüpfte, obwohl nur ein Zwerg, über Stämme und Äste, dabei laut kläffend.

Es wurde steiler, der Wald lichtete sich, Felsen, mal glatt, mal schroff, versperrten ihnen den Weg und machten das Fortkommen schwerer. Arzu stürzte, riss sich an einem Fichtenzweig den Arm auf, es blutete stark. Sie fluchte. Wollte weiterlaufen.

Regina hielt sie fest. »Warte, den Dackel hören wir auch so, nur du läufst hier nicht blutend herum.« Sie nahm ihr Tuch vom Hals und band es um die Wunde.

»Hermès?«

Regina nickte. »Wenn schon Sanitätsdienst, dann stilvoll.«

Otto war mittlerweile verschwunden, aber sie vernahmen sein Kläffen, das jetzt schriller klang. Außer Atem traten sie auf eine stark abschüssige Almwiese. Der Zwergdackel stand dort und bellte, ohne einen Schritt vorwärtszugehen. Regina erkannte den Grund.

Ein Hirsch mit einem großen Geweih stand nicht einmal fünfzehn Meter von ihnen entfernt und hätte ein nahezu kitschiges Fotomotiv abgegeben, im Hintergrund die Zinnen der Buch- und Roßsteinberge. Die Sonne verschwand hinter den Gipfeln. Ihre letzten Strahlen schufen einen Kranz um die Berge. Mehr Idylle ging kaum. Sofort machte sich Enttäuschung in Regina breit. Der Hund hatte das Wild erschnuppert. Sie waren verschwitzt, verletzt und entmutigt. Und der Dackel bellte ohne Unterlass.

Das Bewusstsein kehrte zurück. Langsam und unangenehm. Quercher spürte als Erstes wieder die Enge. Noch immer war er in dem Felskanal eingequetscht. Die Ohnmacht hatte die

Durchblutung seiner Beine gestört, er konnte sie kaum mehr bewegen. Die Arme umfassten einen hervorstehenden Stein, der sich anders anfühlte als der Fels um ihn herum, kälter, glatter. Ein letztes Mal atmete Quercher tief aus, um den Brustkorb so klein wie möglich zu machen, drückte sich diesmal nicht nach oben, sondern entgegengesetzt nach unten. Wenige Zentimeter rutschte sein Unterkörper am Stein entlang, ein Schmerz, der am Hüftknochen schrappte, ihn aufschreien und fluchen ließ. Dennoch konnte er sich jetzt ein wenig drehen, sich beinahe um den Stein winden, der ihm im Weg war.

Er musste kurz verschnaufen. Seine Hände umklammerten den Stein, er schien ihn zu liebkosen und unwillkürlich verlagerte Quercher das Gewicht. Es ruckelte, minimal. Aber etwas bewegte sich, schabte oberhalb seines Gesichtsfelds. Etwas rieselte auf ihn herab. Er prustete, als es in Augen und Nase fiel. Zu gern hätte er die Hände genommen, um das Zeug wegzuwischen, doch es war unmöglich. Etwas krabbelte auf seiner Wange, verharrte, lief über die Nase. Es war zu dunkel, um zu erkennen, was es war. Hektisch schüttelte er den Kopf, um es zu verscheuchen. Etwas in ihm hoffte auf ein Lebewesen, eine Ameise, etwas, das nach Oberfläche aussah.

Noch einmal versuchte er, den linken Arm über den Stein zu wischen. Und diesmal gelang es, er tastete nach einer Mulde, nach einem Vorsprung, von dem er sich weiter nach oben ziehen konnte, und fand ihn. Zentimeter um Zentimeter kam er höher. Das spürte er und roch jetzt etwas. Erde. Nasse Erde. Seine Hand langte weiter in die Höhe, er fühlte etwas, das kein Stein war. Wurzeln, kleine Verästelungen. Eine größere. Er griff in das Wurzelwerk, zog mit aller Macht und tatsächlich wand er sich weiter nach oben, sein rechter Arm kam frei. Er konnte nun sogar auf diesem verfluchten Felsen knien und mit den Händen in das Wurzelwerk fassen. Er verstand es langsam, sehr langsam – er kniete unter einem

Baum, der über einem Felsen wuchs. Und er war nur wenige Zentimeter von der Oberfläche entfernt.

Erde rieselte auf sein Gesicht. Je weiter er sich durch das wie Haare herabhängende Geflecht arbeitete, desto mehr kamen ihm kleine Steine entgegen. Er atmete schwer, prustete, spuckte aus. Quercher schlug mit wilder Wut gegen Erde und Steine, kratzte. Plötzlich löste sich ein einzelner Stein, fiel zu ihm in den kleinen Hohlraum und Luft, frische Abendluft aus den Bergen, strömte zu ihm und er atmete gierig ein und aus. Noch immer waren seine Beine schwach, doch die Arme waren stark, mit aller Macht zog er sich durch die Öffnung, in die anbrechende Nacht. Er hörte nicht auf, kroch, fiel hin, drehte sich um und krabbelte weiter wie ein Käfer, bis er entfernt ein Bellen hörte. Er wollte sprechen, rufen. Aber sein Hals war trocken, er musste Stunden nichts Feuchtes mehr in der Kehle gehabt haben. Also kroch er weiter, hangelte sich an einem Baum hoch, schlug auf seine Beine, damit das Blut endlich zirkulierte, und fiel erschöpft hin.

Er hörte Schritte, Stimmen, Bellen. Etwas schnupperte an ihm, quietschte vor Freude. Dieses Etwas kannte er zu gut.

»Das ist der Otterich«, flüsterte er und drehte den Kopf, sah im letzten Abendlicht eine lange Schnauze, aus der eine geckoartige lange Zunge schnellte und ihm das ganze Gesicht ableckte.

Über ihm standen zwei Menschen.

»Max Quercher, es wäre schön, wenn du dich auch einmal am Fall beteiligen würdest und nicht nur Naturerlebnisse suchen könntest.«

Regina. Er grinste.

»Es gibt Arbeit.«

Er erkannte Arzu. Jetzt lachte er befreit.

Kapitel 27

Rottach-Egern

»Wir spülen jetzt.« Wassermeister Haas gab den Befehl und Tausende Liter rauschten durch die Leitungen der Gemeinde Rottach-Egern und der Stadt Tegernsee.

Der Krisenstab war zwar noch angespannt, aber dennoch hatten die letzten Nachrichten Hoffnungen geweckt. Bislang gab es nur Beschwerden, weil kein Wasser vorhanden war. Die Feuerwehr half den großen Hotelbetrieben im Tal. Gesundheitliche Auffälligkeiten waren bisher nicht gemeldet worden. Auch hatten sich die angeblichen Manipulationen in Bad Wiessee und Gmund nicht bewahrheitet. Es schienen nur die Leitungen in den zwei Gemeinden betroffen zu sein.

Viele kannten Paul Trankl, er war lange Jahre in der Rottacher Feuerwehr tätig gewesen, hatte sogar bei den Trachtlern getanzt. Nach und nach machten sich einige hinter vorgehaltener Hand über den großen Aufwand lustig. Andere teilten heimlich Trankls Sicht über die ungerechte Wassernutzung der Münchner. Er hatte zwar kein Manifest oder eine Erklärung hinterlassen, doch jeder wusste um seine radikalen Ansichten zu Tourismus, Zuzug von Fremden und eben dem Verbrauch des Wassers aus dem Oberland.

Denn das war dem Einheimischen hier sehr eigen. Er konnte seine Herkunft je nach Grund ausdehnen und verkleinern. Mal war er nur Kreuther oder Tegernseer, mal Oberlandler, mal Bayer. Und immer war er gegen die anderen: die Städter, die Geldigen oder Gratler, die Preußen, die Asylanten oder die Tölzer und Rosenheimer. Trankl stand für sie auf. Das war bequem und sorgte für heimliche Zustimmung bei den heimischen Rettungskräften.

Die blonde Referentin des Landrats informierte den Wassermeister, dass die Münchner Wasserwerke, die SWM, gern mit ihm über die Ereignisse in Tegernsee sprechen und wissen wollten, ob gegebenenfalls München betroffen sein könnte.

Von Schaffel schnaufte durch. »Geben Sie mir den Herrn bitte einmal.« Jovial klopfte er der Frau auf die Schulter, als er das Telefon nahm und seinen Namen nannte. »Wir scheinen hier wieder alles unter Kontrolle zu haben, Herr Bucher. Von einem Terroranschlag kann keine Rede sein. – Ja, genau. Keine Toten, keine Verletzten, nicht einmal Wasserbäuche. – Hahaha. – Ja, über Nacht spülen wir. Bis morgen dürfte sich das Problem in Wohlgefallen aufgelöst ... – Jaja. – Eine Probe des kontaminierten Wassers? Ja, das dürfte kein Problem ... Moment!«

Er sah zu Constanze Gerass, die im grellen Licht der Zeltlampen stand. Sie schüttelte den Kopf, schrieb hastig etwas auf einen Zettel.

Der Landrat nickte. »Ich höre gerade, dass wir die Proben alle zum LKA in München zur Analyse bringen. Wenn Sie sich mit den dortigen Stellen in Verbindung setzen ... – Nein, leider. – Ja. – Das tut mir leid. – Ja, das können Sie natürlich machen. Ist ja Ihr Wasser. Hahaha.« Er legte auf und sah pikiert zu Constanze. »Frau Staatssekretärin, es wäre schöner, wenn ich so etwas nicht auf einem Zettel lesen, sondern bereits im Vorfeld ...«

»Herr Landrat, ich fände auch viele Dinge schöner. Aber wenn man sich als Macher inszeniert, hilft es, wenn man schon vorher Antworten parat hat. Oder wollen Sie, dass in München eine Panik ausbricht, weil die dortigen Wasserwerke unter Umständen zu anderen Ergebnissen bei den Proben kommen, die Stadt plötzlich auf dem Trockenen sitzt, in einer der heißesten Nächte des Jahres?«

»Ich wollte nur darauf hinweisen, dass ...«

»Geschenkt. Es wäre schön, wenn wir uns wieder auf das

eigentliche Problem konzentrieren könnten. Was machen die Münchner also?«

»Sie werden auf jeden Fall ihr Sicherungssystem hochfahren. Das ist bei denen Standard, wenn in ihrem Einzugsgebiet so etwas passiert.«

»Was ist das Standardverfahren, Herr Landrat?« Constanze gab sich Mühe, nicht ärgerlich zu wirken.

Von Schaffel zog sie zu einer Karte. »Hier ist der Tegernsee, Abfluss ist die Mangfall. Hier. So, in Gotzing sammelt die SWM das Wasser, leitet es zu einem ihrer drei Großverteiler, die wiederum das Wasser aus unserer Region, aus Garmisch und aus der Schotterebene im Forstenrieder Wald sammelt und in die Stadt verteilt. Hier setzen sie das Wasser Ultraviolettstrahlungen aus. Damit haben sie gute Erfahrungen. Wenn ihre Tests etwas Neues ergeben, werden sie zusätzlich Chlor einsetzen. Das ist das Standard…«

Sie lächelte ihn milde an und deutete auf ihr Smartphone, das hartnäckig brummte. »Entschuldigen Sie, ich müsste mit dem Ministerpräsidenten telefonieren.«

»Natürlich, grüßen Sie ihn von mir«, ließ der Landrat erneut zu jovial ausrichten.

Constanze verließ das Zelt und nahm das Gespräch an. »Wo ist sie?«

»Die Konferenz am Flughafen ist vorbei. Wir haben im Nachgang dank der Kollegen von der Bundespolizei die Daten der beteiligten chinesischen Manager aufgenommen. Es war heikel. Zwei haben Diplomatenpässe vorgezeigt. Sie sind jetzt auf dem Weg nach Berlin zur Botschaft. Wir sind vier Fahrzeuge hinter ihr. Sie fährt Richtung Süden auf der Dreihundertachtundachtzig bei Fischerhäuser. Will den Stau am Kreuz Nord umgehen. Sie ist allein!«

Constanze hatte den tiefen Wunsch, sich eine zweite Zigarette anzuzünden. »Gut. Denken Sie daran, Sie sind keine

Polizisten. Halten Sie sich im Hintergrund. Ich bin mir mit Ihrem Chef einig, dass wir nur beobachten. Wir wollen sie nicht verlieren, wenn sie das Land verlässt. Dann greifen wir vorher zu, verstanden?«

»Verstanden … Moment … Sie fährt ab … Biegt in den Drive-Thru von McDonald's … Sie ist in der Spur. Wir melden uns.«

»Nein, ich will wissen, was sie macht – weiterberichten!«

»Sie wartet. Sie fährt um das Gebäude herum, wir bleiben auf dem Nachbarparkplatz.«

Sekunden verstrichen.

Constanze wurde ungeduldig. »Sie ist schon in einem Schnellrestaurant, oder? Klingt, als wäre sie bei einem Edelitaliener.«

»Ja, wir wundern uns auch. Wir schauen nach.«

Wieder vergingen Augenblicke, in denen Constanze mindestens eine Zigarette hätte rauchen können.

»Hallo?«

»Ja, sie ist weg. Auto ist verlassen. Steht in der Schlange. Sie, so sagt die Bedienung, sei von einem Mann in einen Transporter oder Lkw geschubst worden und der ist weggefahren. Zielobjekt Laura Binsinger verloren. Ich wiederhole …«

»Schon verstanden. Wir sind ja nicht CSI Ismaning. Kennzeichen? Die haben da doch Kameras …« Constanze blieb ungewöhnlich ruhig.

Die junge Frau am anderen Ende der Leitung war dagegen verzweifelt. Es war wahrscheinlich ihre erste Observierung. Ihr Chef musste ihr eingebläut haben, bei einem Anruf dieser Gerass keine Fehler zu machen.

»Negativ. Als Mitarbeiter des Verfassungsschutzes dürfen wir nicht …«

»Gut, schon klar. Dann rufen Sie eine Nummer an, die ich Ihnen per Messenger schicke. Das ist das Landeskriminalamt.«

Constanze hatte das Amt mehrere Jahre geleitet, ehe sie zur Staatssekretärin in Berlin aufgestiegen war. »Sie werden um Amtshilfe bitten. Übliches Prozedere. Die sollen sofort das Fahrzeug zur Fahndung ausschreiben.«

Sie legte auf, zündete sich genüsslich eine Zigarette an und rauchte mit großer Hingabe.

Bye-bye, Laura! Könnte ein Musiktitel sein, dachte sie, als sie den Rauch in Richtung Wallberg blies. Manchmal kommen die Dinge doch ins rechte Lot.

Kapitel 28

Zwischen Holzkirchen und Weyarn

»Das ist jetzt unkomfortabel für dich, Laura, aber ich muss auf die Kabelbinder bestehen. Das ändert allerdings nichts an meiner Liebe zu dir.«

Sie sah hinaus in die Nacht, verzweifelt und zornig. Wie hatte sie auf Pauls Angebot hereinfallen können? Sie, die mit Ministerpräsidenten verhandelte, war auf seinen Vorschlag, sich zu treffen, eingegangen. Vier große Plastikcontainer mit *Antrum Coeli* hatte er versprochen. Treffpunkt McDonald's in Ismaning. Klar, sie hätte drauf kommen müssen, dass er sie beobachtete. Er hatte jedoch ein anderes Handy benutzt, so konnte sie ihn nicht mehr verfolgen. Er schien gewarnt worden zu sein. Anfängerin, beschimpfte sie sich in Gedanken. Paul war außer Kontrolle. Er wollte sie als Zeugin, wenn er München mit *Antrum Coeli* vollpumpen würde.

Er hatte Laura beim Klettern kennengelernt. Ihre Geschäftspartner waren versierte Boulderkletterer und sie wollte unbedingt besser sein. Nicht nur lernen. Von Anfang an bestand sie darauf, mehr und härter zu trainieren. Sie war ehrgeizig, bis hin zu einer gewissen Lust am Schmerz, und er war ihr Lehrer. Am Leonhardstein in Kreuth begannen sie. Die anderen der Gruppe waren längst wieder bei ihren Autos, da kletterte sie noch immer, anfangs mit Sicherheitsseil, später komplett frei. Er musste sie auf dem Gipfel festhalten, damit sie nicht erneut eine Runde drehte. Ihre Finger waren blutig und aufgeplatzt. Als sie nachgab, küsste er sie und leckte die Spitzen sanft ab. Danach verbrachten sie das komplette Wochenende dort oben miteinander.

Mit ihrer schnellen Klugheit, ihrer Energie und ihrem

Durchhaltewillen begeisterte sie ihn. Sie war dominant, keine Frage. Doch genau das gefiel ihm. Sie wollte die Route in den Wänden immer selbst bestimmen, erst analysieren, dann entscheiden. Hatte er Bedenken, lachte sie sie spöttisch weg und stieg voraus. So war ihre Liebe entstanden.

Sie konnte böse sein, ihn verlassen, ihn bei der Polizei anzeigen, aber sie würde immer seine Königin bleiben. Er hätte Banken für sie ausgeraubt, nur um mit ihr einen Morgen nach einer wilden Nacht zu haben. Jede Erinnerung war Balsam für seine Seele. Das war es, was sie verband: die Erinnerung an eine gemeinsame Zeit. Heute würde sie zurückkommen.

Laura war müde, erschöpft und dennoch nicht traurig. Es war Paul, was sollte passieren?

Kurz vor Weyarn tippte er sie an. »Schau, unsere Brücke. Hier haben wir das Abseilen gelernt. Nachts. Weißt du noch? Ich müsste nur den Wagen nach rechts lenken. Was für ein Flug!«

Er riss kurz am Lenkrad, sie schrie auf.

Beruhigend legte er die Hand auf ihr Bein. »Das mache ich nicht. Warum sterben? Auf uns wartet das Leben.«

In einer absurden Art und Weise fühlte sie sich in diesem Moment wieder zu ihm hingezogen. Mit all seinen verzweifelten Vorschlägen, seinem Werben und den ungeschickten Annäherungen in der Vergangenheit hatte er sich als ernst zu nehmender Kandidat für sie disqualifiziert. Jetzt, wo er sich einfach nahm, was er haben wollte, wo er aktiv war, statt nur herumzujammern, erkannte sie wieder ›ihren‹ Paul. Der, der keine Grenzen kannte. Und wenn sie heute Abend eben nicht noch mit anderen Investoren sprechen konnte, weil sie mit dem Waldzausel eine irre Zeit verbringen würde, wäre das okay. Sie war Herrin des Geschehens. Wie immer. Angst kannte sie bei Paul nicht. Langeweile wegen seiner Tiraden, die schon. Doch Paul liebte sie. Und sie liebte Paul. Manchmal. Sie fand sich gerade sehr krank und gleichzeitig sehr vital. Ohne Grenzen sein.

»Wir hätten den Weg zusammen gehen sollen«, sagte sie leise.

»Welchen? Den des Erfolgs?«, fragte er.

»Du bist der Entdecker, du weißt, wo die Höhle mit dem *Antrum Coeli* ist. Ich bin diejenige, die es zu einem Heilmittel gemacht hat. Was wäre das für eine Geschichte gewesen? Der Paul, dem sie die Familie kaputtgemacht haben, dem sie sein Land, seine Heimat genommen haben. Die Laura aus Hausham, deren Mutter trank und deren Vater schlug. Wir wären Helden gewesen.«

»Wir sind Helden.« Er lächelte.

»We can be heroes.«

Er flüsterte es fast, sang es kaum.

»For ever and ever.«

Um dann lauter zu werden.

»What d'you say?«

Sie summte mit.

Paul fuhr von der Autobahn ab, durchquerte das nachtleere Weyarn, bog in Thalham rechts ab und kurvte die Serpentinen hinunter zur Mangfall, dem kleinen Fluss. Der Siebeneinhalbtonner schwankte, hinter sich vernahm sie ein scharrendes Geräusch. Der Lkw scheint beladen zu sein, dachte sie besorgt. Womit? Was hat Paul vor?

Rumpelnd überquerten sie die Brücke über die Mangfall und die dahinterliegende Bahnlinie, um kurz darauf links abzubiegen.

»Beug dich bitte in den Fußraum. Sie haben Kameras. Ich will nicht, dass du gesehen wirst. Ich bin der Böse«, rief er und drückte sie sanft, aber bestimmt nach vorn.

Sie spürte, wie der Transporter stoppte und kurz darauf mit

Vollgas anfuhr. Erst als Paul das nächste Mal anhielt, durfte sie aus dem Fußraum auftauchen.

Jetzt dämmerte es ihr. Laura kannte den Ort seit ihrer Kindheit. Sie war oft von Hausham hinunter zur Mangfall geradelt, wenn es daheim wieder zu schlimm geworden war. Dann war sie zum ›kleinen Palast‹ gefahren. So hatte sie das Wasserschloss Reisach als Kind genannt. Dabei war es nur ein runder Wasserhochbehälter, der nach dem Geschmacksempfinden der damaligen Zeit opulent gebaut worden war. Hier befand sich das Herzstück der Wasserversorgung für die Stadt München.

Er sprang aus dem Transporter, vergewisserte sich, dass sie allein waren. Wie ein Tier reckte er den Kopf, schloss die Augen und lauschte in die Stille. Ein Kauz, irgendwo in der Ferne. Sonst war das Rauschen der nahen Mangfall zu hören. Er schnupperte. Nur das Gras, frisch gemäht, das von der Feuchtigkeit des Nebels über den Auen stark roch.

Mit Bedacht öffnete er die Ladetür des Lkw, zog einen Schlauch aus dem hinteren Bereich des Frachtraums bis zu einer Bronzetür des Schlosses. Erst dann kletterte er auf das Dach des Fahrzeugs. Minutenlang hörte sie ihn dort oben herumpoltern. Schließlich öffnete er die Seitentür und führte sie zu einer Leiter. Kaum befand sich ihr Kopf auf Höhe des Dachs, sah sie Kerzen, Wein und eine Decke. Er zog sie hinauf, schnitt den Kabelbinder durch und zeigte zum Himmel. Sie musste laut lachen, obwohl sie es partout nicht wollte. Was immer er vorhatte, was immer passierte, dieser Mann war verrückt. Das gefiel ihr, erregte sie mehr als alles, was sie in den letzten Wochen getan hatte. Über ihnen die Sterne, das Käuzchen. Da waren die Mücken von der nahen Mangfall gleichgültig.

»Hallo!«

Paul hob den Kopf.

»Hallo, hier unten.«

Er wälzte sich zum Rand, wo ein Mann im Dunkeln stand, eine Waffe geschultert, erkannte Laura.

»Hallo, Sie dürfen hier nicht parken. Das ist ein ausgewiesenes Wasserschutzgebiet.«

Es war ein Jäger, der sicher auf dem Weg zu einem Hochstand war und glaubte, dass dieser Lkw einem Ausländer gehöre würde, der von der Autobahn abgefahren war, um sich mit einer Prostituierten zu vergnügen.

Paul kletterte hinunter. »Entschuldigen Sie, ich habe etwas für Sie. Die Genehmigung der Stadtwerke München«, sagte er lächelnd und klopfte dem Jäger auf die Schulter. »Kommen Sie, ich darf Ihnen das Papier zeigen.«

Der Jäger folgte ihm unsicher. Paul zog sich ins Führerhaus, griff hinein und schwang wieder hinaus. Der Jäger sah die Klinge nicht, hatte nicht einmal die Luft zu stöhnen, ein leises Röcheln, das Paul unterband, als er ihm den Mund zuhielt. Vorsichtig schleifte er ihn unter den Lkw, wo noch wenige Sekunden die Beine des Mannes zuckten, ehe das Leben ihn verließ.

Kapitel 29

Ostin am Tegernsee

Quercher hockte splitternackt auf dem Tisch und jammerte. Regina kannte keine Gnade. Wunde für Wunde reinigte sie akribisch und sprühte Desinfektionsmittel darauf.

»Indianer kennen keinen Schmerz«, rief sie und tupfte ungerührt die vielen Verletzungen ab, die sich Quercher in der Höhle zugezogen hatte.

»Das ist nicht korrekt. Die kennen das auch.«

»Man muss nicht immer widersprechen«, entgegnete sie. »Wieso kriecht man in Höhlen?«

»Wieso läuft man in die Nacht mit Arzu und einem Dackel?«, fragte er zurück und streichelte ihre Wange. Er konnte fast körperlich spüren, welche Sorgen sie sich gemacht hatte. Und es berührte ihn.

»Ich möchte nicht mehr, dass du das tust. Du bist fünfzig. Irgendwann ist es gut mit Verfolgung und Lebensgefahr.« Sie strich über eine Stelle an seinem Bein, die vom Kontakt mit einem schroffen Felsen arg zugerichtet war. »Wollen wir nicht damit ins Krankenhaus? Das muss genäht werden.«

Er schüttelte den Kopf. »Ich bin glücklich, hier zu sein. Da sind kleine Plastikklammern, da die Pistole. Du tackerst das!«

»Das kann ich nicht. Du bist doch keine Holzschindel …«

Er führte ihre Hand und verzog dabei das Gesicht.

»So, und jetzt ziehst du dir etwas an«, forderte sie.

»Sonst hole ich mir eine Blasenentzündung?«, fragte er und schob sich über sie.

»Max Quercher, das ist pervers. Du bist voller Wunden.«

»Das ist Jesussex, heute ohne Sex«, giggelte er und küsste sie wild, zog ihr T-Shirt aus.

Sie wand sich aus seiner Umklammerung und erhob sich.

»Warte mal, mein Lieber. Es gibt da einiges zu klären, bevor wir wieder Seniorensex haben.«

»Was denn? Du willst nicht schwanger werden?«

Sie sah ihn kopfschüttelnd an. »Sei doch mal ernst. Arzu. Es geht um Arzu ...«

Aus dem Erdgeschoss hörte er, wie Trudl hinauftapste. Paul hatte sie tatsächlich zu ihm gebracht, sie angeleint und etwas Futter in ihren Napf gegeben. Selten hatte er sich so über das Wiedersehen mit der Schweißhunddame gefreut, obwohl die wie eine untreue Freundin schüchtern um ihn herumschlich. Plötzlich bellte sie wie wild und Otto, der Dackel, stimmte mit ein, beide rannten zur Treppe.

»Keine Stufen«, rief Regina besorgt um Ottos empfindlichen Dackelrücken.

Der dickköpfige Rüde ignorierte sie, wie immer. Es war Arzu.

Sie hatte Regina und ihn abgesetzt, war dann weiter nach Festenbach zur Bäuerin Bartl gefahren, die Max Ali beaufsichtigt hatte.

»Komm, ich mache uns Abendbrot«, schlug Quercher vor, der sehr wohl den taxierenden Blick seiner Partnerin bemerkte, als sich Regina hektisch das T-Shirt zurechtzog.

Schweigend trug Arzu den schlafenden Jungen auf ihrem Arm ins Bett, ehe sie sich zu ihnen an den großen Tisch aus Altholz setzte.

»Polizei, Feuerwehr und THW ziehen ab. Scheinbar ist das Problem unter Kontrolle«, erzählte sie, während sie sich einen Gin Tonic mixte.

»Mag sein, wir sind sowieso sicher«, brummte Quercher. »Unser Wasser läuft ja über die Gmunder Versorgung. Da hat er wohl nicht zugeschlagen. Aber ich bin mir nicht sicher, ob er uns mit der Nummer in Rottach-Egern nicht in die Irre führen will.«

Arzu rieb sich das Gesicht, nahm einen großen Schluck und schloss die Augen. »Noch einmal: Was hat er dir in der Höhle gesagt?«

Bereits am Berg hatte sie ihn ausquetschen wollen, ihn mit Fragen nach der Höhle, nach dem Standort und nach dem Zusammentreffen mit Paul Trankl bombardiert. Quercher hatte jedoch nur mit den Schultern gezuckt. Mit dem Herausklettern aus dem Loch war vieles, was in den zwölf Stunden in der Höhle passiert war, aus seinem Kopf verschwunden. Sosehr er sich bemühte, konnte er sich an keinen einzigen Satz von Paul erinnern, nur die Höhle selbst blieb in seinem Gedächtnis. Doch da war noch etwas, was er den Frauen nicht erzählte. Seine Erinnerungen an die schlimmen Zeiten in seiner Kindheit waren nicht mehr da. Genauer gesagt, waren sie nur noch als Fakten vorhanden, aber sie berührten ihn nicht mehr. Es war, als wären die Dämonen aus der Vergangenheit in ein Archiv gesteckt worden. Er konnte sie gedanklich aus der Schublade ziehen, sie sprangen ihn nur nicht mehr an. Der richtige Zeitpunkt war noch nicht gekommen, es ihnen zu erklären. Er wusste nicht, ob diese Emotionslosigkeit angesichts seiner Erinnerungen eine Beschädigung oder ein Segen war. Außerdem traten die Bilder aus der Höhle wie flackernde Dias ab und zu in sein Gedächtnis, waren allerdings nie für ihn zuzuordnen.

»Ich weiß es nicht. Es gab einen Teich, der war gefährlich. Ich habe da den Fuß reingehalten. Das hat gebrannt.«

»Ja, das wissen wir schon. Sieht man ja noch«, unterbrach ihn Arzu ungeduldig. »Also, er hat Rottach-Egern in Angst und Schrecken versetzt. Das hat er in der Vergangenheit ja auch mit seinen Taten im Tal versucht. Gegen Zuzug, gegen Übertourismus, gegen was weiß ich. War es das jetzt? Und was passiert mit der Binsinger?«

Regina wollte sie stoppen, offenbar nahm sie an, dass Quercher endlich Ruhe brauchte. Sie ließ es jedoch bleiben, denn er hätte eine Beschwichtigung allein aus reinen Dickkopfgründen abgewiesen. So gut kannte sie ihn schon.

»Er ist Wasseringenieur, kennt als ehemaliger Angestellter der Münchner Stadtwerke die kompletten Wasserversorgungssysteme der SWM. Der hört nicht damit auf. Er ist auf einem Kreuzzug, nehme ich an.«

»Ein letzter Anlauf, Max. An was kannst du dich erinnern?«, insistierte Arzu. »Was ist vor der Höhle passiert? Habt ihr da eine Brotzeit gemacht? Über Wasserrechte gefachsimpelt?«

Quercher schloss die Lider. Da waren die Hütte, das Quietschen der Balken. Vorher war noch etwas gewesen, das hängen geblieben war. Es wollte ihm allerdings partout nicht in den Sinn kommen. Es war wie ein Name, den man vergeblich aus seinem Gedächtnis kramen wollte, aber nicht aussprechen konnte.

»Wollen wir nicht jetzt einmal in Ruhe essen?«, fragte Regina vorsichtig.

Er nickte.

Sie fuhr über seine Stirn. »Interessant, du warst einen halben Tag in einer Höhle und scheinst einen Sonnenbrand zu haben. Du sollst dich doch jetzt im Sommer eincremen. Als Blonder bist du der UV-Strahlung gnadenlos ausgesetzt ...«

Quercher kraulte Trudl, die bettelnd an seinem Bein stand. Er ließ sich die Fürsorge trotz Arzus Augenrollen gefallen.

Da war es!

»Was bin ich?«

»Blond«, erwiderten Arzu und Regina gleichzeitig.

»Davor ...«, rief er ungeduldig und erhob sich.

»Deine Haut, UV-Strahlung?«, kam es ratlos von Regina.

»Das ist es! Jetzt!« Er rannte in die Küche, um sein Tablet zu holen. »Das hat er mir erzählt. Dieses Wundermittel darf nicht ans Licht, dann verändert es massiv seine Wirkung. Deswegen haben das diese Höhlenbewohner immer im Berg gelassen. Das sehe ich noch an der Wand.«

»Na und?«, meinte Arzu.

Er tippte und suchte. »Hier in der *Süddeutschen Zeitung* vom November letzten Jahres: *München rühmt sich damit, mit die beste Trinkwasserqualität in ganz Europa zu haben. Damit das auch in Zukunft so bleibt, haben die Stadtwerke UV-Filter installiert, die im Ernstfall das Münchner Trinkwasser keimfrei halten sollen. Bisher wurde es bei Bedarf gechlort – etwa bei extremen Regenfällen. Das ist nun hinfällig.*«

Er sah die anderen erwartungsvoll an, die jedoch nichts verstanden.

Er las weiter vor. »*In jeder der fünf Röhren im Untergrund von Deisenhofen sind Hightechstrahler eingebaut, die bei Bedarf angeschaltet werden können und das hindurchströmende Leitungswasser im Notfall entkeimen. Viertausendzweihundert Liter pro Sekunde rauschen durch jedes der fünf Rohre, eines befördert das Wasser aus der Schotterebene durch den Bunker, vier weitere das Wasser aus den Voralpen im Landkreis Miesbach. Wenn es dort Hochwasser gibt, die Mangfall über die Ufer tritt und das Grundwasser der Stadt bedroht, können Techniker von der Stadtwerkezentrale in Moosach per Knopfdruck die Solaranlage einschalten. Denn eigentlich ist der UV-Filter nicht viel anderes als eine Bestrahlung durch künstliches Sonnenlicht tief unter der Erde in einem Vorort von München.*«

Arzu nickte.

»Er hat abgelenkt. Alle Welt dachte, er kippt sein Zeug bei uns rein. Aber er wird es weiter nördlich in den Kreislauf bringen. Ich weiß sogar, wo. In der Hütte war eine Zeichnung. Ich habe mich die ganze Zeit gefragt, wo ich das Bauwerk gesehen habe. Das ist das Wasserschloss in Reisach!«

»Genau, dann trifft es von dort kommend in Deisenhofen, kurz vor München, auf das UV-Licht der Stadtwerke und wird dann zu einer echten Biobombe!«

Er sah Arzu lange an.

Beide standen auf.

»Du musst bitte auf Max Ali aufpassen, Regina«, bat Arzu so verbindlich, wie es ihr möglich war. »Er schläft, nur manchmal schlafwandelt er.«

»Ihr wollt doch nicht jetzt nach Mitternacht noch los? Was soll das? Max, du bist verletzt.«

Quercher reagierte nicht, öffnete seinen Tresor, reichte Arzu eine Waffe und nahm sich eine Pistole. »Wenn wir uns bis drei Uhr nicht melden, rufst du die Gerass und die Polizei an. Sie sollen zum Wasserschloss Reisach bei Gotzing kommen. Wir würden warten. Aber erst um drei Uhr!«

Im fahlen Licht des Autos machte Quercher seine Scheune auf und kehrte mit zwei Schutzwesten zurück, reichte eine Arzu und streifte sich selbst eine über.

»Pack ma's«, murmelte er. »Du fährst.« Er warf ihr die Schlüssel zu.

Sie luden und sicherten ihre Pistolen, setzten sich schweigend in den BMW und fuhren hinunter zum See. Dann nahmen sie den Schleichweg an der Mangfall.

»Ich werde mit Max Ali ausziehen, Quercher«, erklärte Arzu, während sie ein weiteres Magazin in ihre Schutzweste steckte.

Er wusste, dass eine Erwiderung sinnlos gewesen wäre. Sie konnte nicht mehr. Seine Herumeierei mit Regina hatte ihr immer mehr zugesetzt und das war nur seine Schuld. Klar, er hatte ihr Anglühen bemerkt. Und wenn Regina nicht wieder mit ihm … Nun ja, dann wäre es anders gewesen. Doch das hätte er ihr nie sagen können. Sie war nervig, anstrengend, aber sie war keine zweite Wahl.

Quercher nickte nur. Nebelbänke waberten über die Straße, die nur wenige Meter entfernte Mangfall schwitzte die Hitze des Tages aus. Arzu musste abrupt bremsen, weil ein Fuchs auf der Straße stand und keine Anstalten machte, den Weg frei zu machen. Quercher überfiel mit einem Schlag eine bleierne Müdigkeit. Er glotzte den Fuchs an, das Tier sah zu ihnen und er wäre sofort eingeschlafen, wenn Arzu nicht gehupt hätte. Was hätte er dafür gegeben, auf dem Rücksitz auch nur eine Stunde zu schlafen! Gemächlich schlenderte der Fuchs auf die andere Seite und setzte sich dort an den Straßenrand, als würde er den beiden zum Abschied winken wollen.

Zwischen Gmund und Miesbach lag ein Tal, durch das sich die Mangfall schlängelte. Hier war Müller am Baum, offiziell ein Stadtteil Miesbachs, inoffiziell die schäbigste Ecke der Gegend. Flüchtlinge wohnten in heruntergekommenen Häusern, eine ehemalige Schreinerei wartete auf einen neuen Besitzer. Das rigide Wasserschutzgesetz verbot eine größere Gewerbenutzung. Also dokterte man schon Jahre an einer Verschönerung des Ortsteils herum. Sie passierten die Siedlung und fuhren auf einer schmalen Straße, die parallel zum Fluss verlief.

»Ich war Jahre nicht mehr hier. Mit den Hunden kannst nicht gehen, weil dich die Radler rücksichtslos ummangeln …«, murmelte Quercher.

Im Scheinwerferlicht tauchte auf der linken Seite ein geparkter SUV auf, dessen Fahrertür geöffnet war. Querchers BMW fuhr langsam über den Kiesweg, erst im letzten Moment schaltete Arzu das Fernlicht an. Das Kennzeichen wies den Halter als Fürstenfeldbrucker aus. Im Kofferraum war ein aufgeregter Hund zu sehen, dessen Augen im Licht der Scheinwerfer funkelten.

»Ich gehe raus«, flüsterte Quercher, nahm aus dem Handschuhfach eine Taschenlampe, öffnete die Tür und überprüfte schon bei den ersten Schritten seine Waffe.

Vorsichtig näherte er sich dem Fahrzeug. Ein Jagdhund in seinem Metallkäfig. Er bellte sich die Seele aus dem Hals. Sollte er die Hecktür öffnen? Wo war der Besitzer? Nachts jagte man gewöhnlich nicht. Er leuchtete ins Wageninnere. Auf dem Rücksitz lag ein toter Fuchs auf einer Plane, auf dem Beifahrersitz blinkte stumm ein Handy auf, weil jemand anrief. Quercher befühlte das Polster. Die Sitzflächen waren kalt. Der oder die Halter waren schon länger nicht mehr im Auto gewesen.

Er sah zu Arzu und schüttelte den Kopf.

Die fuhr den Wagen langsam auf seine Höhe, ließ das Fenster herunter. »Willst du den Hund freilassen?«

»Nein. Vielleicht ist der Besitzer nur pinkeln oder vögelt hier.« Er zeigte den Weg hinunter. »Da, knapp hundert Meter vor uns, ist das Schloss. Ich gehe zu Fuß, fahr hinter mir her.«

»Irgendetwas stimmt nicht«, rief Arzu aus dem Auto.

Quercher wedelte mit der Hand, bedeutete ihr, still zu sein, gab ihr aber innerlich recht. Etwas lief nicht rund.

Vor ihm tauchten die ersten schemenhaften Umrisse des Rundgebäudes auf. Dort wurde das Grundwasser durch drei sternförmig auf einen Verteilungsschacht zuführende Sammelstollen gewonnen. Die Fassung, also das, was man als ›Schloss‹ bezeichnete, war zwischen 1902 und 1912 über dem Hauptschacht errichtet worden. Fünfzehn Meter tief, acht Meter hoch, wirkte es auf den unwissenden Betrachter wie ein Lusthäuschen in einem Barockpark eines Adelsanwesens. Die Stadtwerke hatten hier, fern von München, ein schönes, ökologisch perfektes Kleinod geschaffen. Tagsüber konnte man über intakte Wiesen und Auen spazieren. Extensive Landwirtschaft war verboten, die Münchner kamen sogar zum Mähen und Pflegen her. Zusätzlich zur Grundwasserfassung lagen im Mangfalltal die Mühlthaler und die Gotzinger Hangquellfassung.

Diese drei Fassungen befanden sich rund hundert Höhenmeter über dem Zentrum Münchens und so konnte das Wasser im freien Gefälle in die Stadt zu den wassergierigen Einwohnern geleitet werden, die jeden Tag trinken, waschen und duschen wollten.

Quercher hob die Hand. Arzu stoppte den Wagen. Er lenkte den Lichtstrahl der Taschenlampe auf etwas, was am rückwärtigen Teil des Gebäudes saß. Quercher rief, erhielt keine Antwort und erkannte einen schlafenden Mann, als er sich näherte. Noch einmal ein Ruf. Stille. Er beleuchtete die Person und sah dann das Blut, sah den Schnitt und die Lache im Kies. Quercher beugte sich über den Körper. Jemand hatte dem Mann die Kehle aufgeschnitten. Oder er hatte es selbst getan. Denn in seiner rechten Hand lag ein Jagdmesser.

»Ruf die Kollegen«, rief er Arzu zu, die hinter ihm aus dem Wagen gestiegen war. »Toter Mann, noch warm. Aber Kehle durch. Verdacht auf Fremdeinwirkung.«

Arzu zog ihr Telefon hervor. »Kein Empfang.«

Quercher nickte. War kein Fall für einen Notarzt, da half nur die Rechtsmedizin. Die konnte warten. Er umrundete das Gebäude und erblickte das Heck eines Lkws, dessen linke Ladetür angelehnt war. Aus dem Inneren lief ein Schlauch, der über die Treppe hinein in das Gebäude führte. Ein Pfeifen war zu hören. Eine Melodie. Es drang aus dem Fahrerbereich. Es war Paul. Er wusste es sofort.

Quercher hastete vorwärts, als der erste Schuss fiel. Paul hatte auf den BMW gezielt und die Windschutzscheibe zerstört. Quercher drehte sich um und verfolgte, wie Arzu hektisch den Wagen startete und rückwärtsfuhr. Er konnte nicht schießen, weil er Paul nicht entdeckte, der wohl vom Fahrersitz des Lkw aus auf den BMW gezielt hatte. Ein zweiter

Schuss. In der Dunkelheit sah er den Wagen verschwinden, über eine Wiese holpern und an einem Hinweisschild der Wasserwerke halten. Paul hatte Arzu getroffen. Quercher rannte weiter, schoss dreimal auf die Fahrerkabine des Transporters, schien jedoch keinerlei Wirkung erzielt zu haben. Er brauchte eine Deckung, um zu Arzu zu gelangen. Dann hörte er Schritte auf Metall. Sie kamen von oben. Paul war auf dem Dach des Lkws!

Rasch drehte sich Quercher um, hastete auf das Gebäude zu, der einzigen Deckung weit und breit, und wollte zwischen den beiden schweren Bronzetüren hinein. Er wagte einen Blick nach hinten. Paul stand wie ein Riese auf dem Lkw, das Gewehr im Anschlag. Er lud gerade durch. Die letzte Stufe, Quercher stolperte, fiel, was ihm das Leben rettete, denn die Ladung Schrot landete knapp über ihm in der Tür, traf auf Metall, ließ die Kugeln spritzen. Einige bohrten sich durch seine Jacke und in seine Haut, aber außer Brennen und Stechen verursachten sie wenig. Quercher wartete nicht den zweiten Schuss ab, robbte in das Gebäude.

Die Wände waren weiß gekachelt, inmitten des Raums war ein Aufsatz gemauert, auf dem eine nach oben hin spitz zulaufende Glasdecke montiert war. Alles war hell erleuchtet von vier Lampen an der Wand und es rauschte. Laut. Alles bestimmend. Quercher blickte hektisch durch die Glasfenster. In vielleicht zehn oder zwölf Metern Tiefe floss das Wasser in einem Schacht. Einem Schneckenhaus gleich wand sich eine Treppe hinab. War das eine Falle? Die Treppe würde irgendwann enden.

Er kniete neben der gefliesten Mauer und wartete darauf, dass Paul ihm folgte. Jemand drückte gegen die Tür, ein Fuß war zu sehen. Vor ihm lag der Schlauch aus dem Lkw. Quercher war klar, dass Paul sein Höhlenwasser hier einfüllen wollte. Er hatte ihn offensichtlich bei den letzten Vorbereitungen gestört. Er schoss auf den Fuß und ein Schrei ertönte, die Tür schwang weiter nach außen. Eine Person schob sich am Metall der Tür vorbei. Quercher schoss zweimal in Bauch und Hüfte, ehe er erkannte, dass Paul den toten Jäger in den Eingang gezogen hatte.

»So, Quercher, sechs Schuss haste schon, sollte ich richtig gezählt haben. Wenn du Glück hast, steht dir noch einer zu. Du bevorzugst ja die Walther PPK. Ich gebe dir einen kleinen Vorsprung, links hinter dir geht die Treppe hinunter zum Wasser. Fünf Sekunden. Dann schieße ich dir den Arsch weg. Also, eins …!«

Quercher schaute zurück. Tatsächlich, die Treppe. Vor ihm war der Schlauch. Er könnte mit viel Glück hindurchschießen. Dann hätte er in der Tat keine Munition mehr. Er hastete los und schon im nächsten Moment hangelte er sich die Treppe hinunter, Pauls Schritte hinter sich. Immer wieder konnte er rechts in den Schacht schauen und suchte nach so etwas wie einer Tür, einem Maschinenraum, etwas, von wo er seine letzte Patrone sicher abfeuern könnte.

Quercher entdeckte eine Nische für Anschlüsse in der Wand. Er schob sich hinein, sah Paul kommen, wusste, dass er bei der nächsten Biegung das perfekte Ziel war, legte an, atmete ein und aus. Paul war zu schnell, rannte mit der Schrotflinte in der Armbeuge aus dem Schussfeld, passierte ihn, ohne Quercher zu bemerken. Der schoss. Die Kugel streifte Pauls rechte Gesichtshälfte. Er trudelte nach vorn, griff sich an die Seite, hob die Waffe und drehte sich um. Querchers letzte Patrone war aus dem Lauf.

Hinter Paul war eine Öffnung in der Mauer, dahinter ging es in den Schacht und tief unten wartete das Wasser. Quercher zögerte nicht, stieß sich von der Wand ab und warf sich gegen Paul, der davon völlig überrascht wurde, keine Zeit hatte, abzudrücken, mit Quercher über die Brüstung in die Tiefe fiel und auf dem sprudelnden Quellwasser aufprallte. Quercher tauchte unter, war für einen Augenblick ohne Orientierung, soff Wasser, prustete, ruderte mit den Armen. Er war auf seine Hüfte gefallen. Er kam an die Oberfläche, atmete tief ein, spuckte, suchte Halt, Paul, alles gleichzeitig und wurde mit einem Ruck wieder unter Wasser gezogen. Zwei Hände griffen um seinen Kopf, pressten ihn tief nach unten, er versuchte verzweifelt, seine Arme nach oben zu drücken, Pauls Beine umfassten ihn jedoch. Der Druck in seinem Kopf wuchs, er wollte nicht ertrinken, nicht sterben, nicht jetzt. Aber Paul war über ihm. Und seine Kraft ließ nach.

Das Schrot hatte den Rückspiegel, ihren rechten Arm und ihre Brust getroffen. Der Spiegel war abgerissen und gegen ihren Kopf geschleudert worden. Sie war nach vorn gekippt und hatte das Bewusstsein verloren. Arzu erwachte vom Knall eines Schusses, duckte sich instinktiv, spürte den Schmerz und wollte sich nicht erheben. Doch sie merkte schnell, dass der Schuss nicht ihr galt. Sofort tastete sie ihre linke Seite ab. Den Arm konnte sie nicht heben. Sie blutete stark. Jetzt musste sie schnell handeln, wenn sie in diesem verdammten BMW nicht verbluten wollte. Hinten lag eine Rolle graues Panzertape. Im Handschuhfach fand sie eine kleine Flasche mit 4711 Kölnisch Wasser. Sie goss es mit zusammengebissenen Zähnen über die blutende Wunde. Es brannte fürchterlich. Das Klebeband wickelte sie mehr schlecht als recht über Schulter und Arm, bevor sie ihre Waffe zog und humpelnd auf das Gebäude zulief.

Arzu pumpte mächtig, blies die Wangen auf. Der Hass und die Wut auf diesen Paul, der unschuldige Menschen vergiften wollte, waren übermächtig, hielten sie bei Sinnen, ließen sie losrennen, über die Stufen hetzen und mit einem Sprung in das Gebäude setzen. Sie hörte Gurgeln und Schreien, sah das Rondell mit den Glasscheiben in der Mitte. Da unten kämpften die beiden Männer. Sie erkannte, wie Paul den älteren Max wieder und wieder unter Wasser drückte. Das Glas zu zerschießen, war keine Option. Das Abprallen der Kugeln wäre zu risikoreich. Näher zum Ziel, die alte Regel aus der Ausbildung. Sie hastete die Treppen hinunter. Etwas lief an ihr herunter, sie schaute zurück, entdeckte das Blut, das eine Spur auf den Stufen hinterließ. Es blieb ihr wenig Zeit.

Nach der zweiten Umrundung blieb sie an einer Aussparung in der Wand stehen. Die zwei kämpften nach wie vor, versuchten wild, an der Wasseroberfläche zu bleiben. Jetzt hatte Paul die Beine um Max geschlungen und drückte ihn endgültig mit beiden Händen unter Wasser. Sie legte an und schoss. Es klickte. Nichts. Ruhig bleiben. Magazin raus, Schlitten ziehen. Neu. Noch einmal. Verdammt. Nichts. Sie musste hilflos mit ansehen, wie ihr Partner ertrank. Es gab nichts, was ihm helfen konnte.

Einmal, zweimal schlucken, das kannte Quercher schon als Kind, wenn es galt, das Becken im Freibad zu durchtauchen und die letzten Meter zu schaffen. Doch es würde nicht mehr reichen. Er würde jede Sekunde das Bewusstsein verlieren. Alles war nur noch Instinkt. Und dann ein Schlag von oben. Er wurde tiefer gedrückt, bis eine Hand ihn nach oben zog, hoch ins Licht, an die Luft. Er wollte einatmen, schluckte Wasser, hustete, spuckte, atmete erneut, sah sich um, sah Arzu neben sich, weiß, kalkweiß wie die Kacheln. Die ihm eine Ohrfeige gab.

»Ich springe nie in kaltes Wasser. Ich bin Orientalin.«

Quercher grinste und rieb sich die Wange. »Wo ist er?«, fragte er atemlos, im Wasser rudernd und sie gleichzeitig haltend. Sie verlor Blut, das begriff er im schummrigen Licht hier unten.

»Da!«, rief Arzu.

Paul Trankl trieb, den Kopf nach unten, nicht weit von ihnen. Arzus Gewicht musste sein Genick gebrochen haben. Er wirkte, als würde er etwas im Wasser suchen. Diesem Wasser, das er den Münchnern nicht gegönnt hatte. Mit dem er sie hatte vergiften wollen.

»Sauber«, sagte Quercher nur und schwamm mit Arzu im Arm zu einer Leiter, wo er sich erst einmal ausruhte, ihr übers Gesicht fuhr, um ihre Haare zu bändigen. Er sah sie glücklich an. »Du bist mein Mädchen!«

Grelle Scheinwerfer machten die Nacht zum Tag auf dem Gelände. Es wimmelte von Menschen. Die Leute von der Spurensicherung, die den Tatort begutachten und analysieren wollten, standen in weißen Schutzanzügen hinter einem Absperrband. Etliche Meter dahinter untersuchte ein Team der Bundeswehr, spezialisiert auf biologische Kampfstoffe, den Lkw, in dem das *Antrum Coeli* aus der Höhle vermutet wurde. Die Kollegen vom Kriminaltechnischen Dienst nahmen sich den Innenbereich des Schlosses vor, nachdem Polizeitaucher Pauls Leichnam geborgen hatten.

Quercher war in Gold gewickelt und trank Tee. Den hatte Regina besorgt, das Gold stammte in Form einer Folie vom Rettungsteam.

Statt die Polizei erst um drei Uhr früh zu informieren, hatte Regina ihre ganze Dickköpfigkeit und ihren Einfluss in München spielen lassen und um zwei Uhr eine Polizeistreife aus Miesbach zum Wasserschloss beordert. Die hatten sofort Verstärkung und Rettungskräfte angefordert. Arzu war umgehend in das nahe Krankenhaus Agatharied gebracht worden.

Er saß auf der Pritsche des Rettungswagens und starrte ins Leere. Eine Ärztin verabreichte ihm währenddessen eine Infusion und schiente den gebrochenen Finger.

Paul war sein Freund gewesen. Wie hatte es so weit kommen können? Warum hatte diese Verbohrtheit zwischen sie treten können? So viele Menschen waren gestorben. Ihm kam Petra Kinkeldey in den Sinn, diese seltsame Blume, Klockenhoffs Witwe, die so souverän Yogaübungen mit ihm hatte machen wollen. Warum hatte Paul nur die verdammte Höhle in Kreuth gefunden?

»Komm, wir fahren heim«, sagte Regina leise.

Er nickte und erhob sich stöhnend. Nichts wäre schöner als ein Bett und tiefer, erholsamer Schlaf. Mindestens bis morgen Mittag. Im Osten zeigten sich die ersten Sonnenstrahlen über den Wipfeln. Bald würde der Tag anbrechen.

Sie wankten zu Reginas Tesla. Kaum hatten sie das Auto erreicht, vernahmen sie Rufe aus dem Lkw, den die Soldaten untersuchten. Die Ärztin wurde gerufen, der Transporter wankte, etwas Wildes schien im Inneren vorzugehen. Quercher hielt sich am Dach des Tesla fest, gebannt, was da jetzt noch passierte.

»Nicht anfassen! – Vorsicht! – Warten …«

Trotz der Schmerzen und der Müdigkeit rannte Quercher zum Lkw, riss das Absperrband zur Seite und sprang auf die Heckklappe. Zwei Soldaten in voller ABC-Schutzkleidung standen wie erstarrt an den Seitenwänden und deuteten auf den hinteren Teil. Sie hatten eine Verschalung beiseitegeschoben, die den Laderaum getrennt hatte. Dahinter befand sich ein beinahe mannshoher Plastikcontainer, zur Hälfte mit einer Flüssigkeit gefüllt, die jetzt hin und her schwappte. Ein Soldat leuchtete hinein und Quercher konnte schemenhaft einen Menschen sehen, der sich aufrichtete und gegen eine Klappe am oberen Teil des Containers drückte. Er lief vorbei an den Männern und kletterte auf den großen Behälter.

»Taschenlampe und Schutzmaske!«, rief er.

Zögernd reichte ihm einer der Soldaten beides aus einer Tasche. Schnell zog er die Maske übers Gesicht und zertrümmerte einen Plastikverschluss. Schnaufend hob er die Klappe und ließ sie nach hinten fallen. Er griff hinein, zog die Person hinauf, immer weiter.

»Sprechen Sie mit mir. Sagen Sie was.«

Laura Binsinger hatte drei Stunden in einem Bad aus *Antrum Coeli* verbracht. Luft hatte sie nur über kleine, von Paul in den Container gefräste Löcher bekommen. Ihre gesamte Haut war runzelig. Sie wirkte wie eine Greisin. Das Haar war im Schein der Taschenlampe schlohweiß. Sie sah ihn mit leerem Blick an.

»Laura. Frau Binsinger. Erkennen Sie mich?«

Ihre Lippen bewegten sich wie bei einem Fisch. Sie wollte sprechen. Etwas war noch da, in ihr. Etwas leuchtet, wird jedoch schwächer, dachte Quercher unwillkürlich.

Am anderen Ende der Laderampe erschien die Ärztin, jede Sicherheitsbedenken ignorierend. »Sie muss sofort in ein Krankenhaus, sie ist in Lebensgefahr«, murmelte sie.

Quercher umfasste Laura Binsinger. Es war ihm egal, ob die Nässe des *Antrum Coeli* ihn gefährden könnte. Das, was in ihr war, beruhigte ihn. Es war jenseits einer Ebene, die der Verstand erklären konnte. In diesem Container hatte etwas von Laura Binsinger Besitz ergriffen, das nun mit ihm kommunizieren wollte.

Gemeinsam mit den Soldaten trugen sie die junge Frau hinaus. Ein Helikopter wurde angefordert. Das war kein Fall für das Krankenhaus Agatharied.

Sie wehrte sich gegen die Hilfe. Drückte Quercher zur Seite, wand sich mit einem fast animalischen Grunzen aus den Armen des Soldaten. Nackt, wie sie war, rannte sie zum Gebäude, zum Wasserschloss Reisach. Männer riefen, die Ärztin schrie. Laura Binsinger blieb vor den Treppen stehen, wo die Bestatter gerade Pauls Leiche in eine Zinkkiste legen wollten, um ihn in die Rechtsmedizin nach München zu bringen.

Quercher folgte ihr, wehrte die Polizisten ab, die sie aufhalten wollten. »Ist gut, lasst sie.«

Laura Binsinger fiel auf die Knie, schlug die Plastikfolie um seinen Körper zurück, sah in sein Gesicht, ihre weißen Haare bedeckten seine Stirn, seine Augen. Sie begann zu wimmern. Momente vergingen, niemand wollte sich der Frau nähern. Alle starrten gebannt auf die Szene. Selbst die Ärztin, die eine goldfarbene Notdecke bereithielt, bewegte sich nicht. Laura Binsinger küsste die Lippen ihres einstigen Liebhabers und schlug dann beide Hände auf seinen Leib, ehe sie sich aufrichtete, in die aufgehende Sonne schaute und markerschütternd schrie.

Kapitel 30

Gmund am Tegernsee, vier Monate später

»Freiwillig in die Stadt? Verstehe ich nicht«, murrte Quercher, als er die letzte Kiste in den Lieferwagen hievte, zusammen mit seinem Spezl, dem Umzugswolfi, einem hageren, aber äußerst kompetenten und zupackenden Mann aus St. Quirin.

»Geh, sag nichts, ich bin gebürtiger Münchner«, erwiderte der Wolfi und schob die Kiste weiter in den Laderaum.

»Das war die letzte. Wir sehen uns in München. Du bringst die restlichen Sachen gleich in ihre Wohnung. Adresse hast du?«

Wolfi nickte. »Gollierstraße im Westend. Deine Ex-Bewohnerin ist allerdings noch am See.«

»Ja, aber die Maler sind da. Du kommst also rein. Ich muss vorher bei der Polsterei *Huber* vorbei.«

»Was willst denn da?«, fragte Wolfi, der sich unter das Vordach an einen Holztisch gesetzt hatte und eine Halbe aufmachte. Er reichte sie Quercher, der dankend ablehnte und stattdessen gern zur Leberkässemmel griff.

»Frag nicht, Wolfi, frag nicht«, antwortete er düster.

»Sag mal, Quercher, du weißt das doch bestimmt. Die Höhlenfrau, wo haben sie die jetzt untergebracht? Ist die wirklich auf dieser Insel da oben in der Ostsee?«

Quercher schüttelte den Kopf. Er hatte diese Gerüchte über den Verbleib von Laura Binsinger schon mehrfach im Tal gehört. Sie sei von einem prähistorischen Wesen aus einer Höhle vergiftet worden und nun hochtoxisch, die Regierung sperre sie in einen Hochsicherheitstrakt auf einer Insel für Tierversuche ein, weil keiner wisse, was mit ihr passieren könne.

»Ach, Wolfi, du bist klug genug zu wissen, dass das Geschwätz ist.« Mehr wollte er dazu nicht sagen.

Der Umzugsunternehmer verstand, sprang ans Steuer und hupte zum Abschied, bevor er aus der Einfahrt hinunter zur Bundesstraße kurvte.

Querchers Telefon klingelte. Es war Regina.

»Max Quercher, ich werde dir jetzt etwas sagen und du wirst keinen blöden Kommentar ablassen.«

»Wenn es schon so anfängt …«

»Versprochen?«

»Regina, bitte.«

»Ich bin bei der Polsterei *Huber* in Gmund. Und der Tesla … also …«

»Du hast keinen Saft mehr.«

»Genau. Ich weiß nicht, warum. Ist die Steckdose kaputt bei dir in der Scheune?«

»Natürlich. Wenn der Adel nicht schwimmen kann, ist die Badehose schuld. Du hast vergessen, den Stecker einzu…«

»Du wolltest keine doofen Kommentare abgeben, Schlaumeier.«

»Ich soll also zur Polsterei *Huber* nach Gmund kommen, richtig? Mit einem dieser schlimmen Verbrennungsmonster?«

»Hast du wieder eins gekauft?«, fragte sie misstrauisch.

»Nein, es ist immer noch der BMW. Ich komme. Aber bitte, ich will keine Stoffe aussuchen. Ich muss nach München.«

Regina lachte. »Nur einmal kurz draufschauen. Ist doch dein Sessel. Mir ist das ja egal, nur der hat schlimme Gebrauchsspuren. Ich hoffe, das sind Orangensaftflecken im Sitzbereich …«

»Regina!« Er legte auf.

Es hörte auf zu regnen. Der Regen hatte sie den ganzen Vormittag beim Umzug genervt. Über dem fernen Hirschberg kam die Sonne raus und hinterließ über dem See einen mächtigen Regenbogen. Er suchte nach seinen Autoschlüsseln, als er ihren Wagen sah. Sie musste dem Lkw vom Umzugswolfi ausweichen und sich dicht an eine Wiese stellen. Quercher konnte sie bis hier hoch schimpfen hören.

Constanze Gerass fuhr wieder selbst ein Auto. Der Ministerpräsident wie auch der Innenminister waren über ihre Performance in der *Antrum-Coeli*-Affäre wenig begeistert gewesen. Der Untersuchungsausschuss im Landtag geriet zu einer Abrechnung mit bayerischem Überehrgeiz für Start-up-Erfolge mit bahnbrechenden Medikamenten. Die Gerass war eine wichtige Zeugin und agierte halbwegs klug, doch dann steckte jemand dem Ausschuss etwas von ihrer persönlichen Beziehung zu Klockenhoffs Witwe. Damit war ihre Karriere in Berlin beendet. Eine Staatssekretärin, die wegen ihrer Eltern und deren Erbe privat eine Ermittlung anstieß, das war zwar möglicherweise legal, roch jedoch gewaltig nach Spezlwirtschaft. Der Ministerpräsident und der Innenminister gaben ihr Wochen nach dem erzwungenen Rückzug, wie sie beide ungewohnt einstimmig mitteilten, eine neue Bewährungsprobe: die Rückkehr zum Landeskriminalamt. Dort war ihr Nachfolger krankheitsbedingt ausgeschieden. Constanze Gerass hatte als eine ihrer ersten Amtshandlungen Arzu Ahishali zu sich geholt. So kam Querchers Partnerin nach München und so blieb er zurück am See. Latent unglücklich, dafür voller Verständnis für sie. Am liebsten hätte er sie zum LKA begleitet. Aber als er sie das erste Mal im Herbst dorthin gebracht und ihr vom Rücksitz eine Schultüte mit Baklava überreicht hatte, da hatte er gewusst, dass die Zeit vorbei war für ihn. Er gehörte ins Tal. Er gehörte zu Regina.

»Schau an, die Frau Gerass. Im eigenen Auto. Weiß Madame noch, wie man tankt?«, fragte Quercher spitz, als sie auf ihn zukam.

War sie einst im typischen Berliner Businessanzug aufgetreten, erschien sie nun im Frauenloden. Quercher verstand, dass die Gerass nun wieder die administrative Ochsentour in

Bayern machen musste, um die Karriereleiter nicht vollständig hinunterzufallen. Dazu gehörte die deutliche Zurschaustellung bayerischer Attitüden und Kleidung.

»Ach, Max. Das verlernt man nicht. Ich bin da, um …«

Er winkte ab. »… zu erfahren, wo die Quelle mit dem *Antrum Coeli* ist. Wie oft denn noch? Ich weiß es nicht. Selbst wenn ich es wüsste … Außerdem muss ich Sie hier gleich stehen lassen, weil ich mit Frau Blaublut Polsterstoffe aussuchen und danach Ihrer neuen Mitarbeiterin Frau Ahishali die Kisten in den vierten Stock schleppen darf.«

»Wir haben beim LKA die Möglichkeit, Sie mithilfe von Hypnose von den Blockierungen zu befreien. Sie müssen sich nur darauf einlassen.« Sie setzte sich ungefragt auf die Bank unter seinem Vordach und zündete sich eine Zigarette an.

»Sie sind doch die Schlange Kaa, warum machen Sie das nicht? Was gäbe ich dafür, von Constanze ›Kaa‹ Gerass persönlich hypnotisiert zu werden.«

Sie lachte. »Gut, war ja nur eine Idee. Wenn wir die Quelle nicht finden, wird die Forschung nicht vorangehen«, appellierte sie an Querchers Gemeinsinn.

Er ließ sich nicht beeindrucken. »Ihr habt doch das Gebiet da oben in Bayerwald seit Monaten weiträumig abgesperrt und durchkämmt. Da wieseln Dutzende Experten herum, um diese verdammte Quelle im Totengraben zu finden.«

»Ja, aber sie finden nichts, genauer: fanden. Sie sind vor drei Wochen abgezogen. Das Gelände ist zwar noch gesperrt, es ist allerdings so groß, dass wir es nicht zu einem Sperrgebiet erklären können. Von der Quelle selbst wissen ja auch nur Sie, Arzu, Regina und ich. Wir haben keinerlei Gründe mehr zu suchen. Sie fanden Löcher, die ins Nichts führen. Das ist irre. Da oben ist ein Schatz …«

Quercher konnte mit Mühe seine Freude unterdrücken. Die Gerass und ihre Leute glaubten noch immer an eine

Quelle, wussten nichts von der Höhle. Nur Arzu und Regina gegenüber hatte er etwas angedeutet, von seinen Erlebnissen da unten. Er wollte es mit sich ausmachen. Beide Frauen schwiegen. Das hatten sie versprechen müssen. Aus gutem Grund. Niemand vertraute Menschen wie der Gerass, etwas für die Menschheit Positives aus der Höhle zu bergen.

»Ihr habt doch den Container, in dem die Binsinger gelegen hat.«

Sie schüttelte den Kopf und blies den Rauch in großen Wolken aus dem Mund. »Nichts. Tageslicht hat die Wirkstoffe zerstört.«

Sein Telefon summte. Es war Regina.

»Karo, uni oder Blumen?«

»Wie bitte?«

»Max Quercher, jetzt sitze ich hier schon Stunden und kümmere mich um deine Möbel und du trägst nichts dazu bei. Das Ehepaar Huber, übrigens sehr nette Leute, will wissen, welchen Stoff du für den Sessel bevorzugst.«

»Karo!«

Stille am anderen Ende.

»Aber wieso jetzt Karo? Du hast …«

»Du fragst. Ich gebe eine Antwort. Was spricht gegen Karo?«

Sie stöhnte. »Komm vorbei – jetzt. Das geht nicht per Telefon. Du musst dich mit den Dingen beschäftigen, dann …«

»Klar, dann habe ich auch deine Meinung. Ist das nicht euer Familienmotto?«

Sie legte auf.

Constanze Gerass grinste. »Sie sind ja jetzt wirklich in der Welt der Upper Class des Tegernseer Tals angekommen, wenn Sie mit Regina von Valepp Stoffe aussuchen. Glückwunsch.«

»Frau Gerass, sparen Sie sich Ihren Spott. Ich bin froh, meine Ruhe hier zu haben. Der Fall ist gelöst.«

»Na ja, wir haben den Tod des Mannes von Petra Kinkeldey nicht aufgeklärt. Justine Klockenhoff hat tatsächlich ein toxisches Mittel in der Wohnung der beiden platziert. Das konnten wir bestimmen. Wir fanden allerdings nichts davon in Raoul Gomozas Körper. Vermutlich wurde es zu schnell abgebaut. Keine Ahnung. Aber wo ist die Quelle, Max? Wo?«

Quercher schüttelte den Kopf. »Lassen Sie's gut sein. Sie haben Ihr Erbe, sind aus dem stinkenden Berlin wieder in Deutschlands schönster Stadt angekommen, werden den ein oder anderen jungen Juristen in der Staatskanzlei ins Bett zerren und die Welt ist in Ordnung. Arzu wird Ihnen die Arbeit abnehmen. Also warum sich noch Sorgen machen wegen einer Quelle im Tal? Es ist vorbei.«

Die Gerass lächelte maliziös.

Er ließ nicht locker. »Fünf Menschen sind tot. Ist das nicht genug?«

Sie stieß den Rauch empört aus dem Mund. »Bitte, Max. Alle sind an ihrer Gier gestorben, sie wollten ...«

»Raoul Gomoza, der Arzt aus dem Seniorenheim mit deinen Eltern, wollte aufklären und wurde mit einem Gift getötet.«

»Nicht bewiesen«, erwiderte sie ungerührt.

»Professor Klockenhoff?«

»Hat das *Antrum Coeli* unverdünnt an sich selbst getestet, wie wir jetzt bei einer zweiten Obduktion entdeckt haben. Wahnvorstellungen, hat sich grausam selbst gerichtet.«

»Frau Gerass, das ist Ihr Resümee? Menschen sterben, ist halt so?«

»Wo gehobelt wird, fallen Späne. Wenn *Antrum Coeli* eine Marktreife bekäme, wäre das ein Segen für die Menschheit, für mehr als sieben Millionen. Dafür sind ein paar Randfiguren kollateral ausgeschieden. Wenn das Mittel wirken sollte, wird keiner über diese Leute sprechen.«

Er sah sie lange stumm an. Konnte ihr keine Vorwürfe machen. Sie war Repräsentantin eines Staats, dachte in anderen Kategorien. In Constanze Gerass' Welt ging es um Macht und Entwicklung. Menschen wie er und in gewisser Weise auch Paul waren von einer emotionalen Gesinnung durchdrungen. Das war Quercher nach Pauls Tod klar geworden. Der junge Mann hatte ihm damals mit seinem Enthusiasmus für das Tal, für die Natur, kurz, für seine Heimat eine neue Inspiration gegeben. Doch die Realität hatte sie auseinandergespielt. Jetzt war Paul tot und er war allein und wie die anderen im Tal reiner Konsumist. Traurigkeit überfiel ihn, während er nach Worten für Constanze Gerass suchte.

»Was ist mit der Binsinger?«

Sie zuckte mit den Schultern und sah in die Ferne.

»Was ist mit ihr?«, drängte er.

»Sie ist nach wie vor nicht ansprechbar, starrt ins Leere, lächelt abwesend, lebt in ihrer eigenen Welt. Ihr Gehirn, so haben Untersuchungen ergeben, ist nur noch Erinnerung, es gibt kein gedankliches Leben für sie im Jetzt.«

»Und?«

»Sie hatte einen Tumor, der, als wir sie vor vier Monaten untersucht haben, nicht operabel war. Es ist ein Neurinom, glaubten die Ärzte zumindest. Hörminderung, Gesichtslähmung. So etwas. Ein Todesurteil. Aber dann fanden sie bei einer genaueren Betrachtung, dass dieser Tumor quasi lebt. Es ist etwas in ihrem Kopf, was sich weder durch Bestrahlung noch durch Chemo verändert. Laienhaft gesprochen, es verästelt sich über einen Stoffwechsel im Hirn von Laura Binsinger. Sie lebt, aber wenn man es genau nimmt, ist sie, ist ein gewisser Punkt erreicht, nicht mehr Laura Binsinger.«

»Puh, das ist nicht schön. Wie lange wird sie das überleben?«, fragte er leise.

Sie zuckte mit den Schultern. »Alle anderen Vitalfunktionen sind in Ordnung. Sie ist körperlich sonst fit. Sie treibt sogar Sport. Ist zwar nicht ansprechbar, macht jedoch Übungen. Ich habe es selbst gesehen.«

»Ist sie ein Sicherheitsrisiko?«

»Für wen?«

»Na ja, für die Menschen. Diese Mikroben scheinen ja unglaublich zu sein.«

»Solange wir das unter Kontrolle haben, ist das okay. Dieses *Antrum Coeli* hat eine außerordentliche Wirkung. Es hat massiven Einfluss auf Knochenbau und Stoffwechsel. Einige der Ärzte haben eine These dazu. Sie glauben, dass es wie eine zweite Hypophyse in ihrem Körper zusätzlich alles Lebenswichtige fördert. Das ist einzigartig, gab es bislang nicht. Doch sie spricht eben nicht und die Experten sind sich nicht sicher, ob sie da einen Kampfstoff oder ein Heilmittel mit ihr, also in ihr haben. Jedenfalls hat diese Wasserkur in dem Container Laura Binsingers Physis maßgeblich geholfen. Es ist ein Heilwasser, es ist allerdings etwas, das von dir Besitz ergreift!«

Sie schwiegen. Wieder baute sich ein Regenbogen auf, diesmal streckte er sich von Bad Wiessee nach Gmund. Es hatte etwas Tröstliches.

Quercher atmete durch und sah auf seine Uhr.

Die Gerass verstand den Wink und erhob sich. »Also wenn Frau Blaublut und Sie dann mal mit der Inneneinrichtung fertig sind, lade ich euch herzlich ein. Ich habe eine schöne Wohnung in Nymphenburg gefunden. Sie waren schon mal da.« Sie grinste diabolisch, weil er sie erst verwirrt und dann entsetzt ansah.

»Das haben Sie nicht? Nicht Klockenhoffs Haus …« Er öffnete den Mund, wollte Schlimmeres sagen, hielt sich jedoch zurück. Das war wirklich diabolisch.

»Der Mietmarkt in München ist schlimm, da lag das nahe.

Justine hat meine Eltern vergiftet und jetzt wohne ich eben dort. Die Hausdame durfte bleiben. Das ist nur ausgleichende Gerechtigkeit«, erklärte sie, drückte die Zigarette mit dem Schuh aus und nahm die Kippe mit ins Auto.

Kopfschüttelnd sah er ihr hinterher. Mit dieser Frau würde Arzu jetzt wieder arbeiten.

Quercher ging in das Haus, das jetzt so leer war, dass es ihn fröstelte. Nicht einmal seine Hunde waren da. Und kein Gequake von Max Ali, keine plappernde Arzu. Er war ganz allein. Hatte es ja auch einst so gewollt. Und jetzt? Er lief durch Arzus ehemaliges Zimmer, hob eine Duftkerze auf, die sie sich abends zum Einschlafen immer angezündet hatte, roch daran und spürte, wie sich Traurigkeit in ihm ausbreitete.

Wieder summte sein Telefon, eine WhatsApp-Nachricht von Regina.

Stoff geklärt. Komme morgen mit Huber vorbei. Bitte um 9 Uhr wach sein! Hunde bringe ich mit. Etwas muss in meinem Haus ja komisch riechen. Bussi, R. v. V.

Er schüttelte den Kopf, ging hinunter, griff in eine Filzkiste, auf der *Glump* stand, und nahm die Autoschlüssel, um nach München zu fahren. Seit Wochen hatte er Arzu nicht mehr gesehen. Sie war auf einem Auslandseinsatz, ihre Eltern hatten sich um Max Ali gekümmert. Sie hatte ihn per E-Mail gebeten, ihre Sachen nach München bringen zu lassen. Jetzt würde er schleppen und mit ihr das beste türkische Restaurant der Stadt aufsuchen. Endlich wieder mal Stadt. Er freute sich, was seine Düsternis ein wenig verdrängte.

Kaum saß er in seinem BMW, regnete es erneut. Platschte aufs Autodach, so laut, dass er das erneute Klingeln fast nicht gehört hätte.

»Regina, noch ein Wort zum Stoff …«, murmelte er.

Es war Arzu.

»Hallo«, kam es sofort.

»Der kleine Muck, was für eine Freude. Der Umzugswolfi ist auf dem Weg zu dir. Ich bin auch schon im Auto …«

»Warte mal, Max.«

»Was denn?«

Schweigen.

»Hallo? Bei uns schüttet es. Ich verstehe dich nicht, Arzu.«

»Max, komm nicht. Ich bin nicht dazu in der Lage. Ich will hier einen Neuanfang und ich bin … Also bitte. Es ist lieb, dass du die Sachen gepackt hast, aber wenn du jetzt herkommst, das ist einfach nicht gut.«

Er wartete, stellte die Scheibenwischer aus und sah hinaus in den Regen. Sie wollte ihn nicht?

»W-warum? Also, was habe ich denn getan? Also …« Er stotterte. Seine Freude wich einer tiefen Traurigkeit. Das war doch Arzu, die war immer da. Für ihn. Und er für sie. Sie hatten den Fall gemeinsam gelöst. Er hatte nach ihrer Operation sogar neben ihrem Bett gelegen. Ihr Sohn war wie seiner. Was war das?

»Max, ich habe einen Mann kennengelernt. Er ist heute bei mir. Er tut mir gut. Bleib am See. Bitte. Keine Szene.«

Er wollte widersprechen, erkannte jedoch an ihrem Ton, dass es ihr ernst war. Sie war jetzt weg, wollte weg sein. »Okay, Arzu. Verstehe ich. Gut. Ja, dann …«

»Ich umarme dich, mein Bruder. *Seni seviyorum …*«

»Ja, ich liebe dich auch, Arzu. Ich …«

Er blieb eine halbe Stunde stumm und unfähig, sich zu rühren, im Wagen sitzen, ehe er in die Scheune ging, um sich dort umzuziehen.

Es regnete noch in der Dämmerung, als er seinen BMW zu den Klängen von Crosby, Stills, Nash and Young um den See steuerte. Mühsam zuckelte er die alte Rodelbahnstrecke hinauf, parkte auf Höhe der Königsalm in Kreuth-Bayerwald und machte sich mit seinem Rucksack auf den Weg.

Noch nie waren seine Dämonen so nah, so existenziell aufgetreten. Die Schuld an Petra Kinkeldeys Tod, der Verlust seiner Freundin, die sinnlose Härte des Staats, wenn es um angeblich wichtige Errungenschaften ging. Er konnte sich der Traurigkeit, die sich mit Wut mischte, nicht erwehren. Jeder Schritt hinauf war Buße. Doch die Erlösung war der Weg nicht.

Quercher wusste jetzt, wie er sich durch den Tunnel zwängen musste, glitt wie in einer Wasserrutsche fast ohne Widerstände hinunter. Erst als er den Boden berührte, einmal ein- und wieder ausatmete, knipste er seine Taschenlampe an.

»Ich bin wieder da«, flüsterte er.

Er setzte sich zufrieden zu den Becken. Er wusste, sie nahmen seine Dämonen. Vertrieben sie aus seinem Kopf. Koste es, was wolle. Er zog sich langsam aus, faltete die Kleidung und legte sie neben sich. Nackt erhob er sich und lief auf das leuchtende Bassin in der Mitte zu.

Nachwort

Schreiben in der Pandemie. Das bleibt nicht ohne Folgen. Das gilt vor allem, wenn man in einem Zufluchtsort vieler Städter, dem Tegernseer Tal, wohnt. So fließt die Angst dieser Zeit, aber auch die Wut jener ein, die hier leben, die in der Idylle die Krise miterlebten. Wasser ist bei uns ein emotionales Thema, das jenseits vernünftiger Argumente exakt an der Trennlinie städtischer Interessen und ländlicher Wunschvorstellung von Autonomie und Abgrenzung entlangläuft.

Das ist nur das traditionelle Grummeln derjenigen, die zwar klagen, jedoch auch gern die Hand aufhalten und die Scheine zählen, die ihnen die Besucher zustecken? Vielleicht. Oder ist es das instinktive Wissen, dass dieser Ort mehr und mehr zu einem bayerischen Disneyland verkommt?

Das Tal ist ein begrenzter Raum. Wachstum stößt in allen Bereichen an seine Grenzen. Lärm, Dreck, Enge und absurde Steigerung der Lebenshaltungskosten sind real. Es zeigt sich kaum Widerstand. Die Macht jener Wenigen, die daran verdienen, ist zu groß. Also werden wir alle – wie so oft – auf den großen Knall warten und unseren nachfolgenden Generationen diesen Missstand weitergeben.

Aus naheliegenden Gründen habe ich davon Abstand genommen, eine genaue Anleitung für einen Anschlag auf die Wasserversorgung zu geben.

Ich möchte mich an dieser Stelle bei allen bedanken, die mich beraten und mir mit ihrer Expertise geholfen haben.

Zum Schluss: Ihr. Die LeserInnen. Immer wieder habe ich Fragen der Fans nach dem Quercher erhalten, gern auch Anregungen und Bitten. Das ist für mich als Autor, der die meiste Zeit allein vor seinem Bildschirm sitzt, extrem wichtig. Ich danke euch.

Hört nicht auf damit, nehmt teil. Sollte ich nicht sofort

antworten, liegt es am Schreiben oder daran, dass der reale Quercher fragt, ob ich mit ihm zum Steckäplattln gehe.

Auf Lesungen seid ihr auf mich zugekommen, habt zart auf Fehler hingewiesen und gefragt, ob der Quercher weiterlebt. Der Kerl ist mir sehr ans Herz gewachsen. Wir schau'n mal, ob und wie er zurückkehrt. Irre war er ja schon immer …

Quercher-Krimis von Martin Calsow

Quercher und die Thomasnacht

ISBN 978-3-89425-423-0
Auch als E-Book erhältlich

Eine jetzt erst entdeckte Kriegsleiche und ein Mann, der sich bei einem Arbeitsunfall selbst enthauptet haben soll: Max Quercher stochert in der Vergangenheit des Tegernseer Tals.

Quercher und der Volkszorn

ISBN 978-3-89425-441-4
Auch als E-Book erhältlich

Vier entführte Kinder und eine tote Erzieherin: Nimmt irgendjemand Rache wie einst der Rattenfänger von Hameln? Quercher sieht nur einen Weg, die Kinder zu retten – und der führt weit an den offiziellen Ermittlungen vorbei …

Quercher und der Totwald

ISBN 978-3-89425-452-0
Auch als E-Book erhältlich

Der Vermögensverwalter Jakob Duschl wird tot im Tegernsee gefunden. Er gehörte zu einem konservativ-katholischen Machtzirkel, dessen undurchsichtige Strukturen weit in die höchsten Zentren der bayerischen Elite hineinreichen. Für Quercher wird es brenzlig …

grafit

Quercher und das Seelenrasen

ISBN 978-3-89425-470-4
Auch als E-Book erhältlich

Die Pharmaerbin Nina Poschner wird massiv bedroht. Die Polizei vermutet, Ninas Plan, am Tegernsee ein Internat für Migrantenkinder zu etablieren, ist der Grund dafür. Doch der LKA-Beamte Max Quercher bekommt Zweifel an den edlen Motiven Ninas.

Quercher und der Blutfall

ISBN 978-3-89425-493-3
Auch als E-Book erhältlich

Die Angehörigen eines RAF-Opfers verfügen über neue Hinweise auf den damaligen Täter. Max Quercher taucht ein in die Vergangenheit Westdeutschlands, erfährt von Verstrickungen enger Freunde beim LKA und reicher Strippenzieher vom Tegernsee. Und plötzlich steckt er inmitten eines teuflischen Rachefeldzugs …

Quercher und das Jammertal

ISBN 978-3-89425-589-3
Auch als E-Book erhältlich

Die Nachforschungen zum ungeklärten Tod eines Tegernseer Bauunternehmers führen den ehemaligen LKA-Beamten Max Quercher bis zur bayerischen Staatskanzlei und zu einer dubiosen Stiftung, die in undurchsichtige Parteifinanzierungen verstrickt zu sein scheint.

Lust auf weitere Lektüre?

Martin Calsow

Kill Katzelmacher!

ISBN 978-3-89425-675-3
Auch als E-Book erhältlich

Ein jüdischer US-Offizier. Ein ehemaliger Wehrmachtssoldat. Sie müssen kooperieren. Nur dann haben sie eine Chance.

1948: München liegt in Trümmern, die Bevölkerung soll unter amerikanischer Besatzung zur Normalität zurückfinden. Ein perfider Serienmörder weiß das zu unterbinden: Er häutet seine Opfer bei lebendigem Leib und stellt sie zur Schau. Die Toten waren ehemalige SS-Soldaten. Handelt es sich um Rachemorde Holocaust-Überlebender? Der jüdische US-Offizier Marcus Feinstein soll den Fall rasch lösen. Doch das geht nur mit der Unterstützung seines deutschen Kollegen. Und Steinmüller, ehemaliger Wehrmachtssoldat, zeigt sich gegenüber der amerikanischen Besatzungsführung alles andere als kooperativ …

»Genial verwobenes Geflecht aus Macht, Intrigen, Verrat und Liebe. Martin Calsow führt seinen Lesern die menschlichen Abgründe in schmerzhafter Deutlichkeit vor Augen.«
Ines Wagner, KulturVision aktuell